GERHARD LOIBELSBERGER
Todeswalzer

WAHN UND WELTKRIEG Im Juni 1914 wird Erzherzog Franz Ferdinand zeitgleich mit einem jungen Mann ermordet. Inspector Joseph Maria Nechyba bricht seine Kur ab und kehrt zurück nach Wien, um die Ermittlungen zu übernehmen. In einer Atmosphäre des patriotischen Wahns und der Kriegshetze sucht er einen Serienmörder, der im Huren- und Zuhältermilieu der Leopoldstadt sein Unwesen treibt. Ein Wiener Unterweltkönig wird zu Nechybas Gegenspieler, der seine Ermittlungen immer wieder stört und erschwert. Am 28. Juli erklärt Österreich-Ungarn Serbien den Krieg, worauf die politische Ordnung in Europa aus den Fugen gerät. Millionen Soldaten ziehen jubelnd in den Krieg und die Menschen frönen wie besinnungslos dem Tanz auf dem Vulkan. Und während die Schlachten des Ersten Weltkriegs beginnen, kommt Joseph Maria Nechyba einer traumatisch gestörten Persönlichkeit auf die Spur, die ihre Opfer gnadenlos abschlachtet.

© Andreas Schmidt

2009 startete Gerhard Loibelsberger mit den »Naschmarkt-Morden« eine Serie historischer Kriminalromane rund um Joseph Maria Nechyba. 2016 goldener HOMER Literatur-preis für: »Der Henker von Wien«. 2011 und 2017 erschie-nen die Italien-Thriller »Quadriga« und »Im Namen des Paten«. 2018: »Schönbrunner Finale«, der letzte Roman der sechsteiligen Nechyba-Serie. 2019: »Morphium, Mok-ka, Mördergeschichten«. 2020: der historische Roman »Al-les Geld der Welt«. 2021: der dystopische Thriller »Micky Cola« und »Alt Wiener Küche«.
Mehr Informationen zum Autor: www.loibelsberger.at

GERHARD LOIBELSBERGER

Todeswalzer

Ein Roman aus dem alten Wien

Immer informiert
Spannung pur – mit unserem Newsletter informieren wir Sie regelmäßig über Wissenswertes aus unserer Bücherwelt.

Gefällt mir!

Facebook: @Gmeiner.Verlag
Instagram: @gmeinerverlag

Besuchen Sie uns im Internet:
www.gmeiner-verlag.de

© 2013 – Gmeiner-Verlag GmbH
Im Ehnried 5, 88605 Meßkirch
Telefon 0 75 75 / 20 95 - 0
info@gmeiner-verlag.de
Alle Rechte vorbehalten
8. Auflage 2024

Lektorat: Claudia Senghaas, Kirchardt
Herstellung: Julia Franze
Umschlaggestaltung: U.O.R.G. Lutz Eberle, Stuttgart
unter Verwendung des Bildes » Die Braut« von Gustav Klimt 1917 – 1918; http://www.zeno.org/nid/20004108655
Druck: Custom Printing Warschau
Printed in Poland
ISBN 978-3-8392-1467-1

Für meine Frau Lisa.

Ein Dankeschön an meine Lektorin Claudia Senghaas für ihre Geduld und ihr Verständnis sowie an Kurt Lhotzky für sachdienliche Hinweise.

Friedrich Austerlitz (1862 – 1931): Chefredakteur der sozialdemokratischen Arbeiter-Zeitung, ab 1920 Abgeordneter zum Nationalrat.

Franz Ferdinand (1863 – 1914): Erzherzog und österreichisch-ungarischer Thronfolger.

Franz Josef I. (1830 – 1916): Kaiser von Österreich, König von Ungarn.

Ferdinand Gorup von Besanez (1855 – 1928): Zentralinspector der Wiener Sicherheitswache, ab Juli 1908 stellvertretender Polizeipräsident. Ab 1914 Polizeipräsident.

Dr. Albin Haberda (1868 – 1933): Gerichtsmediziner

Fanny Hofer (1861 – 1941): Wirtin in Bad Gleichenberg.

Wilhelm Karczag (1857 – 1923): Theaterdirektor, Bühnenautor.

Adolf Kratochwilla (1860 – 1938): Besitzer des Café Sperl.

Franz Lehár (1870 – 1948): Komponist.

Alfred Fürst Montenuovo (1854 – 1926): Obersthofmeister.

Erich Müller (1879 – ?): Theaterdirektor

Sophie Herzogin von Hohenberg (1868 – 1914): Frau von Franz Ferdinand

Johann Schwarzer (1880 – 1914): Fotograf, Kameramann und Filmproduzent. Gründete Österreichs erste Filmproduktion, die Saturn-Film.

Olga Schwarzer: dessen Ehefrau

Teil 1

Die Russen und die Serben,
Die hau'n wir jetzt in Scherben.
Und einen festen Rippenstoß
Kriegt England und der Herr Franzos.
Wir werden's euch schon geben,
jetzt sollt ihr was erleben,
das große Maul habt ihr allein –
wir, aber wir, wir pfeffern drein.
Wir reden nix, wir deuten nix,
wir halten unsern Mund,
wir sind nur für die großen Wix,
Das ist für euch gesund.
Und wenn wir euch genug gebläut,
Dann sagen wir, auf Ehr',
Es hat uns alle sehr gefreut,
Das nächste Mal noch mehr.

Felix Dörmann*, 1914

---

* Österreichischer Lyriker, Schriftsteller und Librettist (1870–1928)

Prolog

Es war eine schwüle Sommernacht. Das Bettzeug klebte an seinem schweißnassen Körper und er wälzte sich unruhig hin und her. An Einschlafen war nicht zu denken. Schuld hatte aber nicht nur die Hitze. Es waren die Sorgen, nagende Sorgen, die ihn nicht einschlafen ließen. Wie sollte all das weitergehen? Wie konnte er seiner Schulden Herr werden? Nun, da er sich sowohl mit Elisabeth als auch mit Anni zerstritten hatte, war er mehr oder weniger ohne Einkommen. Und das alles nur wegen der Vroni! Warum hatte er sich mit dem Mensch überhaupt eingelassen? Wieder wälzte er sich hin und her, und dabei fiel ihm der zarte, glatte, unverbrauchte Mädchenkörper der Vroni ein. Das hatte ihm noch gefehlt! Jetzt war er auch noch erregt. Diese Nacht war für den Hintern. Oder sollte er dafür das Wort Popo verwenden? Er erinnerte sich an seine gutbürgerliche Kinderstube, von der er nun weit, sehr weit entfernt war. Une nuit de la merde. Ja, das war eher seine Diktion. Mein Gott! Im Gymnasium war er immer einer der Besten in Französisch gewesen. Der Liebling des homophilen Französischprofessors, mit dessen Avancen er immer gespielt, denen er aber nie nachgegeben hatte. Und dann kamen ihm die ganzen Künstlerinnen des Theaters an der Wien in Erinnerung. Sie alle hatte er dank der Beinstein, die damals noch unter ihrem Künstlernamen Henriette Hugó aufgetreten war, kennen gelernt. Dass er den um einiges älteren Damen gefiel, war kein Wunder: Als hübschen Knaben mit angenehmem Auftreten und guten Manieren hatten ihn sofort alle ins Herz geschlossen. Tja, so waren die Künstlergarderoben des Theaters an der Wien ein sicherer Hafen für ihn geworden, den er jederzeit ansteuern konnte, wenn sein cholerischer Vater ihn wieder einmal zusammengeschrien oder verprügelt hatte. Der feine Herr Hofrat! Ha! Vor Wut und weil er sowieso nicht einschlafen konnte, stand er auf und ging zu dem Waschtisch, der am anderen Ende der tristen Dachkammer stand. Aus dem Krug schenkte er sich ein Glas Wasser ein, das abgestanden schmeckte und obendrein lauwarm war. Pfui Teufel! Ganz kurz überlegte er sich, in die Hose zu schlüpfen, aus seiner Dachkammer ins 3. Obergeschoss des Hauses hinunterzusteigen und dort bei der Bassena frisches Wasser zu holen. Doch dazu war er zu bequem. Er lächelte süffisant und dachte: Mein ganzes Leben war ich wahrscheinlich immer ein bisserl zu bequem für alles … Dann trank er das lauwarme G'schlodder in gierigen Schlucken hinunter. Er stellte das Glas auf den Rand des Waschtischs zurück und trat an das große Atelierfenster, aus dem er auf die umliegenden Dächer sah. Nirgendwo war mehr Licht. Sein Blick schweifte über all die Fenster und Dachluken und er beneidete die Menschen, die dahinter friedlich schliefen. Seine Sorgen … seine verdammten Sorgen! Wenn er morgen nicht das Geld, das er dem Wucherer schuldete, zurückzahlen würde, war alles aus. Seine Träume, seine Projekte, alles. Nein, das durfte er nicht zulassen. Und als er so grübelnd dastand, erkannte er, dass es nur einen einzigen Ausweg aus seiner Situation gab. Und der hieß Beinstein. Um seine Schulden bezahlen zu können, würde er morgen bei ihr zu Kreuze kriechen. Gut, dass sie den Beinstein seinerzeit doch noch geheiratet hatte. Von ihm hatte sie nicht nur mehrere Zinshäuser, sondern auch ein stattliches Vermögen geerbt, als dieser kurz nach der Hochzeit die Patschen gestreckt hatte*. Die Beinstein war seine Rettung. Jawohl! Erleichtert ging er zum Bett zurück und ließ sich fallen. Zufrieden drehte er sich auf den Bauch und schlief kurze Zeit später tief und fest ein.

Wie ein Blitz fuhr ein stechender Schmerz von seiner linken Schulter in seine Brust. Dann noch einer und noch einer und ... Herrgott! Luft! Er rang um Luft. Aufrichten. Mit aller Kraft aufrichten. Doch immer wieder und immer wieder bohrte sich der brennende Schmerz in seinen Rücken. Fuhr in seinen Oberkörper. Sein Gesicht fiel auf das Kissen. Eine Hand drückte seinen Schädel in die weiche Federmasse. Seine Gliedmaßen zuckten. Ein leises Röcheln. Dann war es still.

---

* verstorben war

I.

AUF JOSEPH MARIA NECHYBAS leichenblassem Antlitz war
der Schnurrbart sorgsam aufgezwirbelt. Die Augen waren
geschlossen, das dichte Haupthaar war mit weißem Stoff
abgedeckt, genauso wie sein gesamter Körper. So auf-
gebahrt glich der Inspector auf frappierende Weise dem
nun ebenfalls aufgebahrten, vor zwei Tagen in Sarajevo
ermordeten Thronfolger Franz Ferdinand*. Mit dem fei-
nen Unterschied, dass Nechybas Körper kein Einschuss-
loch in Herzhöhe zierte. Wer genau hinsah, bemerkte,
dass Nechybas Körper doch noch Lebenszeichen von sich
gab: ein langsames, gleichmäßiges Schnaufen, das hin und
wieder in ein röchelndes Schnarchen überging. Nechyba
war eingeschlafen. Er schlummerte friedlich wie ein Kind
und träumte von seiner Gattin Aurelia, die sich über ihn
beugte und liebevoll über seinen Schlaf wachte. Später
streckte sie dann die Hand aus und tätschelte ihm zärtlich das Gesicht. Nechyba brummte glücklich und wollte
weiterschlummern. Doch die Hand gab keine Ruhe und
plötzlich hörte er Aurelia sagen: »Herr Nechyba, aufwa-
chen! Sie müssen jetzt aufstehen, Herr Nechyba.«

Verdrossen murmelte er: »Warum sagst denn Herr
Nechyba zu mir? Und aufstehen will ich jetzt nicht.«

»Sind S' doch nicht so kindisch, Herr Nechyba. Sie
müssen jetzt aufstehen.«

---

* Der österreichische Thronfolger war am 28. Juni 1914 von dem bosnischen
Serben Gavrilo Princip erschossen worden.

»Müssen tu ich nur sterben. Und sonst gar nix«, brummte der Inspector trotzig. Doch die weibliche Stimme, die nun so gar nichts mehr von Aurelias Altstimme mit dem leichten oberösterreichischen Akzent hatte, insistierte: »Jetzt muss ich gleich bös' werden, Herr Nechyba.«

Nein, so sprach seine Aurelia nicht mit ihm. Außerdem sagte sie immer Nechyba zu ihm und nicht dieses komische Herr Nechyba. Niemand sagte das. Im Dienst war er der Inspector Nechyba und daheim der Nechyba. So einfach war das. Also schlug er die Augen auf und sah in das kindliche Antlitz einer jungen Schwester, die ihn entrüstet mit ihren smaragdgrünen Augen anfunkelte. Jessasna! Die schaut ja aus wie ein Katzenvieh!, dachte er sich. Und genau so fauchte sie: »Jetzt stehn S' endlich auf! Andere wollen ja auch noch behandelt werden!«

»Na, na, na … Musst dich ja nicht gleich aufregen, Kinderl. In meinem Alter geht das net so schnell. Weißt, ich hab' tief und fest geschlafen und von meiner Frau geträumt.«

Ächzend schüttelte der Inspector seinen Oberkörper. Die Schwester entfernte das weiße Tuch von seinem Haupt und nahm die leichentuchartige Abdeckung von seinem Körper. Mit einem Seufzer der Enttäuschung stemmte Joseph Maria Nechyba seinen Körper aus dem Liegesessel hoch. Statt seiner geliebten Aurelia hatte ihn dieser kratzbürstige Trampel aufgeweckt. Noch immer benommen trat er aus der Solo-Inhalationskabine der Kuranstalt. An der Garderobe schlüpfte er in sein sommerlich leichtes Sakko, setzte seinen feschen Strohhut auf und vergewisserte sich, wann er die nächste Quell-sol-Inhalationstherapie hatte. Dann spazierte er hinaus in den Park des steirischen Kurortes Gleichenberg. Oh, wie er seine Aurelia vermisste! Mindestens genauso wie seine Virginier Zigarren. Letztere hatte ihm der Kur-Arzt verboten. Diese Ärzte! Sie waren Schuld, dass er im Moment sein Leben ohne sein geliebtes Eheweib fristen musste. Vor sich hinbrütend und sich nach einer Zigarre sehnend spazierte er an den Rand des Ortes, zur soge-nannten Schlucht. Hier, wo der malerische Eichgraben-bach herunterrauschte, führte ein steiler Pfad hinauf zur Constantinshöhe. Die Anstrengung des im ersten Teil des Weges stetigen Bergaufsteigens brachte Nechyba ordent-lich ins Schwitzen und verscheuchte seine trüben Gedan-ken. Oben, bei Wellers Gasthof angekommen, freute er sich über ein schön gezapftes Krügel Bier und eine Por-tion kalten, hauchdünn aufgeschnittenen Schweinsbra-ten. Zum Drüberstreuen verzehrte er dann noch eine Por-tion Haussulz mit Zwiebel, das mit schwarzem, herrlich nussig schmeckendem Kürbiskernöl mariniert war. Dazu trank er ein Viertel reschen Welschriesling, der von einem benachbarten Weinberg stammte. Abschließend bestellte er sich ein Stamperl Vogelbeerschnaps, dessen Inhalt er mit Bedacht schlürfte. Er saß unter einer mit wildem Wein begrünten Laube und war mit sich und der Welt zufrie-den. Wobei das nicht ganz stimmte: Die Welt machte ihm Sorgen. Schließlich war vorgestern der Thronfol-ger der Donaumonarchie von einem serbischen Atten-täter in Sarajevo erschossen worden. Wenn das nur keine bösen Folgen haben würde! Nechyba wiegte den Kopf hin und her, kratzte sich nachdenklich an der Schläfe und beschloss dann, seine Befürchtungen mit einem weiteren Viertel Welschriesling zu verscheuchen.

II.

»Do, den müssen s' unbedingt kosten, unsern Kirschenkuchen. Mit den besten Empfehlungen unserer Frau Sommer. Den hat's heut' ganz frisch in der Früh' g'macht.«

Nechyba bekam einen roten Kopf. Die Frau Sommer hat ihm einen Gruß aus der Kuche zugesandt. Ja, schickt sich denn das? Nechyba nahm einen Schluck Kaffee und biss von seinem mit Wurst belegten Steirersemmerl ab. Obwohl er nichts angestellt hatte, kam er sich wie ein untreuer Ehemann vor. Zugegeben, er hatte solche Sehnsucht nach seiner Frau Aurelia gehabt, dass es ihn förmlich in die Küche des Gasthofs ›Ungarische Krone‹ hineingezogen hatte. Ganz so wie seinerzeit, als er sich magisch von der Küche einer gewissen Aurelia Litzelsberger angezogen gefühlt hatte. Nun war er schon seit neun Jahren glücklich mit ihr verheiratet. Trotzdem verspürte er noch immer einen gewissen Drang zum Küchenpersonal. Obwohl er der Köchin der ›Ungarischen Krone‹ in keiner Weise nahegetreten war. Er hatte ihr weder ungebührliche Komplimente gemacht noch hatte er seinen Charme spielen lassen. Nein, er hatte mit ihr nur gefachsimpelt, was bei der Köchin, da er ja von Berufs wegen kein Koch war, großes Erstaunen hervorgerufen und, wie er nun sah, auch eine gewisse Sympathie geweckt hatte. Nechyba, der kein Freund eines süßen Frühstücks war, verzehrte eine zweite Wurstsemmel, bevor er sich schließlich mit einer gewissen Skepsis über den Kirschenkuchen hermachte. Doch bereits nach dem ersten Bissen schloss er die Augen und genoss die fruchtige Köstlichkeit. Ein Traum aus mit Zucker flaumig geschlagenen Eidottern, geschälten, fein geriebenen Mandeln und steif geschlagenem Eiklar. Auf diese wunderbare Teigmasse waren in Reih und Glied reife, saftige Kirschen geschichtet worden, die dann beim Backen jeweils ein bisschen Saft in den Teig abgegeben hatten. Aber halt! Da war noch etwas. Nechybas Gaumen verspürte nun ein zartes Zitronenaroma, das dem flaumigen Teig eine zusätzlich g'schmackige Note gab. Behaglich schlürfte er seine dritte Schale Kaffee und schloss bei jedem Bissen verzückt die Augen. Einem Peitschenschlag gleich holte ihn eine Stimme aus diesem tranceartigen Zustand: »Schmeckt's, Herr Inspector?«

Erschrocken riss er die Augen auf. Vor ihm hatte sich Fanny Hofer, die resolute Wirtin des Gasthauses, aufgebaut.

»Aus Wien is' des für Sie kommen, … ein Telegramm.«

Nun verschluckte er sich fast. Nach einer heftigen Hustenattacke nahm er das Telegramm entgegen und riss es mit fahrigen Bewegungen auf. Was er las, freute ihn gar nicht: *erwarte ihren anruf stop dringend stop gorup von besanez.* Nachdenklich starrte er auf die Nachricht. Was wollte sein Vorgesetzter von ihm?

»Is' was passiert, Herr Inspector?«

»Das möchte ich gerne selber wissen. Der Herr Polizeipräsident möcht' mich sprechen.«

»So, so«, murmelte die Hofer beeindruckt, »der Polizeipräsident ...«

Auf der Post musste Nechyba geschlagene 10 Minuten warten, bevor die einzige Telephonzelle des Postamts frei wurde. Danach ließ er sich von einem Postbeamten verbinden. Nach mehrmaligem Weiterverbinden innerhalb der Polizeidirektion bekam er schließlich den Baron Gorup von Besanez an den Apparat. Der reagierte höchst erfreut: »Grüß' Sie, Nechyba. Na, das is' ja so schnell wie bei der Feuerwehr gegangen, dass Sie sich bei mir gemeldet haben. Ich sag' Ihnen, die moderne Technik ist ein Wunder.«

»Herr Präsident, wo brennt's denn?«

»Ein Mord, Nechyba. Ein Mord.«

»Und wieso betrifft das mich? Ich bin auf Kur in Bad Gleichenberg, in der Steiermark.«

»Gewiss, gewiss, Nechyba. Aber von hoher Stelle im Innenministerium wurde der Wunsch geäußert, dass Sie die Ermittlungen übernehmen sollen. Deshalb hab' ich telegraphiert. Ich kann Sie natürlich nicht zwingen, Ihre Kur abzubrechen. Aber wünschenswert wär' es schon.«

Genau das war die Tonart, die Nechybas Arbeitsethos ansprach und die ihn mitten in sein Beamtenherz traf. Wenn man im Innenministerium ihn als Ermittler wünschte, dann kam das einer besonderen Auszeichnung gleich. Da konnte er nicht Nein sagen. Deshalb murmelte er: »Ist in Ordnung, Herr Baron. Ich werde meine Sachen packen und so schnell wie möglich nach Wien kommen. Es wird wahrscheinlich aber erst übermorgen der Fall sein, dass ich in Wien ankomme.«

»Hervorragend, Nechyba, hervorragend. Sobald Sie in Wien sind, melden Sie sich bei mir. Gott beschütze Sie. Und: Bon voyage!«

Verwundert und wohl auch etwas verdattert verließ Nechyba das Post- und Telegraphenamt. Dabei murmelte er: »Wer zum Kuckuck ist ermordet worden, dass ich nach Wien muss?«

III.

»GOTT STRAFE SERBIEN! Diese Balkanbrut, der Teifel soll s' holen. Unseren ... unseren hochwohlgeborenen Thronfolger ... unseren Thronfolger abzuschlachten! Ja, was bilden sich die ... die Bloßfüßigen denn ein? Österreich-Ungarn hat den Bosniaken die ersten befahrbaren Straßen und die Bahn gebracht. Ganz zu schweigen von den Telegraphenverbindungen und all den übrigen Segnungen des technischen Fortschritts. Und dann meuchelt so ein bosniakischer Serbe unseren Thronfolger. Sauerei! Ich sage nur: Sauerei. Statt dass sie dankbar sind, die serbisch-bosnischen G'fraßter, die ... Ich sage nur: Gott strafe Serbien!«

Diese und weitere patriotische Brandreden gab der einzige Mitreisende in Nechybas Zugabteil von sich. Dann las er einige Minuten weiter in der Zeitung, bis er neuerlich eine Tirade gegen die Serben losließ. So ging das, seitdem Nechyba in Feldbach den Zug bestiegen hatte.

Dieser Tag war nicht Nechybas Tag. Denn er hatte viel zu früh und dazu auch noch ziemlich übel begonnen. Mit grünem Gesicht war Nechyba in aller Herrgottsfrüh' in Feldbach von dem von einem alten Pferd gezogenen Wagen gestiegen. Das Geschüttel und Gerüttel der letzten Stunde, die er am Kutschbock neben dem Bauernknecht verbracht hatte, hatte den Inhalt seines Magens in Aufruhr versetzt. In diesem befand sich noch das wunderbare Abendessen, das er sich zum Abschied von der netten Frau Sommer in der ›Ungarischen Krone‹ hatte zubereiten lassen. Den Auftakt hatte eine g'schmackige Flecksuppe gemacht, gefolgt von einem Krenfleisch und zum Abschluss hatte es zwei extra große Stücke Kirschenkuchen gegeben. All das drückte nach der morgendlichen Fahrt auf dem Pferdefuhrwerk, mit dem Nechyba von Bad Gleichenberg über die Klausen nach Feldbach gelangte, mächtig in seinem Magen. Nach einer halben Stunde Wartezeit, die er sich mit einem kurzen Spaziergang vertrieben hatte, konnte er endlich weiter nach Graz fahren. Zu seinem Verdruss saß er mit einem extrem patriotisch gesinnten Hofrat der steirischen Landesregierung im selben Abteil. Dieser hörte und hörte nicht auf, politisch zu polemisieren: »Diese großserbischen Hetzer! Feige Mordlust leuchtet in ihren Augen. Jawohl! Feige Mordlust!«

Nechyba, dem die Tiraden allmählich auf die Nerven gingen, warf brummend ein: »Ja, kennen Sie denn Serben persönlich?«

Der Hofrat räusperte sich und hielt kurz inne. Dann fuhr er etwas leiser fort: »Das nicht. Aber ich kann's mir denken. Jeder halbwegs intelligente und gebildete Mensch kann sich das denken, dass diese serbischen Bestien voll Mordlust in die Welt blicken. Das sind doch alles Mörder, Räuber, Kinderschänder …«

»Also, jetzt hör'n S' aber auf! So ein Blödsinn!«

Der Hofrat beugte sich vor und fuchtelte mit dem ausgestreckten Zeigefinger vor Nechybas Nase herum: »Sind Sie am Ende ein Sympathisant Serbiens? Ein Vaterlandsverräter? Ein Spion? Sie! Sie … Ich werde jetzt den Schaffner rufen, dass der die Gendarmerie verständigt. Sie! Sie ehrloses, verräterisches Subjekt, Sie!«

Nechyba schlug mit einer knappen Handbewegung den fremden Zeigefinger vor seinem Gesicht weg. Gleichzeitig zückte er seine Polizeiagenten-Kokarde und knurrte: »Wenn hier wer wen verhaftet, dann ich Sie! Wegen Verursachung eines Aufruhrs.«

»Was erlauben Sie sich! Ich bin Hofrat der steiermärkischen …«

Nechyba beugte sich vor und grantelte: »Kusch, Depperta. Kein Wort mehr, sonst hol' ich den Schaffner und lass' dich bei der nächsten Station wegen Widerstand gegen die Staatsgewalt und wegen Aufruhr und politischen Hetzreden arretieren. Also halt' die Gosch'n.«

Nach einer kurzen Pause fügte er hinzu:

»Am besten schleicht* Er sich jetzt aus dem Abteil da.«

Mit hochrotem Gesicht und fahrigen Bewegungen riss der Hofrat seinen Reisekoffer von der oberhalb der Sitze befindlichen Gepäckablage und verließ leise schimpfend das Abteil. Nechyba schnaufte zufrieden. Er zog sich die Schuhe aus und betrachtete seine Füße, die ob der Hitze ziemlich angeschwollen waren. Dann breitete er ein Taschentuch auf die Bank gegenüber und lagerte seine Füße darauf. Wenig später schlummerte er ein.

---

* verschwindet er

IV.

DER 2. JULI 1914 war ein strahlend schöner und ziemlich heißer Sommertag. Goldblatt, der es an solchen Tagen schwer in seinem Redaktionszimmer aushielt, schnappte sich den Jungredakteur Hainisch und ging mit ihm auf den Naschmarkt. Schließlich sahen und hörten vier Augen und Ohren mehr als zwei. Am Markt summte und brummte das hundertfache Stimmengewirr noch intensiver als sonst. Der Tod des Thronfolgers bewegte die Menschen: vom zerlumpten Gassenjungen bis zur herausgeputzten Hofratswitwe, die ausnahmsweise ihr Dienstmädel auf den Naschmarkt begleitete. Nicht aus Solidarität, sondern um aus erster Hand den neuesten Tratsch über die Trauerfeierlichkeiten des ermordeten Thronfolgers und seiner ebenfalls toten Gemahlin, der Herzogin von Hohenberg, zu erfahren. Da sie eine geborene Gräfin Chotek war und nicht zum Hochadel zählte, war sie laut Hofzeremoniell dem Thronfolger nicht gleichgestellt. Obersthofmeister Fürst Montenuovo hatte deshalb verfügt, dass es kein offizielles Staatsbegräbnis 1. Klasse geben würde. Die Ränke und Intrigen, die um den letzten Weg des Thronfolgers und seiner Frau bei Hof geschmiedet wurden, waren natürlich ein großartiger Stoff für den Klatsch in der Reichshaupt- und Residenzstadt Wien. Zusätzlich lag eine gereizte, aggressive Stimmung in der Luft, die sich gegen alles Serbische richtete. So hörte Goldblatt den sonst so charmanten und sich zurückhaltenden Planetenverkäufer Stanislaus Gotthelf laut über das serbische Gesindel schimpfen, während seine buntgefiederte Papageiendame Hermi einer Kundin einen Horoskopzettel aus seinem Bauchladen pickte. Die ehemalige Soubrette und nunmehrige Hausbesitzerin Henriette Hugó diskutierte auf's Eifrigste mit anderen Damen über Sinn und Unsinn des Hofzeremoniells, wobei man sich auch in diesem Kreis abfällig über die Serben äußerte. Am extremsten formulierte es aber die Greislerin Lotte Landerl:

»Serbien? Wissen S', was ich mit den Serben machen tät? Ich würde einmarschieren! Jawohl! Einmarschieren, wie der Prinz Eugen. Zuerst wird Belgrad erobert und dann der schäbige Rest. Weil, so kann das net weitergehen. Wir Österreicher dürfen uns von den Serben nimmer papierln* lassen. Wir müssen einmarschieren und denen ihren Thronfolger erschießen. Oder aufhängen oder so. Denn wie steht's schon in der Bibel geschrieben? Aug' um Aug', Zahn um Zahn, Thronfolger um Thronfolger!«

»Verzeihen, Gnädigste, so steht das aber nicht in der Bibel!«

»Das is' ma wurscht!«, schrie die Greislerin mit hochrotem Kopf und schob energisch die Extrawurstradeln in die Semmel.

»Einmarschiert und g'schossen g'hört!«

Goldblatt zahlte und verließ schleunigst die Greislerei. Die Wurstsemmel schenkte er seinem Jungredakteur, der sehr hungrig aus der Wäsche schaute. Goldblatt selbst war der Appetit vergangen.

---

* verkackeiern

Diese und unzählige andere Episoden diktierte er am späten Nachmittag im ›Café Sperl‹ dem Jungredakteur in die Feder. Als der Artikel fertig war, schickte er Hainisch in die Zeitungsredaktion in den 9. Bezirk. Er selbst entspannte sich beim Schmökern in den Tageszeitungen und beim Genuss eines weiteren ›Goldblatts‹. Schließlich betrat ein alter Bekannter, der Scharfrichter Lang, das Kaffeehaus. Freudig begrüßte er Goldblatt, den er schon längere Zeit nicht mehr gesehen hatte. Als der Cafetier Kratochwilla seinem Stammgast Lang persönlich den Kaffee servierte, forderte dieser ihn zu einer Runde Tarock auf. Kratochwilla sah sich im Kaffeehaus um und meinte dann schmunzelnd: »Einen vierten Mann brauch' ma noch. Aber da drüben sitzt eh der Malotta und macht ein Nachmittagsnickerchen. Den werden wir aufwecken und dann kann's schon losgehen, meine Herren.«

Die Tarockrunde dauerte bis kurz nach 9 Uhr abends. Laut gähnend und mit müden Augen brach der Fuhrwerksunternehmer Malotta das Spiel ab. Er zahlte seine Spielschulden und murmelte: »Nichts für ungut, meine Herren. Aber ich bin hundemüde. Die Hitze untertags hat mich ganz fertig g'macht. Ich muss mich jetzt niederlegen gehen.«

Goldblatt war ebenfalls müde. Als er gezahlt und sich verabschiedet hatte, vernahm er nach dem Verlassen des Kaffeehauses von ferne Lärm sowie schrilles Pfeifen. Ein leiser Schauer überrieselte ihn, und er eilte über den Naschmarkt in Richtung Paulanerkirche. Plötzlich befand er sich inmitten einer Meute von mehreren hundert Menschen, die alle ganz aufgebracht waren. Sie sangen die Kaiserhymne und jemand verbrannte die dreifärbige serbische Flagge. Immer weiter drängte die Menschenmasse voran. Ihr Ziel: die serbische Botschaft sowie die nahe gelegene Wohnung des serbischen Botschafters. Um 10 Uhr abends gelang es der drängenden Menschenmeute, den Polizeikordon zu durchbrechen und sich mit einem seitlich stehenden Trupp von Demonstranten zu vereinigen. Die Sicherheitswacheleute wichen zurück, der Mob drängte voran, der Sperrkordon drohte sich in unzählige Rangeleien und Massenraufereien aufzulösen. Goldblatt, der von Natur aus eher zart gebaut war, wurde von den drängenden und prügelnden Kerlen hin und her gedrängt; wie ein Kork in der Meeresbrandung. Schließlich war der donnernde Hufschlag von unzähligen Pferden zu hören. 50 berittene Polizisten trieben ihre Pferde in die Menge, die erschrocken auseinanderstob. Goldblatt konnte von Glück reden, dass er nicht vom Hufschlag eines Polizeipferdes getroffen wurde. Zu Fuß und in mehreren Automobilen traf für die Polizisten weitere Verstärkung ein. So konnten die Demonstranten zurückgedrängt und neue, sichere Sperrkordons gebildet werden. Ein Bezirksinspector hielt folgende Ansprache vor den Demonstranten: »Wir kommen Ihnen ja sehr entgegen, aber warum wollen Sie uns Unannehmlichkeiten bereiten? Wir können und dürfen nichts tun.«

Lautes Johlen und gellende Pfiffe waren die Antwort. Der Inspector holte tief Luft und fuhr fort:

»Gehen Sie doch zu dem Leichenzug unserer teuren Toten. Hier haben Sie ja bereits Ihre patriotische Gesinnung gezeigt.«

Durch solches gütliche Zureden konnte die Menge etwas beruhigt und zurückgedrängt werden. Viele gingen dann tatsächlich weiter Richtung Ringstraße, um den Trauerzug zu sehen. Auch Goldblatt ging zum Schwarzenbergplatz vor. Für den kleinwüchsigen Redakteur war es nicht leicht, einige Blicke zu erhaschen, denn Prinz Eugen Straße, Schwarzenbergplatz und Ring waren von Hunderttausenden Menschen gesäumt. An allen Fenstern und Balkonen sah man Menschen stehen. Die Särge von Erzherzog Franz Ferdinand und seiner Gattin Sophie fuhren in zwei schwarzen Wagen, die jeweils von sechs Rappen gezogen und von Erzherzog Franz Ferdinand-Ulanen, von Leibgardisten zu Fuß und zu Pferd sowie von zahlreichen hochgestellten Persönlichkeiten begleitet wurden. Als der Trauerzug am Schwarzenbergplatz vorbeigerollt war, schrie unmittelbar neben Goldblatt ein junger Kerl: »Nieder mit Serbien!« Unzählige Menschen stimmten ein, die Rufe schwollen zu einem Orkan an. Gleichzeitig begann ein unglaubliches Gedränge. Die Menschenmassen folgten dem Trauerzug. Es wurde gerempelt, gedrängt und getreten. Goldblatt versuchte verzweifelt aus diesem Strom herauszukommen. Als er am Rand angelangt war, sah er, wie plötzlich ein älterer Mann mit hochrotem Gesicht sich ans Herz griff und unter Krämpfen zusammenbrach und er wurde Zeuge, wie das Attentat von Sarajewo ein weiteres Todesopfer forderte.

V.

Erschöpft und verschwitzt kehrte Henriette Beinstein gemeinsam mit ihrer Minna vom Naschmarkt nach Hause zurück. Meine Minnerl, so eine treue Seele!, dachte sich die Beinstein, als sie vor der flirrenden Hitze der Gumpendorfer Straße in den kühlen Flur ihres Hauses flohen. Ein Schauer überrieselte sie. Auch nach mehreren Jahren konnte sie es noch immer nicht fassen, dass dieses schöne Mietshaus ihr gehörte. Ihr, der ehemaligen Soubrette, die in früheren Jahren im Theater an der Wien und auch an einigen nicht so bedeutenden Bühnen beachtliche Erfolge gefeiert hatte. Damals war sie die Operettendiva Henriette Hugó. Heute, mit ihren über fünfzig Lenzen und einem fast doppelt so viel zählenden Körpergewicht, war sie für die Theaterwelt gestorben und vergessen. Außer zahlreichen Kontakten zu Ex-Kollegen und -Kolleginnen war ihr nichts geblieben. Aber immerhin: Diese Kontakte ermöglichten es ihr, eine kleine Agentur für Nachwuchstalente zu betreiben. Und so konnte sie ab und zu Bühnenluft schnuppern. Sie seufzte tief, als sie hinter ihrer Minna die flache, geschwungene Sandsteinstiege in den Mezzanin und danach in den ersten Stock hinaufkeuchte. Zum Kuckuck mit dem Übergewicht! Aber dagegen anzukämpfen, hatte Henriette Beinstein schon seit geraumer Zeit aufgegeben. Genauer gesagt seit dem Tod ihres Ehegatten, des Wurstfabrikanten und mehrfachen Mietshausbesitzers Wenzel

Beinstein. Seit damals hatte sie sich in Sachen Essen und Trinken ein bisserl gehen lassen. Vor allem als sie merkte, dass junge Herren, die sie anziehend fand, sich nur mehr aufgrund massiver finanzieller Anreize mit ihr einließen. Das kränkte sie. Schließlich war sie einmal die gefeierte Sängerin Henriette Hugó gewesen, der die Männerwelt zu Füßen lag. Aber das war lange her. Keuchend erreichte sie hinter Minna, die die beiden schweren Einkaufskörbe ohne sichtliche Anstrengung in den 1. Stock getragen hatte, die Eingangstür zu ihrer Wohnung.

»Geh', sperr auf, Minnerl!«, schnaufte sie, »ich möchte jetzt nicht in meiner Handtaschen nach den Schlüsseln suchen.«

Die Bedienstete, ihr genauer Status im Beinstein'schen Haushalt war nicht klar zu definieren, tat wie ihr geheißen. Minna Dokupil war der gute Geist in Henriette Beinsteins Haushalt. Ursprünglich als Dienstmädel eingestellt, war sie im Laufe der Jahre zur Haushälterin der gnädigen Frau aufgestiegen. Da Minna mit ihren 46 Jahren auch nicht mehr die Jüngste war, war sie froh, diese Stelle sowie das Vertrauen ihrer Arbeitgeberin zu besitzen. Und nicht nur die Stelle, sondern auch die Stellung behagten ihr. Denn sie war mittlerweile zur Vertrauten der Beinstein geworden. Das brachte unter anderem den Vorteil, dass sie nicht mehr in der Küche schlafen musste. Nein, Minna Dokupil bewohnte erstmals in ihrem Leben ein eigenes Zimmer. Darauf war sie, die in einer Kleinhäusler-Keusche aufgewachsen war, in der ihre siebenköpfige Familie in einem einzigen Raum gewohnt hatte, besonders stolz. Außerdem besprach die gnädige Frau alle ihre Sorgen und Probleme mit ihr. Als besondere Auszeichnung empfand Minna, dass sie monatlich ein stattliches Haushaltsgeld in die Hand gedrückt bekam, mit dem sie nach eigenem Gutdünken schalten und walten konnte. Auch was die Arbeiten im Haushalt betraf, war Henriette Beinstein äußerst großzügig. So durfte Minna die Schmutzwäsche zu den Wäschermädeln und danach zu einer Bügelfrau bringen. Außerdem wurde sie von ihrer Arbeitgeberin mit erstklassigem Gewand ausgestattet: von der spitzenbesetzten Unterhose bis zum Dirndl, in dem sie die Beinstein am Sonntag in die Kirche begleitete. Und was das Essen und Trinken betraf, so verstand es sich von selbst, dass sie sich nehmen konnte, was immer sie wollte. Aber Minna achtete darauf, nicht allzu dick zu werden, und hielt sich dementsprechend zurück.

»Minnerl!«

Henriette hatte sich nach der Hitzeschlacht am Naschmarkt ein kühles Bad gegönnt. Als sie in dem angenehm temperierten Wasser lag und die üppigen Rundungen ihres blütenweißen Körpers sah, erinnerte sie sich plötzlich voll Wehmut an den Stanislaus Gotthelf. Wie der seinerzeit ihre Körperfülle genossen hatte! Über zwei Wochen lang war er nicht aus ihrem Bett herausgekrochen. Träumerisch schloss sie die Augen und erinnerte sich, wie er sie an den unmöglichsten Körperstellen gestreichelt und, vor allem, wie er ihr üppiges Kopfhaar stundenlang gekrault hatte. Kein Mann hatte das jemals wieder so hingebungsvoll getan. Henriette hatte plötzlich das Bedürfnis, dass jemand ihren Kopf streichle. Und da sie in der Badewanne saß und sowieso ziemlich verschwitzte Haare hatte, rief sie lauthals: »Minnerl!«

Der Dokupil, die nach dem zweiten Ruf im Bad erschien, gab sie den Auftrag, Wasser zu wärmen und ihr die Haare zu waschen. Als dies fünf Minuten später geschah und Minna mit ihren kräftigen Händen ihre Kopfhaut massierte, schloss sie die Augen und begann zu träumen. Vom Gotthelf und von all den anderen jungen Kerlen, mit denen sie einst etwas hatte. Als die Kopfwäsche beendet war und Minna mit einem Handtuch Haupt und Haar trockenrieb, murmelte Henriette plötzlich: »Den Gotthelf Stani sollt' ich wieder einmal zum Essen ausführen.«

VI.

Wie ein Pfeil, der unbeirrt sein Ziel sucht, so steuerte Aurelia den dicken Nechyba an. Dieser war völlig überrascht, als er im Menschengetümmel des Wiener Südbahnhofs plötzlich von seiner Frau umarmt wurde. Er war so verdattert, dass er erst mit einer kurzen Verzögerung ihre zärtliche Umarmung erwiderte. Dann drückte er sie allerdings so fest an sich, dass sie glaubte, ihre Rippen krachen zu hören. Und auch das Busserl, das sie ihm inmitten der Menschen vor unzähligen Fremden gab, erwiderte er stürmisch. Dann hielt er seine Frau lange in den Armen und sah sie einfach an. Wie zwei Gestrandete auf einer einsamen Insel, so standen Joseph Maria und Aurelia Nechyba im dichten Strom der Passanten. Dreieinhalb Wochen hatte er sie nun nicht gesehen. Und was noch viel schlimmer war: ihren Körper, ihre Lippen nicht gespürt. Das war in den elf Jahren, in denen sie sich nun kannten, noch nie vorgekommen. Neuerlich küsste er seine Frau und genoss, dass sie bei diesem Kuss ohne jeden Widerstand ihre Lippen öffnete.

»Habt's ka Wohnung? Es ausg'schamte Bagasch*!«, keifte eine ganz in Schwarz gekleidete Alte. Normalerweise hätte er dem Weibsbild eine saftige Antwort gegeben. Doch nicht jetzt. Nicht in diesem Moment. Er legte vielmehr seinen Arm um Aurelias Taille, schnappte mit der anderen Hand seinen schweren Koffer und sagte : »Komm, herzallerliebste aller Köchinnen. Gemma heim.«

Später, in der Tramway, fragte er dann: »Wieso hast du Zeit, mich abzuholen? Warum arbeitest du nicht? Und woher hast du gewusst, mit welchem Zug ich komm'?«

Ein schmerzliches Lächeln zeigte sich auf Aurelias Gesicht. Sie streichelte ihm über die Wange und sagte leise: »Es ist was Schreckliches passiert …«

Nechyba, der draußen in der Prinz Eugen Straße die Polizei-Absperrungen für den nächtlichen Leichenzug sah, nickte und murmelte: »Ja ja, den Thronfolger haben S' erschossen. Die narrischen Serben, die …«

---

* schamloses Gesindel

Aurelia schaute ihren Mann mit großen Augen an und lächelte dann traurig: »Ja, das auch. Aber das betrifft mich nicht unmittelbar. Dass man hingegen den Alphonse vor zwei Tagen mausetot in einer Dachkammer aufgefunden hat, das …«

Weiter sprach sie nicht. Dicke Tränen rannen über ihre Wangen und Nechyba nahm sie nach einer Schrecksekunde in die Arme. Betroffen flüsterte er: »Das ist aber jetzt net wahr, dass der Schmerda Bub tot ist?«

Aurelia nickte nur und kramte in ihrer Handtasche nach einem Taschentuch. Sie trocknete sich die Tränen ab und schnäuzte sich lautstark. Dann erzählte sie mit bebender Stimme: »Wir alle in der Familie Schmerda sind am Boden zerstört. Wie der Herr Hofrat das erfahren hat, hat er sofort seinen alten Bekannten, den Polizeipräsidenten Gorup von Besanez angerufen und darauf bestanden, dass du die Untersuchung führst. Und weil du dem Herrn Polizeipräsidenten heute vom Grazer Bahnhof aus ein Telegramm geschickt hast, dass du um 5 Uhr nachmittags am Südbahnhof ankommen wirst, hat er das meinem gnädigen Herrn sofort mitgeteilt. Worauf dieser mir befohlen hat, dich abzuholen und sofort zu ihm nach Hause zu bringen. Er möchte dringend mit dir sprechen.« Sie schnäuzte sich neuerlich und sagte dann mit einem müden Lächeln: »Du siehst also, ich bin im Dienst.«

VII.

G<small>UT GELAUNT SPAZIERTE</small> Z<small>YGMUNT</small> K<small>ARMINSKY</small> am
frühen Morgen über den Praterstern. Übermütig
schwang er seinen Spazierstock und summte ein pol-
nisches Kinderlied, das ihm seinerzeit seine Mutter bei-
gebracht hatte. Da er die Brieftasche voller Geld hatte,
und es ein sonnig warmer Sommertag zu werden ver-
sprach, gab es tatsächlich keinen Grund, übellaunig zu
sein. Er kam vom Nordbahnhof. Dorthin hatte er den
g'scherden Kren*, den er und seine Leute bis kurz vor
6 Uhr morgens im Café Nord abgestiert** hatten,
begleitet. Der Arme war am Boden zerstört gewesen.
Kein Wunder, hatte er doch beim Kartenspiel über 50
Kronen, seine goldene Uhr samt Uhrkette, eine silber-
ne Tabatiere sowie den Ehering verloren. Die Wert-
sachen hatte Karminsky eingesteckt. Er würde sie in
den kommenden Tagen bei einem jüdischen Händler,
der ihm immer einen guten Preis machte, versilbern.
Vom Bargeld hatte er die Hälfte kassiert. Die andere
Hälfte war unter den Mitspielern, dem Cafetier sowie dem Türlschnapper, der die Eingangstür des Kaffeehauses bewacht hatte, aufgeteilt worden. Tja, Zygmunt Karminsky ließ seine Leute gut leben. Wer für
ihn arbeitete, konnte auf einen gerechten Anteil am
Gewinn hoffen. Das galt für die Falschspielerpartie

---

* Landei
** ausgenommen

genauso wie für die drei Baner*, die er auf den Strich schickte. Im Gegensatz zu anderen Strizzis nahm er ihnen nicht nur den Liebeslohn ab, er bot ihnen auch etwas dafür: eine anständige Unterkunft, zwei Mahlzeiten pro Tag und natürlich Schutz und Hilfe. Ähnlich verhielt es sich mit den auf eigene Rechnung arbeitenden Huren sowie mit den Bettlern, Taschendieben und Wanderhändlern, die in Karminskys Revier, das sich in der Leopoldstadt rund um die Praterstraße erstreckte, ihren Geschäften nachgingen. Sie alle zahlten ihm eine wöchentliche Gebühr, für die sie in einer Notsituation auch seine Hilfe in Anspruch nehmen konnten. Aufgrund dieser Geschäftsphilosophie hatte sich Zygmunt Karminsky seinen Spitznamen in der Wiener Galerie** erworben. Man nannte ihn den ›Guadn‹. Und weil er sich ja tatsächlich als wohltätigen Menschen sah, hatte er vorhin den g'scherden Kren zum Nordbahnhof begleitet und ihm dort eine Bahnkarte heim nach Gänserndorf gekauft. Der Kren, der ein wohlbestallter Großbauer war, hatte sich dafür überschwänglich bedankt und ihm zum Abschied sogar die Hand geküsst. Solche Gesten rührten den ›Guadn‹ und nährten obendrein seinen ›guten Ruf‹.

Daheim angekommen, klopfte er an die Hausmeistertür. Es öffnete das Friederl, ein Mädel, das nicht ganz richtig im Oberstüberl war. Er hatte sie als halbverhungerte Bettlerin vor einem Jahr beim Nordbahnhof aufgelesen.

---

* Huren
** Unterwelt

Nun leistete sie seiner Tante Agnesz, die in seinem Haus die Hausmeisterfunktion und für seine Dirnen gleichzeitig auch die Stelle der Koberin* innehatte, Hilfsdienste. Sein Haus? Jawohl. Er hatte es vor einigen Jahren im Zuge einer sich über mehrere Nächte hinziehenden Kartenpartie gewonnen. Der Verlierer war ein junger Bursch gewesen, der das Haus geerbt hatte. Die notarielle Übertragung war nicht ganz problemlos gewesen, da hatte Zygmunt Karminsky schon einigen Druck auf den Knaben ausüben müssen. Schließlich zahlte er ihm sogar noch fünfhundert Kronen, so dass der Kerl wenigstens ein bisschen was von seiner Erbschaft hatte. Damit bewahrheitete sich wieder einmal der Spruch: Der ›Guade‹ lässt keinen verkommen. Nun residierte Karminsky mit seinen drei Banern, mit seiner Tante und dem Friederl im Erdgeschoss des Hauses. Darüber, in den nobleren Stockwerken, wohnten nach wie vor ganz normale Mieter, die Karminsky Monat für Monat brav ihren Obolus entrichteten.

Zygmunt Karminsky nahm in der Wohnküche der Hausmeisterwohnung Platz. Seine Tante servierte ihm eine Schale Kaffee und das Friederl strich ihm ein Butterbrot. Er frühstückte mit Genuss und las dabei die Morgenzeitung, die er am Nordbahnhof erstanden hatte. Die politischen Seiten sowie die Reportagen und Kommentare zum Leichenzug des Thronfolgers interessierten ihn nicht. Politik war etwas für gebildete Herrschaften, die vor allem besser und flüssiger lesen konnten als er. Ihn interessierten die Lokalnachrichten. Die Berichte über das, was in der

* Puffmutter

Wienerstadt und auch anderswo einfachen Menschen passiert war. Das fand der ›Guade‹ interessant. Wie zum Beispiel folgende Meldung: *Unfall in der Rennweger Kaserne*

Bei Arbeiten im Hofe der Rennweger Kaserne wurde gestern nachmittags die 27-jährige Taglöhnerin Josefa Radowska, Apostelgasse 22 wohnhaft, die Mutterfreuden entgegensieht, von einer umfallenden drei Stockwerke hohen Gerüstleiter getroffen und erlitt eine Gehirnerschütterung, eine Quetschung des Bauches und eine Kopfwunde.

Er hatte diesen Artikel gerade fertig gelesen und das letzte Stück Butterbrot in den Mund gesteckt, da kamen nacheinander seine Baner nach Hause. Zuerst die Franzi und die Hella, die ganz aufgeregt von dem Leichenzug des Thronfolgers berichteten und wie sie danach bei den völlig aufgekratzten Männern gute Geschäfte gemacht hatten. Zufrieden strich Karminsky das von den Mädeln verdiente Geld ein, wobei er großzügig jeder zwei Kronen zuschob. Schließlich kam auch sein drittes Mensch, die Vroni. Sie zog einen riesigen Fotz und maulte übellaunig herum. Karminsky hasste es, wenn eines seiner Menscher die harmonische Stimmung, um die er stets bemüht war, störte. Er sagte aber kein Wort. Als sich die Vroni zu ihm und den anderen beiden setzte, Kaffee schlürfte und keinerlei Anstalten machte, den Liebeslohn der letzten Nacht auf den Tisch zu legen, knurrte er: »Und: Was hast' verdient, heut' Nacht?«

Die Vroni schüttelte unwillig ihre roten Locken und maulte: »Net viel. Weil alle nur politisieren aber net pudern* wollten.«

---

* Geschlechtsverkehr ausüben

Karminsky reagierte nicht. Er las weiter in der Zeitung und trank in Ruhe seinen Kaffee fertig. Dann stand er auf und faltete sein Taschentuch auseinander, so, als ob er sich kräftig schnäuzen wollte. Doch er hatte anderes im Sinn. Blitzschnell griff er sich den lockigen Schädel der Vroni und stopfte das Taschentuch in ihr aufgerissenes Maul. Dann winkte er der Agnesz, die mit einem Küchenfetzen kam und diesen über Vronis geknebelten Mund band. Das rothaarige Mensch zappelte und trat um sich. Doch es half ihr nichts. Gegen die kräftigen Hände ihres Zuhälters hatte sie keine Chance. Er beugte ihren Oberkörper über den Küchentisch und schlug ihren Rock und Unterrock hinauf. Mit einem schnellen Griff war Vronis Unterhose heruntergerissen und dann hagelte es Schläge. Harte, kräftige Hiebe mit dem Spazierstock. Pfeifend sauste dieser gnadenlos auf Vronis schneeweißen Popo nieder, bis er von rötlichen und violetten Striemen gezeichnet war. Danach musste sich Vroni die Unterhose hinaufziehen und wieder an den Tisch setzen. Was sie mit schmerzverzerrtem Gesicht tat. Nun befahl ihr Karminsky die Kopfbinde abzunehmen und den Knebel auszuspucken. Väterlich hob er den Zeigefinger und sagte mit ruhiger Stimme:

»Dass du mir ja nicht zum Plärren anfangst. Kusch bist. Ganz kusch. Weil hier wird kein Bahöö* g'macht. Wir sind ein anständiges Haus!«

---

* Wirbel

VIII.

EIN HEFTIGER WESTWIND rüttelte seit den Morgenstunden an den Fenstern. Henriette Beinstein stand an diesem Samstag trotzdem rechtzeitig auf, denn sie wollte unbedingt den Gotthelf treffen. Da dieser am ehesten am Vormittag am Naschmarkt unten anzutreffen war. Minnerl, die gewohnt war, dass ihre Dienstgeberin normalerweise bis mindestens neun Uhr schlief, war völlig verblüfft. Schnell schlüpfte sie von ihrem Morgenmantel in das Hauskleid, band sich eine weiße Schürze um und stürzte in die Küche, wo sich die Beinstein an der heißen Kaffeemaschine die Finger verbrannt hatte.

»Greifen S' nix an gnä' Frau! I bin eh schon da.«

Sie nahm die fette Hand der Beinstein und hielt sie unter eiskaltes Fließwasser, bis ihre Dienstgeberin meinte: »Ist schon gut, Minnerl. Meine Finger sind jetzt eh schon Eiszapferln.«

Mit einem Küchenhandtuch trocknete Minnerl die Beinstein'sche Patschhand ab und schob die verschlafene gnädige Frau zum Küchentisch. Während Henriette Platz nahm, bereitete Minnerl ihr einen Milchkaffee zu. Dann nahm sie den am Vortag gekauften Striezel und schnitt zwei dicke Scheiben ab, die sie mit Butter bestrich. Henriette verzehrte nun in aller Ruhe ihr Frühstück und wurde allmählich, nach der zweiten Schale Kaffee, richtig wach. Sie schaffte der Minnerl an, ein Bad einzulassen und ihr das fesche weiße Sommerkleid und den neuen Sommer-

hut herzurichten. Etwas später tauchte sie in der Badewanne unter, genoss das warme Wasser und stellte sich
vor, neben dem Gotthelf in die Federn zu sinken und von
ihm liebkost zu werden.

Eineinhalb Stunden später verließ Henriette Beinstein
ihr Haus und wurde von einer Sturmböe fast umgerissen. Instinktiv griff sie nach ihrem breitkrempigen, weißen Sommerhut. Und das war gut so, denn dieser wollte
gerade abheben und quer über die Gumpendorfer Straße
davonschweben. Staub, Sand und Dreck flogen durch die
Luft, ihre Augen fingen an zu tränen. Trotzdem kämpfte
sie sich verbissen die Köstlergasse hinunter zum Naschmarkt. Der Sturm war so heftig, dass sich riesige Staub-
wolken über dem Markt bildeten, die alles einhüllten
und zum Teil auch verdunkelten. Tapfer mit der Rechten ihren Hut haltend, stapfte sie zwischen den Stän-
den dahin, in denen das blanke Chaos ausgebrochen war.
Der Sturm wirbelte alles mögliche Glumpert* durch
die Luft. Dazwischen flogen immer wieder Stofffetzen
von Planen, Schirmen und Markisen der Standlerinnen.
Verkaufspulte wurden krachend umgerissen und Obst
und Gemüse kullerte durch die Gegend. Fratschlerinnen
schrien und fluchten, Kundinnen eilten vermummt durch
die Gänge und Gassenjungen johlten ob der chaotischen
Zustände. Endlich erreichte die Beinstein den Platz, wo
der Gotthelf normalerweise stand. Zu ihrer großen Enttäuschung war er aber nicht da. Plötzlich hörte sie Papa-
geiengekreisch. Ihr Blick folgte den Lauten und sie sah

* wertloses Zeug

Stanislaus Gotthelf im Stand einer Obsthändlerin sitzen. Mühsam beruhigte er seine buntgefiederte Papageiendame. Henriette Beinstein holte tief Luft, wobei sie eine ordentliche Prise Staub einatmete, und betrat den Stand. Die Gemüsefrau reagierte sofort: »Gnä' Frau, passen S' auf den Wind auf! Der blast Sie glatt fort. Drum sollten S' auf der Stelle 4 Kilo Marillen kaufen. Da nehmen S' dann 2 Kilo links und 2 rechts in die Hand. Da verdraht Sie ka Wind mehr. Mein Wort drauf!«

»Ist schon gut, Gusti«, wehrte Gotthelf die aufdringlichen Verkaufsversuche der Standlerin ab. »Die Dame ist eine Bekannte von mir. Die will wahrscheinlich einen Horoskopzettel erstehen.«

Henriette Beinstein trat auf ihn zu, ergriff seine Hand und seufzte: »Stani … So lange hab' ich dich schon nicht mehr g'sehn. Wollen wir nicht was trinken gehn? Komm, ich lad dich ein.«

Gotthelf küsste galant ihre Hand und die Standlerin keppelte: »Und was ist mit meinen Marillen? Da kräulen S' in mein Standl eine und dann kaufen S' nix! San S' narrisch? Sie g'selchter Stellwagen, Sie … Sie … windverdrahtes Christkindl, Sie Schastrommel, Sie!«

Henriette und Stani flüchteten aus dem Stand und duckten sich im Weglaufen, als die grantige Fratschlerin ihnen eine Handvoll fauler Früchte nachwarf.

Sie gingen gemeinsam in ›Die goldene Glocke‹, aßen üppig zu Mittag und tranken danach mehrere Achterln gemischten Satz. Am Nachmittag, als der Sturm etwas nachgelassen hatte, schaffte es die Beinstein tatsächlich, den Gotthelf zu überreden, mit in ihre Wohnung zu kommen. Als die Minnerl sah, dass die gnädige Frau in Herrenbegleitung war und dieser Herr noch dazu der windige Horoskopverkäufer vom Naschmarkt war, runzelte sie unwillig die Stirne. Henriette, die solche Eskapaden ihrer Angestellten nicht duldete, wies sie an, Kaffee zu kochen und im Esszimmer Kuchen zu servieren.

»Und deck bitte das ordentliche Kaffeeservice auf, Minnerl!«

Als diese sich murrend in das Esszimmer verzog, nahm sie den leicht betrunkenen Gotthelf auf's Neue bei der Hand und führte ihn in ihr Schlafzimmer, wo sie wie eine Wilde über ihn herfiel.

Als die beiden eine dreiviertel Stunde später etwas derangiert und noch immer ziemlich erhitzt Kaffee tranken, Kuchen aßen und in Erinnerungen an die alten Zeiten schwelgten, fragte Henriette plötzlich: »Sag Stani, kannst du dich noch an den kleinen Alphonse Schmerda erinnern? Ein hübscher Bengel war das. Wo der jetzt wohl stecken mag?«

IX.

»Na, endlich kommt einer von euch daher! Ich hab’ schon geglaubt, ihr lasst die Leich vom Schmerda bei uns da verschimmeln.«

So wurde Nechyba vom Gerichtsmediziner Dr. Haberda begrüßt.

»Wieso haben Sie sich so Zeit gelassen, Nechyba?«

»Ich war auf Kur. Wegen dem Schmerda hab’ ich s’ abgebrochen und bin vorzeitig zurück nach Wien.«

»Wo waren S’ denn?«

»In Bad Gleichenberg, in der Steiermark.«

»In Gleichenberg waren S’? Na, das ist ein weiter Weg.«

»11 Stunden dauert die Reise!«

»Gott sei dank sind S’ jetzt wieder da. So! Schau’n wir uns den Burschen einmal an …«, mit diesen Worten zog Dr. Haberda schwungvoll das Leichentuch von dem Körper. Nechyba betrachtete die ebenmäßigen, nun aber leblosen Gesichtszüge Alphonse Schmerdas. Mein Gott!, schoss es Nechyba durch den Kopf, so ähnlich hat er drein g’schaut, als ich ihm vor über zehn Jahren einmal zwei saftige Ohrfeigen mitten am Naschmarkt verabreicht hab’. Äpfel hat er damals gestohlen. Jetzt, wo der junge Schmerda blass und tot vor ihm lag, tat Nechyba diese Unbeherrschtheit leid. Für eine Entschuldigung war es jedoch zu spät.

»A fescher Kerl war das«, bemerkte Dr. Haberda.

»Wenn man sich allerdings seinen Rücken anschaut, dann ist der weniger fesch. Geh, Franz komm her und hilf mir beim Umdrehen!« Die letzten Worte hatte er an den Prosekturgehilfen gerichtet. Der schlurfte herbei und drehte die sterblichen Überreste Alphonse Schmerdas mit einem schwungvollen Ruck um, so dass das tote Fleisch auf den Seziertisch klatschte. Wie beim Fleischhauer, dachte sich Nechyba, betrachtete interessiert die unzähligen Einstiche auf Schmerdas Rücken und murmelte: »Na serwas ...«

»Ja, da scheint einer im wahrsten Sinne des Wortes einen mordsmäßigen Gizi* auf den Burschen gehabt zu haben. Die Stiche wurden mit einer enormen Wucht ausgeführt. Die Tatwaffe muss ein Küchenmesser gewesen sein. Ein schön scharfes, spitzes Fleischmesser, kein Brotmesser oder so.«

Nechyba trat hinaus auf die Sensengasse und war erschüttert. Nicht so sehr, weil er sich eine Leiche hatte ansehen müssen. Leichen hatte er in seinem Leben schon mehr als genug gesehen. Das berührte ihn nicht mehr. Auch die strengen Gerüche im Gerichtsmedizinischen Institut ließen ihn kalt. Nein, was ihm an die Nieren ging, war die Tatsache, dass der junge Schmerda tot war. So ein Feschak**, aus so einer guten Familie. Einer, dem alle Türen offen standen. Und jetzt lag er da, abgestochen wie eine Sau. Nechyba rann es kalt über den Buckel, obwohl er schwitzte. Dieses verdammte Wetter! Gestern, am Sonntag, war es endlich einmal angenehm kühl

---

* Wut
** Attraktiver, fescher Mann

gewesen, aber heute heizte die Sonne schon wieder herunter. Nechyba, der sich daheim einen Überzieher angezogen hatte, schwitzte. In Gedanken versunken bog er in die Währinger Straße ein und ging stadtauswärts. Als er am ›Café Orleans‹* vorbeikam, verspürte er plötzlich ein zartes Hungergefühl. Also betrat er das Kaffeehaus und bestellte eine Eierspeis aus drei Eiern. Dazu trank er zwei Mokka. Als er das Kaffeehaus verließ, fühlte er sich besser. Energischen Schrittes ging er zur Stadtbahnstation, wo er mit der Gürtellinie bis zur Nussdorferstraße fuhr und dort zur Donaukanallinie umstieg. Beim Kaiser-Ferdinands-Platz** stieg er aus und wanderte über die Ferdinandbrücke*** seinem Ziel in der Zirkusgasse entgegen. Noch immer war er erschüttert über den plötzlichen Tod des jungen Schmerda. Und da nichts besser half, seelische Erschütterungen zu verdauen, als ein ausgiebiges Essen, begab er sich in der Schmelzgasse in die Restauration ›Zum Weißen Tiger‹. Er orderte eine Grießnockerlsuppe und danach ›weiße Nierndln‹****. Dazu trank er ein großes Bier und nach der Hauptspeise einen doppelten Vogelbeerschnaps und ein kleines Bier. Allmählich kehrten die Lebensgeister in den Inspector zurück. Einzig, dass er jetzt keine Virginier rauchen durfte, trübte sein Wohlbefinden. Andererseits wusste er, dass der Arzt Recht hatte, als er Nechybas jahrzehntelanges Rauchen als Ursache der geschädigten Atemwege und

---

* Heute: Café Weimar
** Heute: Schwedenplatz
*** Heute: Schwedenbrücke
**** Stierhoden. Sie werden feinblättrig – so wie Nieren – geschnitten und mit Zwiebel gedünstet

44

Schleimhäute diagnostizierte. Nechyba atmete tief durch und genoss den Wirtshausdunst, in dem sich Gulaschduft mit Rindsuppenaroma, säuerlichem Biergeruch und Tabakrauch mischte. Seit seiner Kur in Bad Gleichenberg konnte er endlich wieder tief durchatmen, ohne dass es in seinem Brustkorb rasselte und er danach fürchterlich husten musste. Ja, die Kur war doch nicht vergebens gewesen. Obwohl die mühsame, elfstündige Reise nach Gleichenberg und zurück ihm für immer in Erinnerung bleiben würde. Nechyba raffte sich auf weiterzuarbeiten. Er verließ die Gaststätte und spazierte die Schmelzgasse zur Zirkusgasse vor, bog um's Eck und gelangte zum Haus N° 21. Dort betrat er den kühlen Hausflur und schnaufte erleichtert. Nachdem er eine Minute die Kühle genossen hatte, klopfte er bei der Hausmeisterwohnung. Eine Frauenstimme antwortete keifend: »Hörn S'! Es ist Mittagszeit! I sitz grad beim Essen. Kommen S' in einer Viertelstund' wieder.«

»Polizei! Aufessen können S' nachher.«

»Gehen S'! Halten S' mi net am Schmäh.«

»Machen S' keine Manderln! Sonst tret' i die Tür ein.«

»Um Gottes willen! I komm' ja schon.«

Nechyba hörte schlurfende Schritte. Dann wurde die Tür aufgesperrt und geöffnet. In der dunklen Öffnung stand ein kleines, fettes Weib, das sich mit dem Handrücken den fast zahnlosen Mund abwischte. Nechyba zückte seine Polizeiagenten-Kokarde und grantelte: »So fett wie Sie sind, sollten S' überhaupt nix essen.«

Die Alte maß ihn vom Scheitel bis zur Sohle. Dann erwiderte sie: »Da red' grad der Richtige.«

Nechyba musste grinsen.

»Is' schon gut. Ich komm' wegen den Schlüsseln von der Dachbodenwohnung. Dort, wo letzte Woche der junge Mann ermordet worden is'.«

»Der junge Mann? Ha! A Strizzi war des! A Peitscherlbua und Hurentreiber!«

Nechyba schluckte: »Woher wollen S' denn des wissen?«

»Als Hausmeisterin weiß ich alles. Des wär ja noch schöner! Was den Schlüssel vom Dachgeschoss betrifft, so hab' i den net. Den hat die gnädige Frau, die Selnitzky.«

»Und wo find ich die Selnitzky?«

»Na wo? Im Keller sicher net. In der Beletage natürlich, im ersten Stock oben.«

Die Hausmeisterin drehte sich um und rief in die dunkle Wohnung: »Karl, komm! Zeig dem Kiberer*, wo die Selnitzky wohnt. Damit er si' net verlaufen tut. Die einbrennten Hund** rennen dir ja net davon. Die kannst später a no essen.«

Ein dünnes Manderl, das Nechyba mit einem wässrigen hellblauen und mit einem ebensolchen Glasauge kurz ansah, kam aus der Hausmeisterhöhle. Er schlurfte ohne Gruß zum Stiegenhaus am Ende des Ganges. Nechyba folgte ihm, die Tür der Hausmeisterwohnung wurde hinter ihm krachend ins Schloss geworfen. Im ersten Stock läutete das Mandl, und ein Dienstmädchen öffnete. Der Hausmeister trat wortlos zur Seite, so dass Nechyba sein

---

* Polizisten
** Kartoffel in Mehlschwitze

46

Anliegen vorbringen konnte. Das Dienstmädchen machte einen Knicks und sagte: »Ich rufen gnädiges Frau.«

Wenig später erschien die Hausbesitzerin. Nechyba stellte sich vor und sie holte ohne viel nachzufragen aus dem Schlüsselkasten einen dicken, altmodischen Schlüssel.

»Damit können Sie in Alphonses Wohnung.«

»Alphonse? Kannten Sie den jungen Herren so gut?«

Die Selnitzky wurde rot und stotterte: »Er war ja noch fast ein Kind. Und da hab' ich halt mütterliche Gefühle entwickelt. Er war so ein lieber Mensch!«

Die Hausbesitzerin fing zu schluchzen an und Nechyba suchte schleunigst das Weite. Er drückte dem Hausmeister den Schlüssel in die Hand und sagte: »Gemma auf's Dach aufe.«

Die Enttäuschung war groß. In der spärlich möblierten Dachkammer war nichts zu finden. Beim genaueren Hinschauen entdeckte Nechyba unzählige feine Blutspritzer rund um's Bett. Nachdenklich betrachtete er sie. Schließlich setzte er sich auf ein Eck des Bettes, das nicht von Blut getränkt war, und fragte den regungslos neben der Tür stehenden Hausmeister: »Wie gut hat die Selnitzky den Schmerda gekannt?«

Der Glasäugige gab jammernd zur Antwort: »Ich möchte meine einbrennten Hund fertig essen.«

Nechyba reagierte grantig: »Wennst ma deppert kommst, nehm' i dich auf's Revier mit. Dann kannst dir dein Mittagessen in die Haar' schmieren.«

»Ich möchte ...«, fing der Hausmeister wieder zu

lamentieren an. Als er aber Nechybas Zornfalte sah, besann er sich und begann zu plaudern: »Ganz narrisch war's auf ihn! Sonst kümmert sie sich nie um die Mieter. Das machen sonst alles wir, mei Alte und i. Aber bei dem war's ganz haglich*. Und später dann eifersüchtig. Weil der dauernd irgendwelche Menscher daherzaht hat.«

X.

»I HAB' ANGST …«

Zygmunt Karminsky lehnte sich in seinem Ohrensessel zurück und fixierte das Häufchen Elend, das da vor ihm stand. Statt dem Mädel in den abgerissenen Kleidern, das einen abgewetzten, kleinen Koffer wie zum Schutz vor sich hielt, eine Antwort zu geben, winkte er dem Friederl zu. Sie schob ein Beistelltischchen vor ihn hin und breitete eine weiße Stoffserviette darauf aus. Dann servierte sie ihm einen dampfenden Teller Bouillon, in der drei Eier schwammen. Karminsky begann vorsichtig, die brennheiße Suppe zu schlürfen, und grunzte zufrieden: »Ahh!«

»I hab' Angst, dass der, der was meinen Freund erstochen hat, dass der auch mich erwischt.«

---

* heikel

Unbeeindruckt löffelte Karminsky seine Suppe weiter. Völlig verunsichert fing Anni Pritschnigg nun zu erzählen an: »Mein Freund war der Schauspieler und Conferencier Alphonse Schmerda. Sie haben ihn gekannt. Schließlich haben Ihre Leut' ihn ja a paar Mal fürchterlich verdroschen. Weil … weil … ich für ihn am Strich gangen bin und er Ihnen keine Schutzgebühr zahlen wollte. Und jetzt … jetzt hab' i Angst. Ich möcht' so sterben!«

Sie warf sich vor die nackten Füße des ›Guadn‹, die in eleganten Lederpantoffeln steckten.

»Ich bitt' recht schön Euer Gnaden, lassen S' mich nicht auch umbringen.«

Unwillig verzog Karminsky das Gesicht und stieß sie mit dem rechten Fuß weg. Knurrend fragte er: »Wie kommst auf die blöde Idee, dass ich den Schmerda maukas g'macht* hab'? Wer hat dir diesen Stuß** erzählt?«

Anni Pritschnigg brach in Tränen aus und schluchzte: »Net bös sein, Euer Gnaden. Aber das liegt doch auf der Hand. Der Schmerda hat Ihre Geschäfte gestört.«

Karminsky lachte aus vollem Hals: »Was? Der Schmerda soll mein G'schäft g'stört haben? So ein Schmonzes! Der Hosenscheißer war doch noch grün hinter den Ohren. Außerdem war der ein Schauspieler! Ein Conferencier! So einer kann meine Geschäfte nicht stören.«

Er wandte sich von ihr ab und rief mit lauter Stimme: »Friederl! I hab' an Hunger! Wo bleibt mein Essen?«

---

* umgebracht
** Blödsinn

Eilfertig schlurfte der Diensttrampel mit einem Teller voll köstlichem Rindfleisch daher. Karminsky rieb sich die Hände und stellte zufrieden fest: »Ah! Fledermaus* mit Spinat und Gerösteten.« Dann begann er konzentriert zu essen. Anni Pritschnigg schluchzte weiter leise vor sich hin. Karminsky hielt inne, sah kurz auf und sagte mit vollem Mund: »Klane, hör auf zum Rearn**. Setz dich an den Tisch dort und iss an Teller Suppe. Das gibt Kraft und Zuversicht. Und verscheucht die Flausen aus deinem Schädl ... Friederl! Hol noch a Supp'n für das Mensch da.«

Wenig später löffelte Anni Pritschnigg gierig die kräftige Rindsuppe. Karminsky beobachtete ihren Heißhunger und lächelte zufrieden. Das Mensch hat schon a Zeit lang nix mehr zum Essen g'habt, dachte er sich. Andererseits, wenn's am Strich geht, müsst sie sich doch zumindest in einem Tschecherl*** was leisten können. Letztendlich war es Karminsky aber wurscht. Er aß, ohne von ihrem Weinen weiter gestört zu werden, die ganze Portion auf, nahm danach einen kräftigen Schluck Bier und rülpste lautstark. Anni Pritschnigg war ebenfalls fertig, unterdrückte ihrerseits aber artig einen Rülpser.

»Gott vergelt's Ihnen, gnädiger Herr. Das war sehr gut.«

Karminsky lehnte sich zurück, strich sich behaglich über den Bauch, der sich unter dem seidenen Morgenmantel wölbte.

---

* Speziell geschnittenes Rindfleisch aus der Hüfte. Wird gekocht wie der Tafelspitz
** Weinen
*** mieses Vorstadtlokal

»Also, Klane, was willst von mir?«

Die Pritschnigg wurde rot und stammelte: »Jetzt, wo der Alphonse tot ist, steh ich völlig allein da … und bei der Frau, bei der ich Bettgeherin war, bin ich rausgeflogen. Ich hab' nix mehr, net einmal mehr eine Schlafstelle. Deshalb hab' ich mir 'dacht, ob ich nicht für Sie …«

Sie hielt inne und schwieg verlegen. Der ›Guade‹ sah sie streng an und sagte leise: »Was willst für mich?«

»Am … am … Strich gehen.«

»Ah so …?«

Er musterte sie und brummte dann: »Dünn bist … sehr dünn. Du hast ja kaum a Tuttl* …«

Die Pritschnigg war plötzlich wie verwandelt. Mit wenigen Handbewegungen riss sie sich ihr Kleid und Unterkleid vom Leib. Da sie keine Unterwäsche trug, stand sie nur mit Strümpfen und Schuhen bekleidet vor ihm. Sie drehte und wendete sich geschmeidig, improvisierte ein paar Walzerschritte und drängte sich dann plötzlich auf seinen Schoß. All dem konnte und wollte sich Karminsky nicht verschließen. Und so kam er nach seinem späten Mittagessen zu einem nachmittäglichen Beischlaf.

Kurz nach vier Uhr betrat Karminsky, gefolgt von Anni Pritschnigg, die Nachbarwohnung. Hier waren seine anderen drei Huren untergebracht. Sie saßen in der Küche, die auch als Vor- und Esszimmer diente, und tratschten. Ihr Geplapper verstummte schlagartig, als sie die Neue sahen. Der ›Guade‹ räusperte sich und sagte

* Busen

mit Donnerstimme: »Franzi, Hella, Vroni! Das is' die Neue. Sie heißt Anni und wird jetzt mit Euch arbeiten gehen. Sie is' net neu im G'schäft, aber vielleicht könnt's ihr der Anni doch noch ein paar Sach'n beibringen. Sie wohnt jetzt bei euch da.«

»Und wo soll sie schlafen? Wir ham doch nur das Doppelbett und den Diwan«, fragte Hella leise. Karminsky lächelte dünn und befahl folgende Schlafordnung: »Du, Hella, schlafst weiter mit der Franzi im Doppelbett. Die Anni schlaft ab sofort am Diwan. Und Du, Vroni, übersiedelst vom Diwan in die unterste Lade der großen Kommode. Die wird das Friederl ausräumen und mit Decken und Polstern auffüllen.«

Vroni wurde blass. Zornestränen liefen ihre Wangen herunter und sie fauchte: »Wieso muass i in der Schublad' schlafen und net die Neiche?«

Karminskys Lächeln verlosch.

»Weil die Neue, so wie's pudert, sicher mehr verdienen wird wie du, du Trampel. Die letzten Nächte hast kaum an Schotter* ham bracht.«

»Na, wie soll i denn? I hab' an bluatigen Hintern. Jeder, der mein' Hintern sieht, hat ka Lust mehr auf's Pudern. Und wenn mi aner pudert, dann tuat's narrisch weh.«

Der ›Guade‹ starrte sie wortlos an. Dann sagte er leise: »Wannst mir in den nächsten zwei Wochen fünfzig Kronen ham bringst, kauf' ich dir a neiches Bett. Wann net, schlafst weiter in der Schublad'.«

---

* Geld

XI.

WER WAR DER GEHEIMNISVOLLE TOTE, der vor einigen Tagen in einer Dachbodenwohnung in der Zirkusgasse gefunden worden war? Die Sicherheitswache und das Polizeiagenteninstitut ließen keinen Mucks verlautbaren. Warum, zum Kuckuck? Was, beziehungsweise wer, steckte dahinter? Leo Goldblatts journalistische Neugierde war geweckt. Deshalb trieb er sich nun am Karmelitermarkt herum und hoffte, auf seinen Onkel Leo zu stoßen. Ein jüdischer Wanderhändler, der hier und in den anliegenden Gretzln seinen Geschäften nachging. Nach einigem Herumflanieren setzte sich Goldblatt schließlich ins ›Café Geissler‹, das sich direkt am Karmelitermarkt befand. Er platzierte sich so, dass er den Markt gut überblicken konnte, und wartete. Leo Goldblatt trank mehrere türkische Kaffees und rauchte einige Zigaretten. Langsam wurden seine Augenlider schwer und er schlief trotz des beachtlichen Kaffeekonsums ein. Eine lebhafte und lautstark geführte Diskussion am Nebentisch riss ihn aus seinen Träumen.

»Die Serben benötigen eine Lektion!«

»Eine Lektion? Reden S' net so einen Blödsinn! Wie soll denn diese Lektion aussehen? Ein kleiner Krieg vielleicht?«

»Jawohl! Ein Krieg muss her! Wir werden Serbien von der Landkarte löschen.«

Am Nebentisch applaudierten zwei Herren und der

Marqueur verstieg sich zu der Bemerkung: »Aus den Serben mach' ma Reisfleisch!«

Von einem weiteren Tisch erscholl der Schlachtruf: »Alle Serben in den Fleischwolf!«

Wieder gab es Applaus. Goldblatt fühlte sich äußerst unwohl und wollte gerade gehen, als sein Onkel Leo ins Café hereinspazierte. Der Redakteur sprang auf und rief: »Dich hat der Himmel geschickt, Onkel Leo! Servus! Komm setz dich her, was willst denn trinken?«

»Na, dass du dich nicht versündigst, Jingel*«, murmelte der alte Herr. Dann aber ergriff er die Hand seines Neffen, drückte sie lang und sagte: »Schön, dich zu sehen!«

Goldblatt bestellte für sich einen weiteren Türkischen und für seinen Onkel ein Glas Milch. Als sie friedlich zusammensaßen und die Kriegshetzer rundum ignorierten, rückte Goldblatt mit seinem Anliegen heraus: »Onkel Leo, ich brauch deine Hilfe.«

»Ach herjee! Wie soll ich alter Mann dir helfen?«

»Doch, doch! Du kommst ja unglaublich viel hier in der Gegend herum und kennst viele Leute. Sag, hast du von dem Toten in der Zirkusgasse gehört? Weißt du, wer das war?«

»Traurig, traurig …«, murmelte der alte Mann. Dann nahm er die drei übereinandergestapelten Hüte**, die er trug, ab und legte sie vorsichtig auf den Kaffeehaustisch.

---

* Jüngling auf Jiddisch
** Wanderhändler hatten im wahrsten Sinne des Wortes alle Hände voll zu tun, da sie ihr gesamtes Sortiment in Säcken und Taschen mit sich trugen. Deshalb war es nicht ungewöhnlich, dass ein Wanderhändler mehrere Hüte übereinander auf dem Kopf trug.

Er kratzte sich den kahlen Schädel, nahm einen Schluck Milch und begann zu erzählen:

»Keine dreißig Jahre war er alt. Und hochfliegende Pläne hat er g'habt, dieser Jingel. Ein eigenes Theater wollt' er gründen, hat aber net einmal Geld für einen g'flickten Rock gehabt. Gute Qualität, bisserl getragen, bisserl geflickt. Wollt' dem Jingel keinen Schmonzes verkaufen. Aber net einmal dafür hat er Geld gehabt. Wollt' zu reicher Frau gehen und um Geld bitten. Weil das Geschäft, in das er da hineingeraten war, war nicht gesund für den Jingel.«

»Was meinst du mit nicht gesund?«

»Na ja, kannst dabei bekommen eine auf Schabbesdeckel oder a Messer in den Bauch.«

Goldblatt sah, wie sich der Alte wand und um eine Erklärung rang. Plötzlich kam ihm eine Idee: »Willst du damit andeuten, dass der Tote ein Strizzi war? Einer, der sein Mädel auf den Strich g'schickt hat?«

Leo Abramowitsch nahm einen Schluck Milch und nickte. Goldblatt schlürfte einen Schluck Kaffee und dachte nach. Dann fragte er weiter: »Hat er sein Mädel hier in der Gegend auf den Strich geschickt?«

»Na, war ich dabei? Nein. Also kann ich dir solche Fragen nicht beantworten. Aber grün und blau haben s' gehaut den Jingel. Hat ausg'schaut wie ein Papagei.«

XII.

NACHDEM ER EINE WEITERE STUNDE mit dem Alten über Gott und die Welt und natürlich auch über die Familie geplaudert hatte, begab sich Leo Goldblatt in das ›Café Reklame‹. Er wusste, dass hier der ›Guade‹ untertags Hof hielt. Als langjähriger Gerichts- und Lokalreporter kannte Goldblatt den ›Guadn‹. Er hatte schon vor vielen Jahren über den jungen Karminsky berichtet, der als Oberhaupt der berüchtigten Prater-Platte* mehrmals straffällig geworden war. Später hatte Goldblatt dann über weitere Verhaftungen und die darauf folgenden Freisprüche geschrieben. Sie erfolgten immer aus einem Grund: Niemand wollte vor Gericht gegen Karminsky aussagen. Tja, Karminsky war mittlerweile nicht mehr der Anführer einer Gruppe krimineller Jugendlicher, sondern so etwas wie eine Institution in der Leopoldstadt. Entsprechend respektvoll näherte sich der Redakteur dem Kaffeehaustisch, an dem Karminsky zeitungslesend saß. Vor dem Tisch stehend räusperte er sich leise und wartete, bis der ›Guade‹ von seiner Lektüre aufsah.

»Ah, der Herr Redakteur! Was führt Ihn zu mir?«

»Ich wünsche einen schönen Nachmittag, Herr Karminsky. Wollte ein bisserl plaudern mit Ihnen.«

»Plaudern wollen S'? Na, dann setzen Sie sich doch. Da schaun S', was i grad in der Zeitung g'lesen hab': *Gestern früh wurde im Haus Dreihausengasse 5 in Hietzing ein*

---

* Prater-Bande

Mordversuch verübt. Im Hause wohnte die Gemischt-
warenverschleißerin Elisabeth Schmidt. Gestern früh um
5 Uhr klopfte es an ihrem Geschäfte, das auch im Haus ist.
Frau Schmidt öffnete und sah sich dem im selben Hause
wohnhaften 21-jährigen Hilfsarbeiter Johann Glatzmaier
gegenüber. Dieser stürzte sich augenblicklich auf die Frau,
versetzte ihr mehrere Faustschläge gegen den Kopf und
das Gesicht, zog dann einen Revolver der geladen war
und stieß ihr die Waffe in den Mund. Die Frau stürzte
bewußtlos zusammen. Glatzmaier ergriff die Flucht …
Also in Zeiten leben wir! Das ist ja unglaublich. Im ruhi-
gen Hietzing draußen passiert so was. Da bin ich doch
froh, dass ich in der Leopoldstadt wohn'.«

»Na, so ruhig ist es in der Leopoldstadt auch nicht.
Mir kam zu Ohren, dass ein junger Bursch gleich zweimal hintereinander grün und blau gehaut worden ist.«

Karminsky winkte dem Marqueur, der diensteifrig
erschien, und bestellte für sich einen Fiaker sowie einen
Türkischen mit einem Schuss Trebernen für Goldblatt.
Dieser war verblüfft, dass Karminsky seinen Lieblings-
kaffee kannte. Als der ›Guade‹ den erstaunten Gesichtsausdruck des Redakteurs sah, schmunzelte er.

»Wissen Sie, Herr Redakteur, i merk' mir fast alles.
Und wann i mir einmal was beim ersten Mal net merk',
dann sicher beim zweiten Mal.«

»Na, dann erinnern Sie sich ja auch sicher an die bru-
talen Überfälle auf den jungen Mann da in Ihrem Grätz-
el. Der hat übrigens in der Zirkusgasse 21 im Dachgeschoss gewohnt.«

»Ja ja, die jungen Leut'!«, seufzte der ›Guade‹, »da

schaun S', zu diesem Thema steht auch was Interessantes in der Zeitung: *Vorgestern nachmittags vergnügte sich eine große Anzahl von Schulbuben aus Perchtoldsdorf damit, daß sie gegen die dichtbesetzten in der Richtung nach Wien fahrenden Lokalzüge auf der Hauptstrecke förmliche Steinbombardements eröffneten, so daß die Passagiere dieser Züge in großer Gefahr waren, von den Steinen getroffen zu werden, nachdem die Waggonfenster durchwegs offen waren. Seitens der Südbahnstation Liesing wurde eine diesbezügliche Anzeige in Perchtoldsdorf erstattet und nunmehr ist die Polizei und Gendarmerie, unterstützt von der Schulleitung bemüht, die Steinwerfer zu eruieren.* Na, Herr Redakteur, was sagen Sie dazu? Die heutige Jugend!«

Goldblatt nippte an seinem Kaffee und überlegte, warum Karminsky ihm bezüglich des ermordeten jungen Mannes ständig auswich. Hatte er Dreck am Stecken? Hatte er den Nachwuchs-Strizzi umbringen lassen? Goldblatt beschloss, nicht aufzugeben, und sagte schmunzelnd: »Ja, so fängt's an, und dann werden s' irgendwann einmal auf einem Dachboden ermordet aufgefunden. Die jungen Leut'.«

Nun musste Karminsky lachen: »So einfach ist des a net. Da muss einer schon sehr viel Dreck am Stecken haben, wenn er maukas g'macht wird.«

Er nahm einen Schluck Kaffee, griff nach Goldblatts Unterarm, rückte ein Stück vor und sah dem Redakteur in die Augen: »I sag' Ihnen jetzt was: Der junge Schmerda war Sohn eines Hofrats, eines ganz hohen Viechs im Innenministerium. Der Blödian ist weg von daheim, hat sich eingebildet, dass er Theater spiel'n muss, hat davon aber net leben können. Deswegen hat er sei' Mädel auf den Strich g'schickt. Der Rotzbua hat sich aber an keine Spielregeln g'halten. Drum is' er jetzt tot. So schaut's aus.«

All das hatte der ›Guade‹ Goldblatt mit leiser Stimme erzählt. Nun ließ er dessen Unterarm los, lehnte sich zurück und sagte laut: »Jetzt möchte i in Ruhe mei' Zeitung weiterlesen. Auf den Kaffee sind S' eing'laden. Guten Tag, Herr Redakteur.«

Damit griff er zu dem Blatt, aus dem er vorgelesen hatte, und vertiefte sich darin. Goldblatt stand auf und verabschiedete sich höflich: »Es war mir eine Ehre, Herr Karminsky. Wünsche Ihnen noch einen schönen Tag!«

Der ›Guade‹ sah kurz von seiner Lektüre auf und rief ihm nach: »Sie schulden mir was, Goldblatt!«

XIII.

JOHANN SCHWARZER WAR SPÄT DRAN. Jung verheiratet, wie er war, war er heute Morgen nicht aus dem ehelichen Bett herausgekommen. Seine Frau Olga hatte sich so zärtlich an ihn geschmiegt, dass er alles rundum vergaß und sie leidenschaftlich liebte. Danach war er in ein

Kaffeehaus frühstücken gegangen und nun, um halb elf Uhr vormittags, keuchte er die Stiegen zu seinem Dachatelier hinauf. Dort wurde er schon erwartet. Zwei Kerle, ein Bär von einem Mann sowie ein weiterer mit einer sehr auffälligen Frisur, lungerten vor der Ateliertür herum. Sie maßen ihn von oben bis unten und der Kleinere sagte: »T'schuldigen, Meister. Sind Sie der Graf?«

Der Große gab ihm einen groben Rempler und ergänzte: »Der Fotograf wollt' er sagen ... hat er gemeint ...«

Schwarzer sah sich um. Die beiden Figuren gefielen ihm überhaupt nicht. Und hier oben war keine andere Wohnung, wo Parteien wohnten, die ihm bei einem Überfall helfen konnten. Gerade als er umdrehen und die Stiegen hinunterlaufen wollte, krähte der Kleinere: »Der Herr von Karminsky will Sie sprechen, Herr Graf ... Herr Fotograf!«

»Ich kenn keinen Herrn von Karminsky.«

»Er kennt aber Sie. Er ist ein Bewunderer Ihrer Kunst, hat er g'sagt. Und deshalb wundern S' Ihnen net, dass er Sie jetzt sprechen will.«

Der große Kerl ergänzte: »Der möchte mit Ihnen nämlich ins G'schäft kommen.«

»Und wo ist der Herr von Karminsky?«

»Na, bei sich zu Hause. Der besitzt nämlich ein Zinshaus. Des is' nämlich ein wirklicher Herr, unser gnädiger Herr. Wenn der Herr Graf jetzt mit uns mitkommen täten?«

»Das Zinshaus von unserem gnädigen Herrn is' eh ganz in der Nähe. Gleich um's Eck.«

Also trabte Schwarzer hinter den beiden die Stiegen hinunter. Ein Geschäft? Was das wohl sein würde? Wahrscheinlich wollte der Herr von Karminsky seine Familie ablichten lassen. Warum aber schickte er dann nicht ein Dienstmädel, sondern diese beiden Strolche? Das ganze erschien Johann Schwarzer ziemlich rätselhaft. Das Rätsel löste sich schnell auf, als Johann Schwarzer den Herrn von Karminsky im seidenen Morgenmantel in seinem Lehnstuhl thronen sah und zwar nicht in der Beletage, sondern herunten in einer Kleinwohnung direkt neben dem Hausmeisterkobel. Klarheit verschaffte ihm auch das gertenschlanke Mädel, das um Karminsky herumscharwenzelte und nicht viel mehr als ein dünnes, bodenlanges Hemd im modernen sezessionistischen Stil trug. Sie war eine Hure, die Schwarzer vor einigen Monaten nackt für ihren Zuhälter, einen gewissen Schmerda, fotografiert hatte. Karminsky rauchte eine dicke Zigarre und entließ die beiden Strolche mit einer Handbewegung.

»Nehmen S' doch bitte Platz, Herr Schwarzer. Anni, ruf das Friederl, damit sie dem Herrn Schwarzer einen Kaffee bringt. Oder wollen S' lieber einen Schluck Wein oder ein Bier?«

»Danke nein. Für alkoholische Getränke ist es noch zu früh.«

»Herr Schwarzer, Sie werden sich wundern, dass ich Sie kenn'. Ich bin schon lange ein Bewunderer Ihrer Künste. Die Films Ihrer Firma Saturn waren exzellent. Dagegen waren die pikanten Herrenabend-Films, die man bis dahin zu sehen bekommen hat, ein lauwarmer Schas* im Wald.«

* Furz

Schwarzer räusperte sich verlegen.

»Verzeihen Sie, Herr Karminsky, aber ich drehe schon seit einigen Jahren keine Herrenabend-Films mehr. Ich arbeite nur mehr als Fotograf.«

»Ich weiß, ich weiß. Und auch da bin ich ein Bewunderer Ihrer Kunst. Die Anni hat für ihren ehemaligen … für ihren … wie soll ich sagen ... für ihren Früheren halt Fotos bei Ihnen machen lassen. Exzellente Arbeit, Herr Schwarzer. Künstlerisch wertvoll. Da ich die Anni sehr mag, weiß ich, dass sie viel mehr Talent hat. Deshalb möchte ich, dass Sie das Mädel noch einmal fotografieren. Vielleicht ein bisserl pikanter. Mit gespreizten Biageln* und so. Ja, und vor allem ihren Apfel-Oasch. Den müssen S' so fotografieren, dass man am liebsten einebeißen möcht'.«

Karminsky fasste Anni um die Hüften, hob ihr Hemd und präsentierte Schwarzer den nackten Hintern der Dirne. Karminsky gab ihr mit der flachen Hand einen kräftigen Schlag auf die Pobacken. Anni kreischte vor Vergnügen und strampelte mit den Beinen. Schwarzer merkte, dass er eine Erektion bekam. Neuerlich räusperte er sich.

»Ich verstehe, was Sie wollen, Herr Karminsky.«

Das Friederl erschien mit einem Silbertablett, auf dem sich eine Kaffeeschale, ein Kännchen Obers sowie eine Zuckerschale und ein Löffel befanden. Wie im Kaffeehaus, dachte sich Schwarzer und war beeindruckt. Mit Behagen schlürfte er den Kaffee, der stark und wohlschmeckend war. Karminsky beugte sich vor und sagte

_____
* Beine

in vertraulichem Ton: »Herr Schwarzer, ich zahl' Ihnen zwanzig Kronen für die Fotografien. Und als Draufgabe dürfen S' die Anni schnaxln, ohne was zu zahlen.«

»Danke, Herr Karminsky, sehr großzügig. Aber ich bin frisch verheiratet.«

Karminsky griff Anni zwischen die Beine, dass diese neuerlich quietschte. Grinsend antwortete er: »Aber ich bitte Sie! Das is' a Grund, aber kein Hindernis.«

XIV.

MÜDE TRAT JOHANN SCHWARZER auf die Weintrauben-gasse hinaus. Er hatte einen arbeitsreichen Tag in der Dunkelkammer hinter sich. Nun freute er sich auf ein Bier und ein Abendessen. Langsam ging er die Gasse entlang und überlegte, ob er in Karl Matuschkas Res-tauration ›Zur Kugel‹ auf der Praterstraße oder in den ›Weißen Tiger‹ gehen sollte. Ecke Rotensterngasse sah er, wie drei Kerle auf einen hünenhaften Mann eindroschen. Zwei schlugen auf seinen Kopf ein. Dieser wehrte mit einer Doppeldeckung die einprasselnden Schläge ab. Der Dritte schlug ihm von hinten in die Nieren. Schwungvoll drehte sich der Dicke um und gab diesem Kontrahenten einen dermaßen wuchtigen Faustschlag aufs Kinn, dass er umkippte. Der Kleinste der drei zückte ein Messer und versuchte es dem Dicken hineinzurammen. Dieser wich aus, packte den Arm des Kleinen und drehte ihn um, dass dieser laut aufschrie. Währenddessen bekam er von dem Dritten mit einem Schlagring einen fürchterlichen Schlag ins Genick. Der Dicke wankte und dann erkannte ihn Schwarzer: Das war doch der Inspector Nechyba! Was tat der nächtens in dieser Gegend? Noch dazu in einer Aufmachung, die eher einen Griasler als einen Polizeiagenten vermuten ließ. Schwarzer schrie laut: »Hört's auf, ihr Deppen! Das is' ein Kiberer!«

Die beiden Kerle hielten inne. Schwarzer sah, dass es die Handlanger des ›Guadn‹ waren. Sie erkannten nun Schwarzer ebenfalls, packten ihren niedergeschlagenen Gefährten und verschwanden blitzartig. Nechyba lehnte keuchend, mit schneeweißem Gesicht, an der Hausmauer. Ein gequältes Lächeln umspielte seine Lippen: »Schwarzer, was tun Sie denn hier?«

»Ich hab' vorn in der Weintraubengasse mein Atelier.«

»Sind S' nimmer im 3. Bezirk?«

Nun lächelte Schwarzer gequält: »Nachdem Sie im 11er Jahre meine Filmproduktion zug'sperrt haben, bin ich ausgewandert und hab' mich überall in der Welt herumgetrieben. Aber das ist jetzt wurscht. Sagen S' mir lieber, sind Sie verletzt? Soll ich Sie zur nächsten Wachstube begleiten?«

Nechyba wischte sich mit einem Taschentuch das Blut ab, das aus der Wunde im Genick sickerte, und schnaufte: »Der Saukerl hat einen g'schliffenen Schlagring g'habt. Scharf wie ein Rasiermesser.«

»Soll ich die Freiwillige Rettungsgesellschaft rufen?«

»Geh! Wegen dem bisserl Blut! Danke, übrigens, dass Sie mir in dieser unerquicklichen Situation zu Hilfe gekommen sind.«

»Keine Ursache. Ich wollte gerade Abendessen gehen.«

»Das ist a gute Idee. Nach dem Schlamassl brauch' ich dringend ein Bier, einen Schnaps und was zum Essen. Wo gemma hin?«

»Zum ›Weißen Tiger‹?«

Nechyba nickte und die beiden begaben sich schweigend zur besagten Gaststätte. Sie fanden ein gemütliches Eckplatzerl und bestellten sich Bier und Schnaps sowie zweimal den Schweinsbraten, nach dem es im gesamten Lokal roch. Als sie gegessen hatten und bereits bei ihrem zweiten Krügel Bier waren, fragte Schwarzer: »Was machen Sie eigentlich in der nächtlichen Leopoldstadt in diesem ... wie soll ich sagen ... seltsamen G'wand?«

Nechyba tupfte sich die weiterhin blutende Wunde im Genick ab und zögerte einen Augenblick mit der Antwort.

»Haben Sie von dem Mord in der Zirkusgasse gehört?« Schwarzer nickte.

»Der Ermordete war ein Strizzi. Ich muss mich bei den Huren hier im Viertel umhören. Deshalb bin ich inkognito unterwegs. Aber das ist alles gar net so einfach.«

»Ich hab' übrigens den Ermordeten ganz gut gekannt.«

»Den Schmerda Buam haben Sie gekannt?«

»Ja, wie gesagt, ganz gut. Sie wissen ja, ich fotografiere nach wie vor Frauen in ihrer natürlichen Schönheit.«

»Nackerte auf gut Deutsch«, warf Nechyba ein.

»Richtig. Und weil der Schmerda ja alles, wirklich alles getan hat, um zu Geld zu kommen, hat er seine Strichkatzen von mir ablichten lassen. Allein, zu zweit, mit Peitsche, mit Klistier und so weiter. Die Fotografien hat er in einer kleinen Quetschn in der Rotensterngasse als Postkarten drucken lassen, die er dann in Kaffeehäusern verkauft hat.«

»Geld? Warum hat er so viel Geld gebraucht?«

Schwarzer zuckte mit den Schultern: »Das weiß niemand so genau.«

»Hat er gespielt oder gesoffen oder beides?«

»Geh! Der Schmerda doch nicht. Der war besessen vom Theater. Der konnte stundenlang vom Theater erzählen …«

Schwarzer trank einen Schluck Bier und sagte dann nachdenklich: »Beim letzten Mal, als er bei mir im Atelier war, da hat er ein neues Mensch daherzaht … so eine Rotblonde … Die war ziemlich eigensinnig und unwillig. Deshalb haben die Aufnahmen mit ihr ewig gedauert. Als ich dann einen Vorschuss von ihm haben wollte, hat er g'sagt, dass er im Moment völlig blank sei. Aber dass er mir alles z'ruckzahlen werde, sobald er sein eigenes Theater aufg'sperrt hat.«

»Sein eigenes Theater? Was ist denn das für ein Unfug?«

Schwarzer zuckte neuerlich mit den Schultern: »Er hat sehr geheimnisvoll getan und gesagt, dass er hier im 2. Bezirk eine großartige Localität gefunden habe, die er jetzt zum Theater umbauen lasse. Mehr weiß ich auch nicht.«

XV.

POSPISCHIL SCHÜTTELTE SICH VOR UNWILLEN, als er die Tür hinter sich geschlossen hatte und sich aufmachte, das Bierglas des Inspectors auszuwaschen. Er schlurfte zum Waschbecken und murmelte: »So ein Grantscherm*, so ein ekelhafter Grantscherm …«

Ja, Nechyba war an diesem Morgen wirklich grantig. Ihm tat die Wunde ihm Genick höllisch weh. Zusätzlich hatte er auch noch Kopfschmerzen. Und überhaupt ärgerte ihn, der sein Leben lang die Physis eines Bären besessen hatte, dass nun mit zunehmendem Alter seine Bärenkräfte schwanden. Das nagte an seinem Selbstwertgefühl. Dieser unerfreuliche Gemütszustand hinderte ihn aber nicht daran, sein Hirn einzuschalten und nachzudenken. Schwarzer hatte ihm gestern im ›Weißen Tiger‹ erzählt, dass die drei Kerle Handlanger des ›Guadn‹ waren. Ächzend stand er auf und begab sich zum ›Büro für sittenpolizeiliche Angelegenheiten‹, kurz ›Sittenamt‹ genannt. Dort arbeitete Blasius Wimmer, mit dem er seinerzeit gemeinsam die Polizeiausbildung absolviert hatte.

»Servus, Joseph! Dass ich dich einmal bei uns im Sittenamt sehe!«

Nechyba grinste verlegen: »Na ja, die Jahre vergehen wie im Flug und die Arbeit nimmt einen auch sehr in Beschlag.«

---

* grantiger Mensch

»Ich freu' mich jedenfalls, dass du einmal bei mir vorbeischaust. Nimm bitte Platz.«

Nachdem sie ein bisschen über die alten Zeiten geplaudert hatten, kam Nechyba zur Sache: »Sagt dir der Spitzname ›der Guade‹ was?«

Blasius Wimmer seufzte: »Und ob! Was hat er denn ausg'fressen, der Zygmunt Karminsky?«

»Das ist ein Pole?«

»Na, na! Das ist ein Unsriger. Er ist in der Nähe von Krakau geboren und als Kind mit seiner Mutter und deren jüngerer Schwester Agnesz nach Wien gekommen. Aufgewachsen ist er im Gretzl rund um den Volkertplatz. Im zarten Alter von 17 ist er der Rädelsführer der Prater-Platte geworden. Kurze Zeit später ist er dann Couvertmachen gegangen*. Aber seit circa fünf Jahren gibt er a Ruh. Er ist jetzt Hausherr in der Zirkusgasse, kassiert Mieten und zahlt brav Steuer. Ein wahrer Musterknabe.«

»Das ist alles?«

»Offiziell ja. Inoffiziell wissen wir, dass er ein paar Baner für sich arbeiten lasst und dass er angeblich a Stoßpartie in einem Café in der Nordbahnstraße kontrolliert. Warum interessierst dich eigentlich für ihn?«

Nechyba drehte den Kopf zur Seite, so dass Blasius Wimmer die Wunde in seinem Nacken sehen konnte. Der pfiff durch die Zähne. Nechyba knurrte: »Das haben mir seine Buckeln** verpasst.«

»Warum?«

»Ich war inkognito unterwegs. In der Weintrauben-

---

* im Zuchthaus Stein eine Strafe verbüßen
** Handlanger

gasse hab' ich zwei Randsteinschwalben* ang'spro-
chen. Die wollten mit mir ins Stundenhotel gehen. Ich
hab' mich aber geziert und hab' sie ausg'fragt. Nach
dem Schmerda. Die eine hat mich angepöbelt, ich hab'
z'ruckg'schimpft und plötzlich war ein Strizzi da, dann
sind noch zwei kommen und es hat einen Mordstrumm
Köch** geben.«

»In der Weintraubengasse? Das ist dem ›Guadn‹ sein
Revier. Die drei sind sicher ehemalige Plattenbrüder, die
jetzt für den ›Guadn‹ auf dessen Baner aufpassen. Schau
ma einmal.«

Wimmer erhob sich, ging zu einem Schrank und holte
eine Akte hervor. Daraus zitierte er: »Ein mittelgroßer
Kerl mit dichtem, nach vorn frisiertem Haar … Georg
Schuchternak, Spitzname: Friseur Schurl.«

Nechyba nickte.

»Dann hamma da den Karol Szimansky, ein kleiner,
schmächtiger … Spitzname: der schnelle Karl, weil er
schnell das Messer bei der Hand hat.«

Nechyba nickte neuerlich.

»Und dann gibt's auch noch den Leszek Piszczek …
Spitzname: der Bär.«

Nechyba unterbrach seinen Kollegen: »Ein Riese, größer als ich. Dieses G'fraßt hat mir den Hacker im G'nack
verpasst.«

»Und was hast vor mit den drei Püchern***?«

»Ich werd' sie Meier machen****.«

---

* Prostituierte
** Rauferei
*** Verbrecher, Gauner
**** verhaften

»Da solltest vorher aber unbedingt mit einem Kollegen reden. Mit dem Polizeiagenten Gottwald Schickelhuber. Der ist dem Kommissariat in der Leopoldstadt zugeteilt. Der kennt die Welt der Prater-Strizzis in- und auswendig.«

Nechyba kehrte in sein Büro zurück und griff, obwohl er diesen neumodischen Apparat normalerweise mit Nichtbeachtung strafte, zum Diensttelephon. Von dem Fräulein in der Vermittlung ließ er sich mit dem Kommissariat Leopoldstadt verbinden. Als dort abgehoben wurde, verlangte er den Oberkommissär Blöschberger zu sprechen. Auf die Gegenfrage: »Wer spricht denn?«, knurrte er: »Inspector Nechyba«, in den Apparat. Es knackte ein paar Mal und dann vernahm er Blöschbergers Stimme: »Nechyba, bist du das? Seit wann benutzt du denn das Telephon?«

Nechyba replizierte schmunzelnd: »Seit ich alt und faul geworden bin.«

»Was brauchst denn, wie kann ich dir helfen?«

»Ich müsst' mit dem Schickelhuber reden.«

»Kein Problem. Wann willst denn vorbeikommen?«

»Heute am Nachmittag?«

»Ausgezeichnet, Nechyba! Da trink ma zuerst gemütlich ein Bier miteinander und dann ruf ich den Schickelhuber.«

»Wunderbar. Um drei sowas bin ich bei dir. Ich freu mich, servus.«

Nechyba legte erleichtert auf und freute sich wirklich. Denn mit Eduard Blöschberger hatte er vor unzäh-

ligen Jahren im Kommissariat Alsergrund seinen Dienst
versehen. Damals waren sie oft auf ein Bier gegangen.
Der Blöschberger Edi, dachte sich Nechyba, der hat eine
schöne Karriere gemacht. Leitet das Kommissariat im
2. Bezirk.

Schickelhuber war Nechyba vom ersten Augenblick an
unsympathisch. Der Kerl trug einen Maßanzug aus feins-
tem Stoff. Außerdem schmückte ein mit Steinen besetz-
ter Herrenring seinen linken kleinen Finger. Nechyba
bemühte sich freundliche Nasenlöcher zu machen und
kam sofort zur Sache: »Ich hab' gehört, dass der ›Guade‹
eine Stoßpartie in einem Café in der Nordbahnstraße
kontrolliert. Was kann Er mir darüber berichten?«

Schickelhuber lehnte sich zurück, faltete die Hände
vor seinem Bauch zusammen und begann zu dozieren:
»Also, als Erstes möchte ich Sie darauf hinweisen, dass
der Ausdruck der ›Guade‹ aus einer langst vergangenen
Zeit stammt, als der Herr Karminsky noch im Milieu
tätig war. Das ist aber, wie gesagt, schon ein Zeiterl her.
Heute ist er ein angesehener Hausherr, der sich nichts
zu Schulden kommen lässt. Was das Kaffeehaus betrifft,
in dem er Stammgast ist, so handelt es sich um das ›Café
Reklame‹ auf der Praterstraße. Von einem Tschecherl in
der Nordbahnstraße weiß i nix. Dort würde aber so ein
angesehener Hausbesitzer auch nicht verkehren.«

Nechyba saß da und kniff die Augen zusammen. Wie
kam es, dass ein k.k. Polizeiagent ein Loblied auf einen
Galeristen* sang? Dafür gab es nur eine Erklärung:

---
* Unterweltler

Bestechung. Deshalb änderte Nechyba seine Taktik. Er verfiel in einen netten Plauderton und animierte Schickelhuber, weiter über den ›Guadn‹ zu fabulieren. Nach fünf Minuten bedankte er sich und komplimentierte ihn aus dem Zimmer hinaus. Mit einem Seufzer setzte sich Nechyba nieder. Blöschberger bot ihm eine Virginier an, die er jedoch ablehnte. Der Oberkommissär war blass. Schließlich räusperte er sich und sagte: »Weißt Nechyba, ich hab' so viel zu tun auf meinem Kommissariat, dass ich nicht alle meine Untergebenen dauernd kontrollieren kann. Bisher hat der Schickelhuber ordentliche Arbeit geleistet. Aber das tut er offensichtlich auch für den ›Guadn‹. Der feine Herr Polizeiagent wird ab sofort nur mehr Innendienst machen. Außerdem werd' ich schau'n, dass er so rasch wie möglich zurück in die Polizeidirektion versetzt wird. Die sollen mir einen anderen schicken.«

Nechyba war diese beschämende Szene für seinen Freund peinlich. Deshalb saß er nur da und sagte nichts. Plötzlich sprang Blöschberger auf, ging zur Tür, öffnete sie und rief ins Kommissariat: »Ist der Krejcik da?«

Von irgendwo erscholl ein: »Jawohl, Herr Oberkommissär!«

»Er soll zu mir kommen!«

Kurze Zeit später klopfte es, die Tür ging auf und ein grauhaariger Sicherheitswachebeamter mit einem gewaltigen grauen Backenbart betrat das Zimmer. Blöschberger fragte knapp: »Wo spielt der ›Guade‹ in der Nacht Stoß?«

»Im ›Café Nord‹, Herr Oberkommissär.«

Blöschberger lächelte und sagte freundlich: »Danke, das war's schon. Er kann gehen.«

Als der Untergebene die Tür von außen geschlossen hatte, grinste Blöschberger Nechyba an und sagte: »Ich hab' schon auch noch ein paar anständige Beamte in meiner Mannschaft.«

Es war eine Viertelstunde nach Mitternacht. Knatternd hielt der motorisierte Gefangenenwagen, auch Grüner Heinrich genannt, vor dem Eingang des ›Café Nord‹. Der Kerl, der davor gestanden hatte, war blitzartig im Kaffeehaus verschwunden. Nechyba sprang vom Beifahrersitz, die hintere Tür wurde von innen geöffnet und die Polizeiagenten Pospischil, Fraczyk, Paul und der junge Bronstein stiegen aus. Nun ging alles Schlag auf Schlag. Die fünf Polizeiagenten betraten das Café, das aus einem einzigen großen Raum bestand. An drei Ecktischen wurde Karten gespielt. Preferanzen*! Auf einen Wink Nechybas postierte sich Bronstein bei der Eingangstür und Paul bei dem Ausgang, der zur Kaffeekuche, den Toiletten und wahrscheinlich zu einer Hintertür führte. Dann ging Nechyba zielstrebig auf den Tisch zu, an dem der Friseur Schurl, der schnelle Karl und Leszek, der Bär, saßen. Alle drei wurden blass. Ein sehr gut gekleideter, kräftiger Kerl, der ebenfalls an dem Tisch saß, sprach Nechyba mit einem unverschämten Grinser an: »Na, Herr Inspector, wollen S' mit uns eine Runde Preferanzen spielen?«

Nechyba taxierte ihn kurz und knurrte: »Karminsky?«

»Herr Karminsky, wenn ich bitten darf. Herr Inspector.«

Ansatzlos verabreichte Nechyba dem ›Guadn‹ eine

---

* Préférance, legales, in Österreich-Ungarn beliebtes Kartenspiel

Ohrfeige, dass dieser fast vom Sessel fiel. Augenblicklich war der Bär los. Mit einem Brüller stürzte sich Leszek Piszczek auf Nechyba. Der wich aus und Pospischil verpasste dem Bären mit einer Stahlrute einen Schlag ins Gesicht. Der blade* Fraczyk packte den Friseur Schurl und den schnellen Karl bei den Haaren und stieß krachend ihre Köpfe gegeneinander. Nechyba rammte seine Faust in Piszczeks Nase. Es knirschte böse und der Bär ging in die Knie. Der ›Guade‹ zog aus dem Schaft seines Spazierstocks ein Messer. Pospischil reagierte blitzschnell und gab ihm mit der Stahlrute eine über die Bratzen**. Dann war Ruhe. Nechyba sagte keuchend: »Karminsky, Piszczek, Szimansky und Schuchternak: Ich verhafte euch wegen Widerstand gegen die Staatsgewalt, Verursachung eines Aufruhrs, wegen Körperverletzung, mehrfach versuchter Körperverletzung, Mordverdacht und wegen des Besitzes unerlaubter Waffen. Abführen!«

Er selbst packte den ›Guadn‹ am Schlafittchen und führte ihn eigenhändig hinaus zum Grünen Heinrich. Als letzter verließ Bronstein das Café, in dem eisige Stille herrschte. Einzig ein Kellner wagte eine zaghafte Frage: »Wer … wer … is' das? Den Kiberer kenn ma ja gar net …«

Bronstein lächelte süffisant und antwortete: »Das, mein Lieber, ist der Nechyba. Inspector erster Klasse, k.k. Polizeiagenteninstitut.«

---

* dicke
** Hand

XVI.

DER WIND TRIEB SCHWERE, schwarze Wolken über den Himmel, wobei immer wieder die Wolkendecke aufriss und der eine oder andere Sonnenstrahl sich auf das gewaltige Gelände des Wiener Zentralfriedhofs verirrte. Gemessenen Schrittes ging Joseph Maria Nechyba neben seiner Frau in dem langen Trauerzug, der von einer schwarzen Kutsche, die von zwei Rappen gezogen wurde, angeführt wurde. Auf der schwarzen Kutsche mit den vier Laternen befand sich Alphonse Schmerdas Sarg. Begleitet wurde das Gefährt von acht Pompfüneberern*, die mit ihren schwarzen Uniformen und den schwarzen Zweispitzen dem Trauerzug ein feierliches Gepräge gaben. Dahinter folgte die recht umfangreiche Familie Schmerda, wobei der Hofrat alleine im Frack, mit schwarzem Zylinder und versteinerter Miene unmittelbar hinter dem Sarg ging. Ihm folgte seine von Weinkrämpfen geschüttelte Gemahlin, die von ihren Töchtern Bernadette und Charlotte gestützt wurde. Danach kamen unzählige Verwandte, Arbeitskollegen und Bekannte Dr. Schmerdas sowie Aurelia und Joseph Maria Nechyba. Die Köchin der Schmerdas hatte sich bei ihrem Mann ganz fest untergehakt, denn auch ihr rannen die Tränen in Strömen herunter. Kein Wunder, Alphonse war ihr während zwei Jahrzehnten so etwas wie ein Ziehsohn geworden. Bei ihr konnte er sich ausweinen, wenn ihn sein

---

* uniformierte Bestatter

strenger und oft auch verständnisloser Vater kujoniert oder geschlagen hatte. Nechyba stützte seine Frau und knirschte mit den Zähnen. Es war ihm unendlich peinlich, dass er immer noch nicht Alphonses Mörder verhaften konnte, obwohl er und seine Leute gestern den ganzen Tag die Plattenbrüder rund um den ›Guadn‹ nach allen Regeln der Kunst verhört hatten. So fasste Leszek der ›Bär‹ Prügel aus, wie er sie noch nie in seinem Leben bekommen hatte. Als er nur mehr ein wimmerndes Bündel war, hatte er bei allem, was ihm heilig war, geschworen, dass weder er noch die beiden anderen Strizzis den jungen Schmerda ermordet hatten. Das einzige, was er gestanden hatte, waren zwei Überfälle auf Schmerda einige Tage bzw. einige Wochen vor dessen Tod. Da hatten sie ihn ordentlich gebirnt*, aber sicher nicht so sehr, dass er gleich ein Bankl g'rissen** hätte. Der ›schnelle Karl‹ hatte die Härten eines Verhörs à la Pospischil kennen und fürchten gelernt, denn Nechyba hatte seinem Assistenten bei der Wahl der Mittel freie Hand gelassen. Das nützte Pospischil weidlich aus. Das Ergebnis war trotzdem mäßig. Der ›schnelle Karl‹ gab ebenfalls zu, dass er Alphonse Schmerda zwei Mal ordentlich in die Gosch'n gehaut hatte. Mehr allerdings nicht. Was Nechyba besonders ärgerte, war die Tatsache, dass das Springmesser des ›Schnellen Karl‹ so gar nicht der Tatwaffe glich, mit der Schmerda erstochen worden war. Schließlich hatte er sich dann den ›Guadn‹ ins Verhörzimmer bestellt. Zygmunt Karminsky hatte seine Lektion bereits im ›Café Nord‹

---

* geschlagen
** sterben

gelernt und wusste, dass er Nechyba nicht blöd kommen durfte. Er gestand sofort, dass er seinen Leuten die Überfälle auf Schmerda befohlen hatte. Allerdings versicherte er Nechyba auch, dass er die Rotzpip'n*, wie er Schmerda nannte, sicher nicht hatte umbringen lassen. Weil dann genau das eingetreten wäre, was nun tatsächlich eingetreten war, dass er und seine Leute die Hauptverdächtigen waren. Nechyba glaubte dem Oberstrizzi. Ein Mord war im Prostitutions- und Falschspielergewerbe noch nie geschäftsfördernd gewesen. Und über eines war sich Nechyba sicher: Karminsky war ein guter Geschäftsmann, der, wenn er in eine ordentliche Familie hineingeboren worden wäre, es sicher zu der Position eines geachteten Kaufmanns beziehungsweise Industriellen gebracht hätte.

Nechyba seufzte tief, als er von einem der Pompfüneberer ein silbernes Schauferl mit Erde in die Hand gedrückt bekam. Mit Bedacht ließ er die Erde hinunter in die Grube auf Alphonse Schmerdas Sarg rieseln. Im Geist entschuldigte er sich für die Watschen, die er ihm seinerzeit am Naschmarkt verpasst hatte. Gleichzeitig bat er den Herrgott, mit Schmerdas Seele gnädig umzugehen. Aurelia Nechyba, die kaum aus ihren verheulten Augen heraussah, musste von ihm gestützt werden, um nicht direkt ins Grab zu stolpern. Nachdem die beiden der Familie kondoliert hatten, gingen sie zurück zum Tor 2. Die riesige, ultramoderne Anlage im sezessionistischen Stil verbreitete eine Pracht, die Nechyba ob des trauri-

---

* Rotzbub

gen Todes Schmerdas frivol vorkam. Das Ehepaar bestieg die Tramway, die sie in die Stadt, bis zum Ring brachte. Nechyba begleitete dann zu Fuß seine Frau bis zur Oper vor, wo sie in Richtung Wienzeile abbog. Er selbst bestieg einen Ringwagen. Beim Burgtheater beschloss er auszusteigen und im ›Landtmann‹ vorbeizuschauen. Vielleicht saß Goldblatt bereits da. Nechyba hatte das dringende Bedürfnis, mit einem Freund zu plaudern. Doch Goldblatt befand sich noch nicht im ›Landtmann‹. Da Nechyba einen Bärenhunger hatte, bestellte er sich ein Omelett mit Schinken und Käse. Danach nahm er zwei Stück vom Mohnstrudel, dessen schwarze, süße Fülle ihn mit Gott und der Welt wieder versöhnte. Gerade als er sich einen ›Goldblatt‹ bestellte, erschien der tatsächliche Goldblatt im Kaffeehaus. Die beiden Herren begrüßten sich und Goldblatt stichelte: »Arbeiten Sie jetzt überhaupt nix mehr, Nechyba?«

»Ich war auf einem Begräbnis.«

»Satteln S' um auf Pompfüneberer?«

»Reden S' keinen Blödsinn. Heute is' einer begraben worden, über den Sie neulich einen langen Artikel g'schrieben haben.«

»Wen meinen S'? Ich schreib dauernd über Leichen und dergleichen.«

Nechyba seufzte und nahm einen Schluck von seinem Goldblatt: »Ich war beim Begräbnis vom jungen Schmerda.«

»Und war sein Mörder auch dort?«

Nechyba sah Goldblatt leidend an. Der Redakteur musste lachen: »Wenn Sie mich wie ein geschlagener

Hund anschau'n, heißt das, dass Sie noch immer net wissen, wer's war. Ich würd' mich an Ihrer Stelle einmal im Umfeld des ›Guadn‹ umsehen.«

Nechyba grinste matt: »Den haben wir vorgestern in der Nacht verhaftet. Aber der war's net. Und auch keiner von seinen Buckeln. Der Pospischil hat einen von denen beim Verhör so in die Mangel genommen, dass wir nachher einen Arzt rufen mussten. Nein, die Bagasch war's ganz sicher net.«

Goldblatt schlürfte an seinem mittlerweile bestellten und servierten ›Goldblatt‹ und runzelte die Stirn: »Sie führen ja einen regelrechten Krieg gegen den ›Guadn‹!«

»Hörn S' mir auf mit Krieg. Ich kann das Wort schon nicht mehr hören. Da schaun S' in die Zeitungen. Da, der Aufmacher der ›Neuen Zeitung‹ lautet heute: *Vor einem österreichisch-serbischen Krieg?* Wenn man solche Schlagzeilen liest, wird einem angst und bang.«

»Mir geht's genauso, Nechyba. Rundum sind alle wie besoffen von Rache-, Mord- und Kriegslust. Am liebsten würden s' Serbien von der Landkarte ausradieren. Und unser Außenminister, der Graf Berchtold, der ist der alleroberste Kriegstreiber. Schlimmer ist nur noch unser Generalstabschef, der Conrad von Hötzendorf. Der kann es kaum erwarten, in die Schlacht zu ziehen.«

Nechyba seufzte: »Wenn das nur keine Katastrophe gibt …«

XVII.

»WAS FÜR EIN HINTERN ...«, seufzte Goldblatt und malte sich die blütenweißen Rundungen seiner unter ihm wohnenden Nachbarin Judith von Zweytick aus. Ausmalen war der richtige Ausdruck, denn in Natura hatte Goldblatt den Allerwertesten der Dame natürlich nicht gesehen. Einzig ein Blick in ihr Malatelier, wo auf der Staffelei ein Selbstportrait ›Judith nackt vor dem Spiegel‹ stand, hatte seine Phantasie entflammt. Nach Jahren der Enthaltsamkeit war der Redakteur wieder einmal verliebt. Wenn er Frau von Zweytick im Stiegenhaus begegnete, wurde er rot und stammelte blödes Zeug. Das schien diese jedoch nicht weiter zu stören, denn sie hatte ihn schon zwei Mal auf einen Nachmittagskaffee zu sich in die Wohnung eingeladen. Wiederum seufzte Goldblatt. Niemals, niemals in seinem bisherigen Leben hatte er Kaffee woanders als im Kaffeehaus getrunken. Da musste er über 40 Jahre alt werden, dass er mit diesem ehernen Prinzip brach. Wie ein altes Weib erschien er nun nachmittags zum Kaffeeplausch bei Frau von Zweytick immer mit einem netten Blumenstrauß in der Hand. Die Gastgeberin liebte Blumen und Goldblatt liebte ihr Atelier. Wann immer sich eine Möglichkeit ergab, lugte er hinein, um einen Blick auf Frau von Zweyticks phantastischen Hintern zu erhaschen. Goldblatt saß in seinem Redakteurszimmer und konnte sich nicht konzentrieren. Als leitender Lokalredakteur sollte er eigentlich in einem

Artikel über die allerorts stattfindenden und meist bis in die Morgenstunden dauernden Beifalls- und Begeisterungskundgebungen der Wiener Bevölkerung berichten. Zum Beispiel von der großen Kundgebung der Wiener Straßenbahner, die mit ihrer Musikkapelle vom Prater über die Ringstraße zum Rathaus gezogen und dort von Bürgermeister Weißkirchner feierlich empfangen worden waren. Unter dem Jubel von Tausenden Menschen gedachte Weißkirchner *der Armee, die ihre alten Fahnen, auch wenn von allen Seiten Feinde drohen, zu neuen Siegen, zu neuem Ruhm tragen werde* ... Goldblatt lief ein kalter Schauer den Buckel runter. Dass sich die Wiener so sehr am bevorstehenden Krieg berauschten, konnte er nicht verstehen. Vor dem Kriegsministerium am Stubenring hielten sich ständig Hunderte von Menschen auf, die den aus- und eingehenden Offizieren applaudierten, antiserbische Parolen grölten und patriotische Lieder sangen. Der aus Belgrad zurückgekehrte österreichische Botschafter Baron Giesel war am Ostbahnhof wie ein Volksheld von der Masse gefeiert worden. Und die Polizei musste Überstunden machen, um die Botschaften Serbiens und der Entente-Mächte* vor dem Volkszorn zu schützen. All das war Goldblatt zuwider. Das war nicht das leichtlebige, weltoffene Wien, das er liebte. Die Wiener hatten ihren Charme verloren. Mit Schaum vor dem Mund dürsteten sie nach Rache. Nach Tod und Auslöschung. Über all das konnte und wollte er nicht schreiben. Rasch machte er sich über die patriotischen Vorfälle Notizen und rief dann die Jungspunde

---

* Russland, Frankreich, England

Hainisch und Zwerschina zu sich. Ihnen übergab er den Schmierzettel mit den Worten: »Meine Herren Redakteure, hier habt ihr die Konzeption für den Artikel über die patriotische Erregung in der Stadt. Schreibt's was G'scheites!«

Damit nahm er seinen Hut und verließ schleunigst die Redaktion. Gewohnheitsmäßig lenkte er seine Schritte in Richtung Ring. Wie jeden Nachmittag zog es ihn auch heute ins ›Café Landtmann‹. Doch als er den Schottenring erreichte, wandte er sich mit Grausen ab. Denn hier zogen die Massen auf und ab. Es wurden die schwarzgelben Flaggen des Kaiserhauses geschwungen und patriotische Lieder gesungen. »Das ist ja wie bei einem riesengroßen Heurigen …«, murmelte Goldblatt. Über die Maria-Theresienstraße gelangte er zum Donaukanal, den er überquerte. Sein Schritt verlangsamte sich und er schlenderte durch das jüdisch geprägte Viertel bis vor zum Karmelitermarkt. Hier kam ihm endlich wieder Judith von Zweytick in den Sinn. Ja, sie stammte so wie er aus der Leopoldstadt. Auch sie war das Kind einer jüdischen Familie, das ausgebrochen war. Sie hatte sich von Kindesbeinen an für Malerei interessiert, und als junges Mädel verkehrte sie dann in Wiener Künstlerkreisen, was ihre Eltern erboste. Schließlich hatte sie sehr jung den Baron von Zweytick geheiratet. Einen Goi, der sich als Förderer der jungen Künstler gebärdete. Da der gute Baron schon relativ bald das Zeitliche segnete, verblieb seiner Gattin Judith ein recht beachtliches Vermögen, das sie klug anlegte. So konnte sie sich eine große Wohnung im 8. Bezirk leisten, von der sie das größte und hellste Zimmer zu einem Atelier umgestaltet hatte. Dort stand jetzt ihr Selbstbildnis mit ihrem herrlichen nackten Arsch.

»Was für ein Hintern …«, seufzte Goldblatt nun gut schon zum zehnten Mal während dieses Tages. Er überquerte die Taborstraße und schlenderte die Schmelzgasse entlang. Am Himmel wechselten sich Wolken mit Sonnenschein ab und es hatte so um die 25 Grad Celsius. Goldblatt verspürte plötzlich ein mächtiges Durstgefühl. Deshalb zögerte er nicht lange und betrat die Gastwirtschaft ›Zum weißen Tiger‹. Er setzte sich an einen freien Tisch und orderte ein Krügel Bier. Als er zum ersten Schluck ansetzte, ertönte hinter ihm eine Stimme: »Sehr zum Wohl, Herr Redakteur!«

Goldblatt trank zuerst, dann setzte er das Krügel ab und drehte sich um. Er blickte in das lachende Gesicht Schwarzers, der lakonisch meinte: »Wo sich der Inspector Nechyba herumtreibt, ist auch der Redakteur Goldblatt nicht weit!«

Goldblatt grinste und setzte sich zu Schwarzer an den Tisch. Die beiden Männer kamen ins Plaudern über alte Zeiten. Dabei tranken sie zwei weitere Biere. Da Goldblatt Hunger bekam, orderte er Augsburger mit G'rösteten. Als er die Würste mit den Erdäpfeln verspeist hatte, gelüstete es ihn nach einem Schnaps. Als er einen bestellen wollte, verhinderte Schwarzer dies und lud ihn statt dessen ein: »Herr Redakteur, ich hab' einen hervorragenden Trebernen in meinem Atelier, wollen S' nicht noch einen Sprung zu mir raufkommen?«

Keuchend und schwitzend erreichten die beiden Schwarzers Atelier, das sich unter dem Dach befand. Es war recht geräumig, sehr hell und auch ganz gemütlich eingerichtet.

»Drehen Sie wieder Ihre pikanten Herrenabend-Films?«

»Ach wo! Das ist vorbei. Ich fotografiere ganz normal. Meistens die Dirnen, die hier in der Gegend am Strich gehen. Aber auch gutbürgerliche Menschen, die einfach ein Familienfoto, ein Foto von ihrem Neugeborenen oder von der Urstrumpftante haben wollen.«

Schwarzer führte Goldblatt in eine geräumige Küche.

»Das ist mein Aufenthaltsraum, wenn ich arbeite. Wohnen tu ich jetzt in der Baumgasse im 3. Bezirk.«

Aus einer Kredenz nahm er zwei Stamperlgläser heraus, aus einem Küchenkastl die Schnapsflasche. Er schenkte die Gläser blattlvoll und stieß mit Goldblatt an: »Auf die alten Zeiten!«

Goldblatt schmunzelte: »Wenn ich an die ganzen Nackerten denk' und an die Steffi Moravec …«

Schwarzer machte eine unwirsche Handbewegung.

»Gehen S', hören S' mir auf mit den alten G'schichten. Das ist vorbei. Wussten Sie übrigens, dass ich frisch verheiratet bin? Am 14. Juni hab' ich meine Olga geehelicht. Darauf trink ma!«

Er schenkte nach und die beiden Herren stießen neuerlich an. Da, schau her!, dachte sich Goldblatt, ein Junggeselle, der schwach geworden ist … Und dann sah er Judiths wundervolle Rückseite vor seinem geistigen Auge und seufzte. Es läutete an der Ateliertür.

»Ah, wenn man von der Sonne spricht … Das wird

meine Olga sein. Die wollte mich heute nämlich abholen.«

Schwarzer sprang auf und eilte zur Tür. Goldblatt hörte eine schüchterne weibliche Stimme. Schwarzer antwortete ihr in kühlem, sachlichem Ton. Schritte näherten sich und in Begleitung Schwarzers betrat ein sehr schlankes, fesches Mädel die Küche.

»Herr Redakteur, das ist die Anni Pritschnigg. Sie holt Fotografien ab.« Goldblatt stand auf, lüftete den Hut und gab dem verblüfften Mädel einen Handkuss. Sie errötete und flüsterte: »Sie sind aber ein ganz ein Lieber, Herr Redakteur!«

Schwarzer verschwand irgendwo im Atelier und Goldblatt bot ihr einen Sitzplatz an. Geschmeidig ließ sie sich auf den dargebotenen Sessel gleiten. Goldblatt verschlang ihren schlangengleichen Körper mit den Augen. Als Schwarzer erschien und dem Fräulein in einem Couvert Fotografien überreichte, machte diese das Couvert ohne zu zögern auf. Goldblatt gingen die Augen über. Es handelte sich um aufreizende Nacktfotos. Ohne sich zu genieren, zeigte sie mit einem fröhlichen Lachen Goldblatt eine Aufnahme nach der anderen. Sowohl Goldblatt als auch Pritschnigg lobten Schwarzer ob der hohen künstlerischen Qualität der Fotos. Als sie alle durchgesehen hatten, stand Anni Pritschnigg auf, um sich zu verabschieden. Goldblatts Hand hielt sie fest umschlossen. Sie sah ihm tief in die Augen. Ihm kam es vor, als ob sie durch ihn durchsehen könnte. Bis in seine Unterhose, wo sich mächtig viel regte. Goldblatt stammelte: »Darf ich das Fräulein vielleicht noch hinunterbegleiten?«

Anni Pritschnigg lachte ihr glockenhelles Lachen und antwortete schelmisch: »Dürfen? Der Herr Redakteur müssen mich begleiten!«

Und so verabschiedete sich Goldblatt eiligst von Schwarzer. Nicht ganz fünf Minuten danach spazierte er am Arm von Anni Pritschnigg ins Stundenhotel ›Dresden‹ in der Weintraubengasse. Als er wenig später wie ein Besessener in Anni eindrang, war er mit seinen Gedanken keineswegs mehr in der Leopoldstadt. Nein, er befand sich im Zweytick'schen Atelier und hatte nur eines im Sinn: Judiths schneeweißen Popo.

Und Anni freute sich auch. Schließlich war es nicht alltäglich, dass sie schon am späten Nachmittag ihren ersten Kren* aufreißen konnte.

XVIII.

FRÖHLICH TRATSCHEND VERLIESS SIE mit ihren beiden Kolleginnen kurz nach 6 Uhr abends das gemeinsame Quartier. Nur die rote Vroni blieb zurück, denn die war noch nicht ganz angezogen. Außerdem legte Vroni keinen Wert auf die Gesellschaft der anderen. In der Praterstra-

---

* Hier: Kunde

ße war die Hölle los. Auf dem breiten Boulevard liefen Massen von Leuten aufgeregt hin und her. Ein elektrisierendes Prickeln lag in der Luft. Und ein Rotzbub, der einen Packen Zeitung mit sich herumschleppte, schrie: »Extra-Ausgabe! Krieg mit Serbien! Extra-Ausgabe! Jetzt müssen s' sterben, die Serben! Extra-Ausgabe!«

Immer wieder blieben Passanten stehen und kauften ihm eine Zeitung ab. Wildfremde Menschen begannen miteinander zu diskutieren, und eine dicke Dame umarmte ihren Mann vor allen Leuten und kreischte: »Endlich Krieg! Endlich!«

Die drei Prostituierten hatten sich ineinander eingehängt und rempelten absichtlich entgegenkommende Männer an. Dabei zwinkernden sie ihnen zu und flüsterten Schweinereien wie: »Mein Herr, wollen Sie nicht Ihr Pulver zwischen meinen Schenkeln verschießen?«

Oder etwas plumper: »Na, Burli, willst pudern?«

Den beiden anderen gingen zwei Studenten ins Netz, die sich einhängten und ihnen im Trubel ungeniert an die Hinterteile griffen. Mit den beiden Kerlen verschwanden sie ins Stundenhotel ›Dresden‹. Nun war Anni alleine und musste über ihre beiden Kolleginnen grinsen. Ja, die hatten wirklich den Schmäh drauf. Ein Schmäh, der Männer ganz narrisch machte. So weit war sie noch nicht, denn so lange war sie noch nicht im Geschäft. Sie ließ sich einfach im Strom der Menschen treiben. Alle drängten stadteinwärts in Richtung Ringstraße. Sie überquerte die Franzensbrücke und sah dann hinter der Urania eine riesige Menschenmenge vor dem Kriegsministerium. Es wurden schwarzgelbe Flaggen geschwungen, Reden gehalten sowie heftig diskutiert. Zwischendurch stimmte die Menge immer wieder die Kaiser-Hymne an. Plötzlich war sie auch ganz aufgeregt und wie verzaubert von dieser unglaublich patriotischen Stimmung. Lauthals sang sie mit, rief mehrmals »Nieder mit Serbien!« und genoss das Bad in der Menge. Doch dann wachte sie auf. Ich blöde Gans!, schimpfte sie sich. Statt hier patriotischen Gefühlen nachzugeben, sollte ich lieber schauen, dass ich meinen ersten Kren heute Abend find'. Sie zwängte sich durch die Menge zum Rand durch. Dann lief sie mehr, als dass sie ging, über die Franzensbrücke zurück zur Praterstraße. Hier war jetzt eindeutig weniger los. Sie verlangsamte ihren Schritt, begann ihre Hüften zu schwingen und sprach einzelne Herren an. Doch keiner hatte so recht Lust. Allmählich wurde sie unruhig. Das war ihr noch nie passiert. Im Gegenteil, seit sie anschaffen ging, hatte sie immer mehrere Freier pro Abend. Damit war sie zur Lieblingshure ihres Strizzis aufgestiegen. Er verwöhnte sie mit allerlei Kleinigkeiten und sie genoss das erste Mal in ihrem Leben so etwas wie Anerkennung. Mit Schaudern dachte sie an ihre Zeit beim Theater zurück. Als Tänzerin musste sie sich täglich mehrere Stunden bei den Proben schinden. Dann kam der Auftritt in der Gruppe am Abend, um danach todmüde ins Bett zu fallen. Als sie mit ihrem ersten Freund zusammen war, wurde alles nicht besser, sondern schlechter, weil er unglaublich besitzergreifend und sexuell äußerst aktiv war. Nicht und nicht wollte er begreifen, dass sie nach einem harten Tag mit Proben und dem anschließenden Auftritt oft keine Lust mehr auf seine ›G'spasettln‹ hatte. Als sie dann wegen ständiger Übermüdung auch noch die Stelle als Tänzerin verlor, hatte sie ihr Freund überredet, auf den Strich zu gehen. Das war für sie anfangs ein einziger Alptraum gewesen. Er tröstete sie jedoch mit erstaunlich viel Einfühlungsvermögen und gab ihr in dieser Zeit das Gefühl, geliebt zu werden. Als sie sich allmählich daran gewöhnt hatte, auf den Strich zu gehen, nahmen seine Zärtlichkeiten und sein Verständnis für sie ab. Es gab immer wieder hässlichen Streit und schließlich bemerkte sie, dass er sie betrog. Heftigere Streitereien folgten, sie trennten sich und dann ging sie auf eigene Rechnung auf den Strich. Das war schrecklich. Sie verfiel in eine tiefe Traurigkeit, aß kaum noch etwas und verlor schließlich auch ihren Schlafplatz als Bettgeherin.

»Was is'? Blast mir einen?«

Sie zuckte zusammen. Ein schmächtiger Kerl mit Hut und einem mächtigen Schnurrbart sah ihr frech in die Augen. Dann blickte er hinunter auf seine Hose. Ihr Blick folgte dem seinen und blieb an dem mächtig gewölbten Hosenladen hängen. Sie lächelte und dachte: endlich ein Freier.

»Gemma ins Hotel?«

Er schüttelte den Kopf und antwortete: »Blasen kannst mir'n auch gleich da im Hinterhof.«

Warum nicht?, dachte sie sich und folgte ihm. Durch eine dunkle Toreinfahrt kamen sie in einen Hof mit Werkstätten. Von da führte ein schmaler Durchgang in einen weiteren Hof. Dort lehnte sich der Kerl an eine Mauer und deutete ihr, dass sie sich vor ihm niederknien und ihm den Hosenladen öffnen solle. Sie ging auf die Knie und nestelte an seinem Hosentürl. Aber was war denn das? Ihre Hand berührte eine riesengroße Salatgurke, die er sich in die Hose gestopft hatte. Sie zuckte zurück und verspürte gleichzeitig einen brennenden Schmerz in der Schulter. Ein Messer! Seine Hand presste sich auf ihren Mund. Sie biss und versuchte zu schreien. Ein Schmerz wie ein Blitz. Sie konnte den Arm nicht mehr bewegen. Noch ein Blitz und noch und noch einer … Es brannte so sehr. Und alles verschwamm. Sie versuchte aufzustehen und zu rennen, rennen! Schmerzen im Stakkato im Rücken. Hinfallen. Im Boden verkrallen. Nein, nicht sterben! Nicht, nicht …

Teil 2

An meine Völker!

Es war Mein sehnlichster Wunsch, die Jahre, die Mir durch Gottes Gnade noch beschieden sind, Werken des Friedens zu weihen und Meine Völker vor den schweren Opfern und Lasten des Krieges zu bewahren.

Im Rate der Vorsehung ward es anders beschlossen.

Die Umtriebe eines haßerfüllten Gegners zwingen mich, zur Wahrung der Ehre Meiner Monarchie, zum Schutze ihres Ansehens und ihrer Machtstellung, zur Sicherung ihres Berufstandes nach langen Jahren des Friedens zum Schwerte zu greifen.

Mit rasch vergessendem Undank hat das Königreich Serbien, das von den ersten Anfängen seiner staatlichen Selbständigkeit bis in die neueste Zeit von Meinen Vorfahren und Mir gestützt und gefördert worden war, schon vor Jahren den Weg offener Feindseligkeiten gegen Österreich-Ungarn betreten.

Als Ich nach drei Jahrzehnten segensvoller Friedensarbeit in Bosnien und der Hercegovina Meine Herrscher-

rechte auf diese Länder erstreckte, hat diese Meine Verfügung im Königreiche Serbien, dessen Rechte in keiner Weise verletzt wurden, Ausbrüche zügelloser Leidenschaft und erbitterten Hasses hervorgerufen. Meine Regierung hat damals von dem schönen Vorrechte des Stärkeren Gebrauch gemacht und in äußerster Nachsicht und Milde von Serbien nur die Herabsetzung seines Heeres auf den Friedenstand und das Versprechen verlangt, in Hinkunft die Bahn des Friedens und der Freundschaft zu gehen.

Von demselben Geiste der Mäßigung geleitet, hat sich Meine Regierung, als Serbien vor zwei Jahren im Kampfe mit dem türkischen Reiche begriffen war, auf die Wahrung der wichtigsten Lebensbedingungen der Monarchie beschränkt. Dieser Haltung hatte Serbien in erster Linie die Erreichung des Kriegszweckes zu verdanken.

Die Hoffnung, daß das serbische Königreich die Langmut und Friedensliebe Meiner Regierung würdigen und sein Wort einlösen werde, hat sich nicht erfüllt.

Immer höher lodert der Haß gegen Mich und Mein Haus empor, immer unverhüllter tritt das Streben zutage, untrennbare Gebiete Österreich-Ungarns gewaltsam loszureißen.

Ein verbrecherisches Treiben greift über die Grenze, um im Südosten der Monarchie die Grundlagen staatlicher Ordnung zu untergraben, das Volk, dem Ich in landesväterlicher Liebe Meine volle Fürsorge zuwende, in seiner Treue zum Herrscherhaus und zum Vaterlande wankend zu machen, die heranwachsende Jugend irrezuleiten und zu frevelhaften Taten des Wahnwitzes und des Hochverrates aufzureizen. Eine Reihe von Mordanschlä-

gen, eine planmäßig vorbereitete und durchgeführte Verschwörung, deren furchtbares Gelingen Mich und Meine treuen Völker ins Herz getroffen hat, bildet die weithin sichtbare blutige Spur jener geheimen Machenschaften, die von Serbien aus ins Werk gesetzt und geleitet wurden.

Diesem unerträglichen Treiben muß Einhalt geboten, den unaufhörlichen Herausforderungen Serbiens ein Ende bereitet werden, soll die Ehre und Würde Meiner Monarchie unverletzt erhalten und ihre staatliche, wirtschaftliche und militärische Entwicklung vor beständigen Erschütterungen bewahrt bleiben.

Vergebens hat Meine Regierung noch einen letzten Versuch unternommen, dieses Ziel mit friedlichen Mitteln zu erreichen, Serbien durch eine ernste Mahnung zur Umkehr zu bewegen.

Serbien hat die maßvollen und gerechten Forderungen Meiner Regierung zurückgewiesen und es abgelehnt, jenen Pflichten nachzukommen, deren Erfüllung im Leben der Völker und Staaten die natürliche und notwendige Grundlage des Friedens bildet.

So muß Ich denn daran schreiten, mit Waffengewalt die unterläßlichen Bürgschaften zu schaffen, die Meinen Staaten die Ruhe im Inneren und den dauernden Frieden nach außen sichern sollen.

In dieser ernsten Stunde bin Ich Mir der ganzen Tragweite Meines Entschlusses und Meiner Verantwortung vor dem Allmächtigen voll bewußt.

Ich habe alles geprüft und erwogen.

Mit ruhigem Gewissen betrete ich den Weg, den die Pflicht Mir weist.

Ich vertraue auf meine Völker, die sich in allen Stürmen stets in Einigkeit und Treue um Meinen Thron geschart haben und für die Ehre, Größe und Macht des Vaterlandes zu schwersten Opfern immer bereit waren.

Ich vertraue auf Österreich-Ungarns tapfere und von hingebungsvoller Begeisterung erfüllte Wehrmacht.

Und ich vertraue auf den Allmächtigen, daß er Meinen Waffen den Sieg verleihen werde.

Franz Joseph m.p.*

---

* Abkürzung für manu propia. Damit wurden früher gedruckte Schriftstücke versehen, die eigenhändig unterzeichnet worden waren (in diesem Fall vom Kaiser).

I./2

Es war ein windiger Morgen. Grauschwarze Wolken jagten über Wien. Mit einer der frühmorgendlichen Straßenbahngarnituren fuhr Nechyba zur Franzensbrücke. Er überquerte sie und ging dann zügigen Schrittes die Franzensbrückengasse zur Praterstraße vor. Er musste die Hausnummer in der Praterstraße gar nicht erst suchen, denn ein Menschenauflauf vor dem betreffenden Haus zeigte sie ihm an. In Wien sind sogar in den frühen Morgenstunden die Kiebitze und Adabeis unterwegs, dachte sich Nechyba und verwünschte seinen Beruf. Privat könnte in seiner Nachbarschaft der Schah von Persien ermordet werden und trotzdem würden ihn keine zehn Rösser aus dem Bett bringen. Hatten die Leute alle Schlafstörungen? Oder hatte sie die Kriegserklärung an Serbien so euphorisiert? Grantig drängte er sich durch die Menschen, die in der Toreinfahrt des Hauses und im Hof versammelt waren. Aufgeregt diskutierten sie, wer wohl die Leiche sei. Der Durchgang zum zweiten Hof wurde von einem Sicherheitswachebeamten abgesperrt. Grußlos zückte Nechyba seine Polizeiagenten-Kokarde und erreichte schließlich den Tatort. Im fahlen Morgenlicht sah der mit einem weißen Leinenkostüm bekleidete Frauenkörper ziemlich ekelhaft aus. Das Weiß war von enormen rostbraunen Flecken verunstaltet, Teile des Kleides waren zerrissen. Nechyba sah tiefe Fleischwunden. Er roch nicht nur den Moder des Hinterhofs, sondern auch den Geruch des Blutes. Verschlafen, wie er war, tappte er in etwas Klebriges. Vermaledeiter Dreck! Er war in die Blutlache getreten. Oberkommissär Blöschberger schüttelte ihm die Hand und grummelte: »St. Marx lässt grüßen. Wie im Schlachthof schaut's hier aus.«

Nechyba putzte das Blut von seinen Schuhen und ging dann neben dem Mordopfer in die Hocke. Emotionslos betrachtete er die unzähligen Einstiche.

»Kennst Du die?«, fragte er Blöschberger. Statt des Oberkommissärs antwortete ihm Krejcik, der grauhaarige Sicherheitswachebeamte: »Na. So wie die zug'richtet is', kann i gar nix sagen.«

Nechyba drehte die Leiche vorsichtig um und sah sich lange die unzähligen Stichverletzungen an. Dann sagte er zu Blöschberger: »Glaubst du an Zufälle?«

Blöschberger lachte kurz auf und schüttelte den Kopf: »Zufälle gibt's in Kolportage-Romanen. Aber net in unserem Metier. Die Ähnlichkeiten mit dem Tathergang in der Zirkusgasse sind verblüffend. Der einzige Unterschied is', dass das Opfer zuerst a Mann war und jetzt a Frau is'. Aber sonst …«

Nechyba nickte. Dann sagte er leise zu Blöschberger: »Mir reicht's. Ich hab' alles g'sehn. Komm, gemma auf ein Frühstück, ich hab' einen Bärenhunger.«

Der Oberkommissär zögerte kurz, gab aber dann seinen Leuten die nötigen Anweisungen und folgte Nechyba nach draußen. Auf der Praterstraße überlegten sie nicht lange und gingen in das ›Café Reklame‹, das gerade aufgesperrt hatte. Nechyba bestellte sich einen doppelten Mokka und zwei Eier im Glas. Nachdem er alles ver-

schlungen hatte, rief er den Marqueur und orderte, ohne
Blöschberger zu fragen, zwei Cognacs. Als dieser ihn
verblüfft ansah, grinste Nechyba: »Edi, darauf lad' ich
dich ein. Das brauch ma jetzt. Das Leben is' eh so kurz.
Darum sollt' man's genießen.«

Nachdem sie jeweils mit einem langen, kräftigen
Schluck die ölige Spirituose zu sich genommen hatten,
meinte Nechyba: »Ah, das war gut. Ich hab' nämlich die
ganze Zeit noch den Blutgeruch in der Nase gehabt. Jetzt,
mit dem Cognac, ist er endlich weg.«

II./2

»Nechyba, was erzählen Sie mir für G'schichten?«

Das schleuderte Leo Goldblatt dem Inspector entgegen, als dieser an seinem Kaffeehaustisch Platz nahm.
Nechyba schnaufte entrüstet, sagte vorerst aber gar
nichts, sondern bestellte beim Marqueur einen doppelten Mokka. Dann sah er Goldblatt scharf an und erwiderte: »Wollen Sie mir unterstellen, dass ich ein Schmähtandler* bin?«

»Sie haben mir g'sagt, wir treffen uns im ›Café Orleans‹.
Aber das, bitte, gibt's nimmer.«

---

* Ein Mensch, der Unwahrheiten in die Welt setzt

»Was? Aber wir befinden uns doch im ›Café Orleans‹. Herr Ober, wie heißt das Café hier?«

Zu Nechybas Verblüffung zuckte der Marqueur zusammen, als hätte ihn ein Peitschenschlag getroffen. Statt eine Antwort zu geben, murmelte er: »Augenblickerl, ich schick Ihnen den Chef.«

Als dieser am Tisch der beiden Herren erschien, grantelte ihn Nechyba an: »Sagen S', was soll das Theater? Der Herr Redakteur hat gemeint, das sei hier nicht mehr das ›Café Orleans‹. Und der Marqueur hat mir auf meine Frage, wie das Café denn heiße, keine Antwort gegeben.«

»Meine Herren, ich bitte Sie! Das ist alles sehr kompliziert …«

Jetzt reichte es Nechyba. Er schlug mit der Faust auf den Kaffeehaustisch, dass die Schalen und Gläser klirrten.

»Was soll denn da kompliziert sein? Ist das jetzt das ›Café Orleans‹ oder net?«

Der Cafetier flüsterte verlegen: »Ich bitte Sie, schreien S' nicht so. Vor allem schreien Sie bitte nicht ›Orleans‹ in der Gegend herum. Französische Namen hört man in patriotischen Zeiten wie diesen nicht gern. Bis gestern war das hier das ›Café Orleans‹. Aber dann sind drei Kerle gekommen, die behauptet haben, dass sie von der Liga zum Boykott für Fremdwörter seien. Die haben mir am Schild draußen den Namen Orleans übermalt. Seit gestern grüble ich nun, wie ich das Kaffeehaus nennen soll. Es muss unbedingt etwas Deutsches, etwas Patriotisches sein. Weil alles andere ist geschäftsschädigend. Meine Herren, wenn Sie eine Idee haben, ich bin für alles offen. Darf ich die Herren vielleicht auf einen Cognac einladen? Als Wiedergutmachung für das Gfrett* mit dem Namen?«

Nechyba und Goldblatt nickten und der Cafetier servierte die Schnäpse eigenhändig. Goldblatt, der sich als wortgewandter Schreiberling gefordert fühlte, machte ihm folgende Vorschläge: »Wenn S' was Patriotisches als Namen für Ihr Kaffeehaus suchen, dann sollten Sie vielleicht auf einen unserer großen Dichter zurückgreifen. Café Nestroy, Grillparzer oder Raimund ...«

Der Cafetier wiegte bedächtig den Kopf und replizierte dann, dass er eher was Deutsches suche, »als Verbeugung vor unserem Bündnispartner, der Österreich-Ungarn mit Nibelungentreue in dieser schweren Zeit zur Seite steht.«

Goldblatt war nun so sehr in Fahrt, dass er einfach fortfuhr: »Na, dann nennen Sie es doch Novalis, Eichendorff, Schiller oder Goethe!«

Wieder wiegte der Cafetier den Kopf: »Ich hatte mehr an einen Städtenamen gedacht.«

»Bei Goethe fallt mir Weimar ein«, murmelte Nechyba, dem die Namenssuche auf die Nerven ging. Der Cafetier starrte ihn verblüfft an und murmelte: »Weimar ... ›Café Weimar‹. Damit könnt' ich mich anfreunden!«

Als der Cafetier abgezogen war, widmeten sich Goldblatt und Nechyba dann dem Thema, weswegen sie sich eigentlich hier in der Währingerstraße getroffen hatten: die Tote von der Praterstraße. Nechyba, der gerade aus

---

* Ärger

der Gerichtsmedizin in der Sensengasse gekommen war, erzählte von den über 30 Messerstichen, mit denen die junge Frau ermordet worden war.

»Die Leich' schaut ähnlich aus wie die vom Schmerda. Leider wissen wir noch nicht, wer die Frau ist.«

»Wie war sie denn gekleidet?«

»Eher kokett. Wahrscheinlich war's a Randstein-schwalben.«

»Zuerst ein Strizzi … jetzt a Hur … Kann das sein, dass da ein Verrückter am Praterstrich unterwegs ist?«

»Sie meinen: Einer, der sich gezielt Opfer aus dem Milieu sucht und diese dann bestialisch absticht?«

»Möglich wäre das schon. Irgendein Wahnsinniger. Vielleicht mit religiösen Wahnvorstellungen …«

»Hm … das g'fallt mir gar net. Wenn Sie recht haben und der seine Opfer nach dem Zufallsprinzip im Huren- und Strizzimilieu aussucht, werden wir ihn schwer finden. So viele Leute kann ich gar nicht auf Streife schicken, dass wir alle Ecken und Winkel der Leopoldstadt unter Kontrolle haben. Außerdem könnte der Verrückte ja dann auf den Graben oder den Naschmarkt ausweichen. Nein! Das g'fallt mir gar net!«

»Haben Sie irgendeinen Anhaltspunkt, wer das Mädel ist?«

»Ihre Handtaschen is' verschwunden. Sie hat aber das Geldbörsel bei sich am Leib getragen. Wahrscheinlich, damit es ihr niemand stessen* kann. In dem Portemonnaie haben wir dieses pikante Foto von ihr g'funden.«

Nechyba schob Goldblatt ein zusammengefaltetes

---

* stehlen

Foto über den Tisch. Als Goldblatt es aufschlug, wurde er leichenblass.

»Das is' ja die Anni … die … die schlanke Anni … Das is' a Katz vom ›Guadn‹.«

III./2

»Ah, des tut guat!«, seufzte Karminsky, als das Friederl ihm behutsam heißes Wasser über den breiten Buckel goss. Er spürte, wie sich jede Faser seines massigen Körpers entspannte. Mit Genugtuung atmete er den zarten Seifengeruch ein, der in starkem Kontrast zu den bestialischen Gerüchen des Häf'ns* stand. Er war wieder daheim. In seiner kleinen Welt, wo er sich geborgen und wohl fühlte.

»No a heiß' Wasser?«, fragte ihn seine Tante, und er grunzte zustimmend. Dann tauchte er mit dem Kopf in der Seifenbrühe unter. Nach einer halben Minute tauchte er wie ein Walross schnaufend auf und verlangte nach einem Spiegel und seinem Rasierzeug. Nun musste das Friederl ihm den Spiegel halten, während er mit routinierten Handbewegungen die dichten Bartstoppeln von Wange und Kinn abschabte. Währenddessen goss Tante Agnesz weiter heißes Wasser über seinen Buckel. Dann

---

* Gefängnis

griff die alte Frau zum Schwamm und wusch ihm liebe-voll den Rücken. Wiederum seufzte Karminsky. Ja, die Tante Agnesz war ein Glücksfall in Karminskys Leben. Nach dem frühen Tod seiner Mutter hatte sie, die kin-derlos war, deren Platz eingenommen. Mittlerweile hing er mehr an ihr, als er jemals an seiner Mutter gehangen hatte. Deshalb hatte er sich auch angewöhnt ›Muatta‹ zu ihr zu sagen. Zufrieden betrachtete er das Ergebnis seiner Rasur im Spiegel. Der Schnauzbart entfaltete sich ohne stachelige Konkurrenz mitten in seinem Gesicht, der Backenbart links und rechts war nun scharf abge-grenzt zu der noch leicht rötlich schimmernden Haut sei-ner Wangen. Als er das Rasiermesser zuklappte und dem Friederl reichte, klopfte es laut und grob an der Eingangs-tür der Wohnung. Der ›Guade‹ zuckte zusammen, denn genauso hatten die Justizwachebeamten an die Türen der Zellen geklopft. Seine Entspannung war beim Teufel und er grantelte: »Geh, Muatta! Schau, wer da draußen is'!«

Die alte Frau schlurfte zur Tür und öffnete einen Spalt. Karminsky hörte eine Stimme, die ihm augenblicklich Sodbrennen verschaffte.

»Machen S' die Tür auf, i muaß mit dem Karminsky reden.«

Unwillig öffnete sie die Tür. Nechyba trat ein, sah Karminsky in der gußeisernen Badewanne sitzen und grinste: »Stört man bei der Körperpflege?«

»Kiberer stören immer …«

»Willst den Häf'ngeruch loswerden, Karminsky? Aber warum denn? Den bist du doch gewohnt. Ich hab' mir deine Akte ang'schaut, du hast ja schon als Neunzehnjähriger Couverts gepickt. Zehn Jahre warst draußen am Felsen*. Da ist doch so ein bisserl ein Häf'nmief** direkt eine schöne Jugenderinnerung.«

Karminsky hatte gute Lust, das Rasiermesser aufzuklappen und sich auf den Inspector zu stürzen. Mit Mühe bewahrte er Contenance.

»Nechyba, was wollen S'?«

Statt eine Antwort zu geben, sah sich der Inspector in der Küche der Hausmeisterwohnung um. Im Eck stand auf gusseisernen Löwenfüßen die Badewanne, um die er den ›Guadn‹ beneidete. Vis-à-vis war ein großer gemauerter Herd, auf dem allerlei Kasserollen und Pfannen sowie ein Topf mit heißem Wasser standen. Neben dem Herd gab es einen Küchentisch und eine Kredenz, vor der Badewanne standen zwei Küchenkasteln. Die Küche ist größer als meine, stellte Nechyba mit Neid fest. Langsam wandte er sich wieder dem ›Guadn‹ zu. Er nahm einen Küchensessel und setzte sich neben die Wanne. Spielerisch planschte er mit den Fingern seiner rechten Hand in der Seifenlauge.

»Wollen S' baden, Nechyba? Ich steig' ausse und lass Sie eine. Dann können Sie sich in meinem Häf'nmief suhlen.«

»Die depperten G'stanzln*** kannst dir schenken. Nur weil dich dein Rechtsverdreher, der Dr. Grünhut, aus dem Häf'n herausg'holt hat, brauchst net goschert**** wer-

---

* Strafanstalt Stein
** Gefängnisgestank
*** eigentlich Spottgesänge, in diesem Fall aber: Sprüche
**** großmaulig

den. Sonst bist sofort wieder drinnen. Aber im Ernst: I muss mit dir reden. Unter vier Augen.«

Der ›Guade‹ nickte und schickte die beiden Frauen ins Hinterzimmer. Dann knurrte er: »Was is'?«

»Die Tote aus der Praterstraße is' a Ba von dir. Anni heißt's.«

Karminsky wurde blass.

»Was? Die Leich' is' die Anni? I hab' glaubt, die is' päule gangen*, während i im Häf'n g'sessen bin. Aber dass tot is' ...«

Nechyba merkte, wie der ›Guade‹ feuchte Augen bekam.

»Die Anni is' tot ... Na, i pack's net.«

»Wie heißt's mit Nachnamen?«

»Pritschnigg.«

»Wie lang is' für di am Strich gangen?«

»Seit drei, vier Wochen.«

»Und? Hat s' vorher einen anderen Strizzi g'habt?«

»Den Schmerda.«

Nechyba pfiff durch die Zähne. Karminsky räusperte sich und murmelte: »Das is' komisch. Sehr, sehr komisch.«

»Hast du einen Verdacht, wer die Pritschnigg und den Schmerda abg'stochen haben könnte?«

Der ›Guade‹ pritschelte nun selbst nachdenklich mit dem Badewasser herum. Nach einiger Zeit brummte er: »Mir fallt nur einer ein, der was zu beiden Kontakt g'habt hat ...«

»Und wer soll das sein?«

---

* abgehauen

»Der Fotograf. Der Johann Schwarzer. Der hat die Anni einmal für'n Schmerda und einmal für mich fotografiert. Mein Gott! War des a geile Katz, die Anni ...«

IV./2

MIT DEM 71ER war er hinaus bis knapp vor St. Marx gefahren. Dann ging Nechyba die Schlachthausgasse hinunter in Richtung Donaukanal. Wenn er sich in dieser Gegend aufhielt, musste er immer an seine Mutter denken, die 1862 am St. Marxer Friedhof beigesetzt worden war. Da sie zwei Jahre nach seiner Geburt an Typhus verstorben war, war sie nicht mehr als ein Schatten in seinem Gedächtnis. Ein Schwarzweißbild, das sie lächelnd neben seinem Vater in der weißen Robe der Braut zeigte. Gleichzeitig musste er auch an seine Ziehmutter Anna Grubenschlager denken, die nun gemeinsam mit den Gebeinen seiner Mutter und seines Vaters in einem Grab draußen am Zentralfriedhof lag.[*] Rechter Hand befanden sich die Hallen des Schlachthofes St. Marx und der Wind wehte hin und wieder den süßlichen Geruch von frischem Blut und geschlachtetem Fleisch

---

[*] Der St. Marxer Friedhof war 1874 stillgelegt worden. Viele Wiener ließen damals die Gebeine ihrer Verwandten in Gräber auf dem neu errichteten Zentralfriedhof umbetten.

herüber. Nechyba bekam Hunger. Sein Magen knurrte. Der Blutgeruch erinnerte ihn aber auch an den Hinterhof in der Praterstraße, in dem Anni Pritschnigg in einer riesigen Blutlache gelegen hatte. Trotzdem blieb er hungrig. Endlich erreichte er die Kreuzung mit der Baumgasse. Das mächtige Eckhaus Schlachthofgasse 32 und Baumgasse 54 beherbergte ein Wirtshaus. Nechyba überkam ein unglaublicher Gusto auf ein kleines Gulasch, ein knuspriges Salzstangerl und ein Seiterl Bier. Unter Aufbietung sämtlicher Willenskräfte gelang es ihm, dieser Versuchung zu widerstehen und weiterzugehen zum Hauseingang in der Baumgasse. Es war ein modernes Vorstadtzinshaus mit zwei Stiegen und einem schönen grünen Garten. Nechyba pumperte* an die Tür der Hausmeisterin und erkundigte sich, wo denn der Johann Schwarzer wohnte.

»Hat er was ang'stellt, der Schwarzer?«, fragte die zahnlose Hausmeisterin neugierig. Nechyba brummte: »Des geht Sie einen feuchten Dreck an. Aber wenn Sie 's trotzdem wissen wollen: Nein!«

»Wos? Nein?«

»Nein! Er hat nix am Kerbholz, Kruzitürken! Und jetzt sagen S' mir endlich, wo er wohnt!«

Schwarzers Wohnung befand sich im 2. Stock und Nechyba keuchte schwitzend hinauf. Er drehte an der Klingel und hörte sofort leichte Schritte, die sich der Tür näherten. Eine Frauenstimme fragte: »Wer is' da?«

»I bin's! Der Nechyba!«

»Hansi! Ein Herr Nechyba steht vor der Tür!«

Der Inspector hörte ein Rascheln und Brummen, dann

---

* klopfte

schnelle, bloßfüßige Schritte. Die Tür wurde aufgesperrt und Schwarzer stand im Nachthemd vor ihm. Nechyba war das peinlich.

»T'schuldigung, Herr Schwarzer, i wollt' Sie net aus der Hapf'n* holen!«

Schwarzer winkte ab und grinste: »Ich muss mich jetzt eh ans unsanfte Aufstehen gewöhnen ...«

»Wieso denn?«

Nun schmiegte sich eine zarte, zierliche Frau, die Nechyba bisher gar nicht wahrgenommen hatte, an Schwarzer und sagte bewundernd: »Weil mein Hansi Leutnant der Reserve ist. Und weil er jetzt ins Feld ziehen und den Serben und den Russen kräftig in den Oasch treten wird!«

Schwarzer war verlegen. Er bat Nechyba in die Wohnung herein, führte ihn in das Wohnzimmer, wo der Inspector an einem massiven Esstisch Platz nahm.

»Meine Frau hat gerade Kaffee gekocht. Wollen S' ein Schalerl?«

Nechyba nickte und Schwarzer zog sich aus dem Zimmer zurück. Kurze Zeit später kam seine Frau mit einem Tablett herein, auf dem sich eine Kanne Kaffee, ein Kännchen Obers sowie ein aufgeschnittener Briochestriezel befanden. Olga Schwarzer schenkte Nechyba Kaffee ein und forderte ihn auf, beim Striezel zuzugreifen. Ein deftiges Schmalzbrot wäre dem Inspector zwar lieber gewesen, aber so ein Striezel war auch nicht übel. Gierig griff er zu und genoss den weichen, flaumigen Teig. Als er einige Hagelzuckerkörner zerbiss, schloss er genussvoll

---

* Bett

die Augen. Dann nahm er einen Schluck Kaffee und die nächste Scheibe vom Striezel. Als Schwarzer, nun vollständig angekleidet, das Zimmer betrat, hatte Nechyba bereits drei Scheiben verputzt. Wie ein beim Naschen erwischtes Kind zuckte er zusammen und machte einen Buckel. Schwarzer lachte.

»Schmeckt Ihnen der Striezel? Na, dann greifen S' ruhig weiter zu!«

Nechyba nickte dankbar und griff zum nächsten Stück. Schwarzer schenkte ihm Kaffee nach. Er nahm sich selber ebenfalls Kaffee, setzte sich und nippte an der Schale. Nechyba nuschelte mit vollem Mund: »Gestern hab' i einen Blödsinn g'hört ...«

»Und? Betrifft dieser Blödsinn mich?«

Nechyba nickte, pickte mit den Fingern einige Hagelzuckerkörner auf und steckte sie in den Mund.

»Der Karminsky hat Sie mit dem Mord an dem Schmerda sowie mit der neuen Leich' in der Praterstraße in Verbindung gebracht.«

»Was für eine Leich' in der Praterstraße?«

»Haben Sie nix davon g'hört?«

Schwarzer schüttelte den Kopf: »Am Samstag und am Sonntag hab' i net gearbeitet. Da war i net in der Leopoldstadt.«

»Na, die Pritschnigg, die Anni Pritschnigg, is' abg'stochen worden. Auf eine ähnliche Art wie der Schmerda ...«

Schwarzer sprang auf. Sein Gesicht war blass und er begann im Zimmer aufgeregt hin und her zu gehen.

»Also das is' a Wahnsinn! Die Anni is' tot. Nein! I

glaub's nicht! Das war doch so ein lebensfrohes junges Ding. Die Lieblingskatz vom Karminsky. Der hat sie nach Strich und Faden verwöhnt, was sonst nicht so seine Art ist. Und auch Ihr Freund, der Herr Redakteur, war ganz angetan von der Anni. Die sind letzte Woche noch bei mir gewesen und dann gemeinsam weggegangen. Ich könnt' schwören, dass die nachher im Stundenhotel drüben in der Weintraubengasse waren.«

»Was? Der Goldblatt hat die Pritschnigg gepudert? Das hat er mir gar net erzählt, der Schlingel!«

»Aber warum beschuldigt der Karminsky ausgerechnet mich?«

»Na, weil Sie beide gekannt haben: den Schmerda und die Pritschnigg.«

»Das stimmt. Aber ich bring' doch nicht meine Kunden um. Ich bin doch nicht geisteskrank!«

»Ein gutes Argument. Kein Geschäftsmann bringt seine Kunden um. Schon gar nicht, wenn s' immer wieder kommen.«

»Sie sagen es, Nechyba! Übrigens: Ich wollt' Ihnen heute einen Dienstmann mit einer Nachricht schicken. Ich glaub', ich hab' das Theater vom Schmerda gefunden. Besser gesagt die Baustelle, wo er sein Theater verwirklichen wollte.«

Nechyba stopfte gerade ein weiteres Stück Briochestriezel in den Mund und fragte schmatzend: »Das is' aber jetzt net wahr?«

»Doch, doch ... Wie ich mit der Olga gestern im Prater war, hab' ich zwei Taglöhnern am Nebentisch zug'hört. Die haben davon g'redt, dass sie ein Theater hätten bauen sollen. In der Novaragasse. Als ich ihnen dann a Bier zahlt hab', haben s' mir das Haus beschrieben. Es ist um's Eck von der Glockengasse. Die genaue Hausnummer haben s' nimmer g'wusst.«

Nechyba sprang auf und klopfte dem Fotografen auf die Schulter: »Genial Schwarzer! Genial! Kommen S', fahr ma in die Novaragasse und schau' ma nach!«

In diesem Moment betrat Olga Schwarzer das Zimmer. Sie sah die beiden Männer verblüfft an und sagte dann lachend: »Bewundern Sie auch meinen Mann, Herr Inspector? Der wird den Serben zeigen, wo der Bartl den Most holt. Ich bin ja so stolz auf ihn!«

V./2

BEI DER KREUZUNG Taborstraße – Obere Augartenstraße stiegen Nechyba und Schwarzer aus der Tramway aus. Sie gingen ein Stückerl bis zur Novaragasse stadtauswärts und bogen dann in diese Gasse ein. Nechyba, der noch nie hier gewesen war, registrierte erstaunt, dass am Ende der Gasse hinter den Häuserdächern ein Stück des Riesenrades zu sehen war. Na, deswegen heißt's ja Riesenrad, dachte er sich und spazierte mit Schwarzer vor zur Glockengasse. Sie suchten eine breite Toreinfahrt, die in einen Hof führte. Kurz nach der Glockengasse erreichten sie das Haus Nummer 13. Es hatte eine breite Einfahrt, die in einen Hof führte, in dem ein dreiflügeliges, ebenerdiges Gebäude stand. Der mittlere Teil, der einen spitzen Giebel hatte, war etwas zurückgesetzt. Obgleich das Gebäude einen derangierten Eindruck machte, hatte es doch etwas faszinierend Anmutiges an sich.

»Das ist es«, murmelte Schwarzer, »genau so haben es mir die beiden Baraberer* beschrieben.«

Nechyba grunzte zufrieden, begab sich zur Hausmeisterwohnung und klopfte an die Wohnungstür. Diese wurde aufgerissen und ein großer, fetter Kerl brummte: »Wer stört? Was wollen S'?«

Wortlos zückte Nechyba seine Polizeiagenten-Kokarde. Dann deutete er auf das Gebäude im Hof und antwortete: »Aufsperren!«

»Dürfen S' denn des? Da drüben umadum nasern**? Das hat der Herr Schmerda gemietet.«

»Ich untersuche einen Mordfall, damit das klar ist. Außerdem darf ich jetzt im Krieg fast alles. Wenn i will, kann ich dich auf der Stelle einnähen***.«

Missmutig schlapfte der Hausmeister durch den Hof und schepperte mit einem riesigen Schlüsselbund. Nachdem er einige Schlüssel vergeblich ins Schloss gesteckt hatte, erwischte er endlich den richtigen. Nechyba stieß die Metalltür auf und trat in ein Foyer. Durch ein Glasdach fiel Tageslicht in den Raum. Es stand allerlei Maurer-

---

* Arbeiter
** herumschnüffeln
*** verhaften

werkzeug herum, außerdem gab es einige Petroleumlampen. Nechyba durchschritt das Foyer und machte die große Tür zu dem zentralen Raum auf. Dunkle Stille lag vor ihm.

»Gibt's kein Licht?«

»Na. Die Stadtwerke haben vor einem Monat dem Herrn Schmerda das Gas odraht. Weil er die Rechnungen net zahlt hat.«

Nechyba griff zu einer Petroleumlampe und fragte: »Schwarzer, haben Sie Streichhölzer?«

Schwarzer entzündete den Docht und gemeinsam betraten sie den dunklen Raum. Nechyba pfiff durch die Zähne. Vor ihnen taten sich links und rechts Sitzreihen auf. Als sie weiter hineingingen, sahen sie eine recht beachtliche Bühne. Das sah schon ziemlich fertig aus. Nechyba leuchtete an die Decke. Sie war fertig verputzt, an den Seiten konnte er Logen entdecken.

»Das war also kein Hirngespinst vom Schmerda. Der wollte wirklich ein eigenes Theater aufmachen.«

»Das hat alles einen Batzen Geld gekostet. Deshalb war der Schmerda dauernd so stier*«, murmelte Schwarzer. Der Hausmeister, der beim Eingang des Theaterraums stehen geblieben war, raunzte: »Na, haben S' jetzt alles g'sehn? Kann i wieder absperren?«

Nechyba sah ihn böse an und raunzte zurück: »Er wird es schon noch erwarten. Wann wir fertig sind, bestimmen wir. Aber Er kann ume gehen in seinen Kobel**. Wir holen Ihn, wenn wir Ihn brauchen.«

Ohne ein weiteres Wort zu verlieren, drehte sich der

---

* blank
** Verschlagartige Unterkunft

Hausmeister um und verließ das Gebäude. Nechyba und Schwarzer zündeten eine zweite Petroleumlampe an und begannen nun alles systematisch abzusuchen. In dem großen Theatersaal fanden sie nichts. Im Foyer hingegen lagen inmitten von dem Maurerwerkzeug einige Binkel* Fetzen. Bei genauerer Durchsicht entpuppten sich diese als Arbeitsgewänder. Und dann war da noch etwas: ein Rucksack. Er enthielt zwei verschrumpelte Äpfel, eine Wasserflasche sowie ein in Leinen gehülltes Ding, das sorgfältig verschnürt war. Nechyba knüpfte den Spagat auf und schlug das Leinen auseinander. Ein Bleistiftstummel fiel zu Boden. Nechybas Augen leuchteten auf. Denn das, was er da in der Hand hielt, sah wie ein Tagebuch aus.

VI./2

HENRIETTE BEINSTEIN HATTE, entgegen ihren sonstigen Gewohnheiten, nicht gut geschlafen. Sie war aufgeregt. Heute war ein wichtiger Tag. Ihr Schützling, Elisabeth Kremser, würde fotografiert werden. Diese Fotos waren der erste Schritt, um Elisabeth an einer der größeren

---

* Bündel

Bühnen Wiens etablieren zu können. Das bildhübsche Mädel war immerhin schon am Raimundtheater aufgetreten. Gemeinsam mit ihrem damaligen Liebhaber Alphonse Schmerda, mit diesem Hallodri. Aber halt! Kein böses Wort, nicht einmal einen bösen Gedanken über den Verstorbenen! Mein Gott, wie hatte sie diesen Bengel geliebt. Damals, als der Stani aus ihrer Wohnung geflüchtet war und der Wenzel Beinstein wiederum ihr fixer Galan und Wohltäter geworden war. Den Beinstein hatte sie gebraucht, um weiter wie die Made im Speck leben zu können. Aber der Alphonse … der war was Besonderes gewesen. Eine männliche Jungfrau, die Henriette fachkundig in alle Geheimnisse der körperlichen Liebe eingeweiht hatte. Mein Gott, hatte der einen wunderbaren Körper gehabt! Wie ein junger Apoll … Nein, es war nicht nur eine körperliche Anziehung damals. Im Gegenteil: Sie war in den Bengel richtiggehend verliebt gewesen. Wann immer er sie nach der Schule besucht und geliebt hatte, war sie danach im siebenten Himmel geschwebt. Und der Beinstein hatte natürlich auch davon profitiert. Da sie sexuell gesättigt war, fiel es ihr nicht schwer, einen liebevoll nachsichtigen Umgang mit Beinstein zu pflegen. Damals wie heute sah sie das ganz pragmatisch. Alphonse hatte damals die Rolle des Verehrers, Beinstein die des Ernährers. Nun waren beide tot. Henriettes Augen füllten sich mit Wasser, Tränen bahnten sich einen Weg über die Faltenlandschaft ihrer Wangen und sie seufzte tief. Ihr Schmerz galt nicht nur dem toten Schmerda, sondern natürlich auch Beinstein. Schließlich hatte der verblichene Ehemann ihr seit vielen Jahren ein sorgenfreies Leben ermöglicht. Wenzel Beinstein war zwar ein Schwerenöter gewesen, der sie immer wieder mit jungen Mädeln betrogen hatte, andererseits hatte er sie trotzdem von ganzem Herzen geliebt. Im Laufe der jahrzehntelangen Verbindung, Henriette hatte Beinstein als 25-Jährige kennen gelernt, hatte sich das emotionale Verhältnis zwischen ihnen mehrmals gewandelt. Vom verliebten Paar zum Liebespaar, vom Liebespaar zum Mätressentum und schlussendlich vom Mätressentum zum Ehestand. Wobei sich dieser Wandel nicht ohne die eine oder andere Komplikation vollzogen hatte. Da Beinstein in den letzten Jahren schwer herzkrank und zusätzlich impotent gewesen war, hatte sich ein weiterer Wandel ihrer Beziehung eingestellt: von der Ehefrau zum fürsorglich pflegenden Mutterersatz. Ja, sie hatte ihren Beinstein gerne bemuttert. Vor allem als er gegen Ende so krank war, dass er vollkommen auf sie angewiesen war. Andere Frauen hätten ihn da vielleicht in seinem Siechenbett qualvoll verrecken lassen. Nicht so Henriette. Für Beinsteins Pflege hatte sie sogar eine Krankenschwester engagiert, die ihr half, den Bettlägerigen zu pflegen, zu waschen, wund gelegene Stellen mit Salben zu behandeln, ihn zu füttern, aufzumuntern und zu unterhalten. So gut war es dem Alphonse vor seinem Tod nicht ergangen. Nach all dem, was ihr Elisabeth erzählt hatte, war Alphonse Schmerda ein früh vereinsamtes, fanatisches Mannsbild, das sich unbedingt den Lebenstraum eines eigenen Theaters zu erfüllen suchte. Was war Alphonse doch früher für ein liebenswerter Bengel gewesen …

Zum Glück war Henriette Beinstein zu Schmerdas Begräbnis auf den Zentralfriedhof gegangen. Dort war ihr die bildhübsche Elisabeth Kremser aufgefallen, die einzige junge Dame unter den Trauergästen, die nicht zur Familie gehörte. Ihr Bauchgefühl sagte ihr, dass dieses Mädel die Geliebte Alphonse Schmerdas war. Deshalb sprach sie sie an, nachdem das Begräbnis vorbei war. Da Elisabeth mit der Tramway gekommen war, lud Henriette sie ein, mit ihr im Fiaker zurück in die Stadt zu fahren. Dabei entwickelte sich ein sehr interessantes Gespräch, bei dem sie erfuhr, dass Elisabeth mit Alphonse auf der Bühne gestanden hatte. Auf ihre Frage, ob sie derzeit ein Engagement hätte, begann Elisabeth zu weinen. Alles andere war dann sehr schnell gegangen. Elisabeth erzählte ihr, wie grausam Alphonse Schmerda zu ihr gewesen war, wie er sie zwingen wollte, für ihn auf den Strich zu gehen. Als sie nach einigen Versuchen, denen immer Selbsthass und Ekel folgten, sich weigerte, sich weiter zu prostituieren, hatte Schmerda sie aus der gemeinsamen Wohnung hinausgeschmissen. Nun fristete sie ihr Leben als Hilfskraft eines großen Prater – Etablissements. Doch nicht einmal das war eine fixe Anstellung. Täglich musste sie dort vorsprechen, ob es Arbeit gäbe. Wenn eine große Gesellschaft oder Familienfeier anstand, wurde sie als Aushilfskraft in der Küche beschäftigt. Die Nächte verbrachte sie als Bettgeherin bei einer Eisenbahnerwitwe, die sie gegen geringes Entgelt auf einem alten Kanapee übernachten ließ. All das hatte Henriette ziemlich erschüttert. Die junge Frau tat ihr Leid. Zusätzlich witterte sie eine Möglichkeit, endlich wieder ein Talent zu entdecken und an einer der größeren Wiener Bühnen unterzubringen. Einflussreiche Leute in Wiens Theaterwelt kannte sie immer noch genug! Und so war Elisabeth kurzerhand zu ihr gezogen, sie hatte ja eine großzügige Fünfzimmerwohnung, in der das Gästezimmer immer leer gestanden war. Nun logierte Elisabeth dort. Im Beinstein'schen Salon machten die beiden ihre täglichen Sprech- und Stimmübungen. Abends gingen die Damen sogar einige Male gemeinsam aus. Wohin? Natürlich ins Theater! Die Seelenverwandtschaft, die die beiden Frauen verband, wirkte bei Henriette wie ein wunderbares Elixier, das ihr das Gefühl gab, noch nicht zum alten Eisen zu gehören. Für Henriette Beinstein war die Bekanntschaft mit Elisabeth Kremser wie eine Verjüngungskur.

VII./2

»PROST! HERR LEUTNANT!«

Ein vielstimmiges »Prost« erscholl aus der Gaststube auf diesen Ruf des Wirtes. Johann Schwarzer stand auf, wurde etwas rot im Gesicht, hob ebenfalls sein Glas und trank das Stamperl Schnaps aus, das ihm zuvor der Kellner auf den Tisch gestellt hatte.

»Auf Seine Majestät, unseren Kaiser! Auf unsere glorreiche Armee!«, schrie ein rotgesichtiger älterer Kerl am Nachbartisch. Wiederum wurden die Gläser in die Höhe gereckt und wie aus einer Kehle erklang es: »Auf Seine Majestät, unseren Kaiser!« Bei diesem Trinkspruch hob auch Joseph Maria Nechyba sein Glas. Schwarzer, der Nechyba beobachtete, sagte leise: »Sie sind kein Freund des Krieges, nicht wahr?«

Nechyba sah ihn ernst an und schüttelte den Kopf. Nun mischte sich Olga Schwarzer ein.

»Aber, Herr Inspector! Das ist doch eine historische Stunde. Ich meine, die Generalmobilmachung. In ganz Europa stehen jetzt 25 Millionen Männer unter Waffen. 25 Millionen Männer! Das hab' ich heut in der Zeitung gelesen!«

Nechyba schüttelte neuerlich den Kopf, nahm einen kräftigen Schluck von seinem Bier und sagte dann leise: »Was soll daran historisch sein, dass ganz Europa mobil macht? Ich für meinen Teil sehe mit Schrecken, wie sich der Tod von Millionen Menschen anbahnt. Millionen Menschen, die hier wie dort mit Hurra-Gebrüll zu den Waffen greifen, um einander abzuschlachten.«

»Aber Sie sind doch auch Patriot, Herr Inspector?« Nun schaltete sich Schwarzer ein.

»Natürlich ist der Inspector Nechyba ein Patriot. Was glaubst denn du, Olga? Er ist kaiserlich-königlicher Beamter. Allein deshalb ist er schon Patriot. So sagen S' doch auch was, Nechyba …«

Nechybas Lippen verzogen sich zu einem dünnen Lächeln: »Natürlich bin ich absolut loyal gegenüber

Seiner Majestät, unserem Kaiser. Trotzdem finde ich die politische Entwicklung seit dem Attentat auf unseren Thronfolger in Sarajevo äußerst unerfreulich. Dieser Hass, diese nationalen Hetztiraden, die unglaubliche Aggression, die schon den ganzen Sommer über in der Luft liegt. Es hat doch keinen Sinn, dass man politische Probleme mit Waffengewalt löst! Die hysterische Kriegsbegeisterung macht mir Angst. Das alles kommt mir wie ein riesengroßes Pulverfass vor, an das jetzt die Lunte gelegt worden ist. Die Mobilmachung in den Ländern Europas wird zu nichts anderem führen, als dass sich 25 Millionen Soldaten gegenseitig totschießen.«

»Ein Prosit auf den Krieg! Endlich ist Krieg! Darauf gebe ich eine Runde aus!«, grölte der Wirt, dessen Gesichtsfarbe sich mittlerweile von dunkelrot in dunkelviolett verändert hatte. Mit einem Tablett voller Schnapsgläser balancierte er durch sein Beisl und drückte jedem der Gäste eines in die Hand. Als er am Tisch Schwarzers ankam, verweigerte Nechyba den Schnaps. Darauf schrie der Wirt ihn an:

»Was? Sie trinken net mit uns auf den Krieg? Was sind Sie denn für ein Mannsbild?«

Wie von einer Tarantel gestochen sprang Johann Schwarzer auf und drängte den Wirt mit begütigenden Reden und Gesten ab. Danach setzte er sich wieder und sagte entschuldigend: »Der Wirt ist kein schlechter Kerl. Er ist halt ein Patriot und darüber hinaus leider völlig besoffen.«

Nechyba nickte und murmelte: »Kriegsbesoffen.«

Später, als Schwarzer und seine Frau das Eckbeisl, das sich in ihrem Wohnhaus befand, verlassen hatten und wieder oben in ihrer Wohnung waren, wurde der Fotograf sehr nachdenklich. Was Nechyba vorher gesagt hatte, hatte einiges für sich. Trotzdem fieberte er dem morgigen Tag entgegen, an dem er sich bei seinem Landwehrregiment melden musste. Es war nicht so sehr die Freude, in den Krieg zu ziehen, sondern das Gefühl, Teil eines gewaltigen Abenteuers zu werden.

Als er neben seiner Frau im Bett lag und ihren regelmäßigen Atemzügen lauschte, ließ er noch einmal den heutigen Tag vor seinem geistigen Auge Revue passieren. Gleich in der Früh war eine alte Kundin, die Elisabeth Kremser, bei ihm erschienen. Sie war in Begleitung einer älteren, sehr distinguiert wirkenden Dame gekommen, die sie ihm als Henriette Beinstein vorgestellt hatte. Und dann sagte Elisabeth etwas, was ihn verblüffte:

»Henriette ist meine Agentin. Sie wird mich an einer Wiener Bühne unterbringen.«

Wie sich im Laufe des Plauderns während der Fotoaufnahmen herausstellte, schien die Beinstein wirklich über hervorragende Kontakte zu den unterschiedlichsten Theaterleuten zu verfügen. Als er sie eine Zeit lang beobachtet hatte, fiel schließlich der Groschen. Natürlich! Henriette Beinstein war die in Wien früher sehr bekannte Soubrette Henriette Hugó. Mit so einer Protektion hatte Elisabeth Kremser tatsächlich Chancen, wieder Bühnenluft schnuppern zu dürfen. Beim Fotografieren gab Schwarzer sein Bestes. Er machte eine Serie bezaubernder Porträtaufnahmen, auf denen die Kremser noch attraktiver als in der Wirklichkeit aussah. Engelsgleich waren ihre Züge, und Schwarzer war stolz darauf. Er hatte gleich am Vormittag angefangen, die Aufnahmen zu entwickeln, da er der Beinstein versprochen hatte, sie ihr am Abend in ihre Wohnung zu bringen. Da Schwarzer flott und konzentriert in der Dunkelkammer arbeitete, waren die Fotoabzüge abends tatsächlich trocken. Mit Wehmut sperrte er sein Atelier zu, in dem Bewusstsein, nun monatelang nicht hierher zurückkehren zu können. Schade, er hatte sich in der Leopoldstadt zuletzt schon richtig heimisch gefühlt. Andererseits hoffte er, in spätestens einem Jahr wieder als Fotograf arbeiten zu können. Der Krieg gegen Serbien würde sicher in wenigen Monaten entschieden sein, und sobald er die Möglichkeit bekäme, würde er die Uniform an den Nagel hängen und sein ziviles Leben wieder aufnehmen. Nachdem er der Beinstein die Fotos in ihre herrschaftliche Wohnung in der Gumpendorfer Straße gebracht hatte, war er über den Naschmarkt in Richtung 3. Bezirk geschlendert. Dort hatte er Nechyba getroffen und diesen überredet, mit ihm mitzukommen und ein Gläschen auf seinen Abschied zu trinken. Nechyba stimmte zu, brachte allerdings zuerst die Einkäufe, die er getätigt hatte, nach Hause und informierte seine Frau, dass er noch einmal fort müsse. Dann war Nechyba in das Eckbeisl in der Baumgasse nachgekommen. Das hatte Schwarzer sehr gefreut. Schließlich war ihm der Inspector im Laufe des letzten Monats fast so etwas wie ein Freund geworden. Ein Freund, mit dem er noch ein paar Glaserln trinken wollte, bevor er morgen als Leutnant Johann Schwarzer in den Krieg ziehen würde.

VIII./2

NECHYBA WAR GRANTIG. Die bisherige Nichtaufklärung der beiden Morde belastete ihn. Deshalb hatte er in den letzten Tagen jede Menge Aktivitäten gesetzt. Unter anderem hatte er mit seinen Leuten Schmerdas Theaterrohbau noch einmal ganz genau durchsucht. Leider hatten sie nichts Wichtiges gefunden. Eine interessante Information konnte er aber aus der hausmeisterlichen Kreatur herauspressen: Ein in der ganzen Leopoldstadt bekannter Wucherer hatte sich beim Hausmeister nach dem Verbleib Schmerdas erkundig. Also begab sich Nechyba in das Büro des Wucherers, das sich in der Schiffamtsgasse befand. Durch eine windschiefe Tür, deren Scheiben vor Schmutz fast blind waren, trat er in ein Altwarengeschäft ein, in dem Glumpert bis zur Decke gestapelt war. Der Pfandleiher, ein gewisser Samuel Milch, sah Nechyba, blinzelte misstrauisch und fragte: »Womit kann ich dienen, dem Herrn?«

»Inspector Nechyba, k.k. Polizeiagenteninstitut. Ich hab' gehört, dass Er dem Alphonse Schmerda Geld geliehen hat ...«

Milch hob abwehrend die Hände und sagte: »Ist es verboten, jemandem Geld zu leihen?«

»Er soll mir gefälligst antworten und keine Gegenfragen stellen! Also: Hat Er dem Schmerda Geld geborgt?«

»Der junge Herr hat mir Leid getan. So begabt, so jung und ka Geld. Tragisch. Sehr tragisch. Und da hab' ich mich erbarmt. Hab' genommen seine goldene Taschenuhr und hab' gegeben ihm Geld. Viel mehr Geld als dieser Prader* wert war. Man is' ja ein Mensch und hat ein Herz ...«

»Und was hat Er getan, als der Schmerda nicht zahlen konnte?«

»Nun, hab' ich gemacht ein bisserl Druck ...«

»Ich hab' gehört, Er hat einen ehemaligen Plattenbruder in seinen Diensten. Den roten Fritzl.«

»Als alter Mann muss man haben Verstärkung. Das ganze Zeug hier muss ja bewegt, transportiert, geschlichtet und umgeschlichtet werden. Da hilft mir, Gott sei's gedankt, der Friederich. Ist ein guter Kerl, kein Ganef.«

»Da hab' ich andere Sachen gehört. Aber wurscht. Ich muss mit ihm reden!«

»Bedauere, er ist nicht hier.«

»Das seh' ich. Aber wo kann ich ihn finden?«

Samuel Milch wiegte den Kopf, kratzte sich unter der Kippa und meinte schließlich: »Nu, soll er einmal schauen ins ›Café Nord‹, der Herr Inspector.«

Nechyba kam es vor, als hätte er ein Déjà-vu. Das eben genannte Tschecherl in der Nordbahnstraße gehörte zum Revier des ›Guadn‹, dort spielte er wahrscheinlich wieder jede Nacht Stoß. Nechyba tippte zum Gruß mit dem

---

* Uhr

124

Finger an seine Melone und verließ erleichtert aufatmend die staubige Atmosphäre des Geschäfts.

Nein, er ging nun nicht in die Nordbahnstraße, sondern schnurstracks zurück ins Polizeigebäude. Dort rief er den jungen Bronstein zu sich und instruierte ihn folgendermaßen: »Er geht jetzt in die Nordbahnstraße, ins Café Nord. Er weiß schon, dort wo wir unlängst den ›Guadn‹ und seine Peitscherlbuam* arretiert haben. In dem Café treibt sich auch der rote Fritzl herum. Den arretiert Er und bringt ihn her, ich muss mit dem Pücher reden.«

Bronstein nickte und ging. Nun pumperte Nechyba mit der Faust an die Wand und umgehend erschien Pospischil in seinem Zimmer.

»Holen S' mir ein Bier und eine Jause.«

»Was wünschen der Herr Inspector zu speisen?«

»Na, was halt gibt. Ein Fleischlaberl** mit Senf in einer Semmel. Oder ein Stückerl kalten Schweinsbraten oder einen Leberkäs mit einem Brot. Was sie halt gerade haben und was zum Bier passt. Also nix Süßes. Is' des klar?«

Pospischil schlug die Hacken zusammen, murmelte: »Jawohl, Herr Inspector«, und verließ das Zimmer. Nechyba griff in eine Lade seines Schreibtischs und zog Schmerdas Tagebuch heraus. Er hatte es mittlerweile zwei Mal komplett durchgelesen, aber nichts Brauchbares gefunden. Neuerlich schlug er es auf und las die erste Seite:

---

* Strizzis, Zuhälter
** Frikadelle, Bulette

23. Februar. Kalt, kalt, kalt. Durch die Dachfenster zieht es herein. Arbeit im Theater geht zügig voran. Anni hat gestern kaum was verdient. Zu kalt zum Pudern. Ich brauche Geld. Ob sie mich hintergeht?

24. Februar. Trotz der Kälte hat Anni drei Krens gehabt. Jetzt kann ich die zwei Hackler zum Glück bezahlen. Und Baumaterial kaufen!

26. Februar ...

Nechyba fielen die Augen zu. Er konnte aber nicht in ein erholsames Schläfchen verfallen, denn es klopfte und Pospischil servierte ihm ein Krügel Bier und ein faschiertes Laberl in einer Semmel. Schlaftrunken klappte Nechyba die Semmel auf und knurrte: »Und wo ist der Senf?«

»Melde gehorsamst, Herr Inspector, den hab' i vergessen.«

»Pospischil! Nehmen S' gefälligst das nächste Mal Ihr Hirn in die Hand, wenn S' für mich Besorgungen machen. Schaun S' net so kariert! Und gehen S' mir aus den Augen.«

Pospischil schlug erneut die Hacken zusammen, verbeugte sich und ging. Nechyba trank einen großen Schluck Bier und biss dann in die Fleischlaberlsemmel. Das Faschierte war außen knusprig und innen saftig. Mit Genuss registrierte der Inspector eine gehörige Portion Zwiebel und Majoran in dem Faschierten. Ja, so mochte er das. Essend und Bier trinkend blätterte er weiter in

Schmerdas Tagebuch. Dieses endete am 27. Juni mit folgender Eintragung:

Ich weiß nicht mehr weiter. Kann nicht einmal meine goldene Uhr auslösen. Angst, dass mir der rote Fritzl auflauert. Will nicht schon wieder zusammengeschlagen werden. Einziger Lichtblick: Vroni. Pudert wie eine Wildsau, bringt aber kein Geld. Das liefert sie weiter dem ›Guadn‹ ab. Brauche dringend ein neues Mädel.

Nechyba brütete über den Eintragungen. Plötzlich klopfte es und Bronstein trat mit dem roten Fritzl im Schlepptau ein.

»Herr Inspector: der rote Fritzl. Wie befohlen.«

»Danke, Bronstein. Er kann gehen.«

Ächzend erhob sich Nechyba von seinem Stuhl, drehte dem roten Fritzl den Rücken zu und sah beim Fenster hinaus auf die Elisabeth-Allee* und den träge dahinfließenden Donaukanal. Nach einiger Zeit spürte er, wie der rote Fritzl hinter seinem Rücken nervös wurde. Er schabte mit den Füßen am Boden, hüstelte leise und schnaufte laut. Ohne ihn anzusehen, sagte Nechyba: »Was weißt du übern Alphonse Schmerda?«

»N… n… nix, Herr Inspector. Gar nix.«

Nechyba drehte sich um, griff nach dem Tagebuch, machte einen Schritt auf den Gauner zu und hielt ihm die betreffende Stelle, in der er erwähnt wurde, unter die Nase. »Lies!«, befahl ihm Nechyba. Stotternd las der rote Fritzl jene Stelle vor, die ihn erwähnte. Kaum war er damit fertig, klappte Nechyba das Buch zu, warf es auf seinen Schreibtisch und schlug fast gleichzeitig mit der

---

* Heute: Roßauer Lände

anderen Hand zu. Es war eine saftige Ohrfeige, die den roten Fritzl ordentlich ins Schwanken brachte. Nechyba sagte mit leiser Stimme: »Also noch einmal von vorne: Was weißt du übern Alphonse Schmerda?«

Noch mehr stotternd legte der rote Fritzl nieder*. Dass er Schmerda bedroht hätte, endlich seine Schulden bei Samuel Milch zu bezahlen. Inklusive Zinsen. Und dass er den Auftrag gehabt hatte, Anfang August das Geld mit Gewalt einzutreiben. Das war aber nicht möglich, weil der Schmerda da nicht mehr greifbar war. Nechyba seufzte. Das klang alles sehr plausibel. Und wenn er sich den Kerl, der da zitternd vor ihm stand, ansah, traute er ihm nicht zu, Schmerda mit über 30 Messerstichen abgeschlachtet zu haben. Außerdem konnte ein toter Schmerda seinem Auftraggeber, dem Herrn Milch, keinen Heller mehr bezahlen. Also war der rote Fritzl nicht Schmerdas Mörder. Nechyba befand sich mit seinen Ermittlungen wieder einmal in einer Sackgasse.

IX./2

Missmutig schlenderte Nechyba über den nachmittäglichen Naschmarkt. Fast alle Standln waren schon weg,

---

* niederlegen = gestehen, reden

128

Packen von Zeug und Kisten mit Glumpert standen herum. Dazwischen hin und wieder fauliges Obst, an manchen Stellen roch es nach Urin. Heute war ihm sogar der Naschmarkt zuwider. Allerdings bin ich ja auch viel zu spät da, dachte er sich. Schließlich kam er zu einer Standlerin, die gerade beim Zusammenpacken war. Aus einem Korb kullerten zahlreiche Erdäpfel direkt vor Nechybas Füße. Da musste der alte Grantscherm schmunzeln. Er half der Standlerin die Erdäpfel aufzuheben und dachte sich dabei: Das ist ein Wink des Himmels. Statt mich zu ärgern, sollte ich was einkaufen und kochen. Das Kochen hat mich immer noch entspannt. Also kaufte er ein Kilo Erdäpfel und ein Kilo Zwiebeln. So bepackt stapfte er zu seinem Lieblingsfleischhauer auf der Gumpendorfer Straße.

»Grüß' Sie, Herr Mostbichler. Na, wie hammas?«

»Wie wir's haben? Eine wunderbar patriotische Zeit hamma. Großartig! Endlich tut sich was in Europa. Den Serben werden wir den Oasch aushauen und dem russischen Bären das Fell über die Ohren ziehen. Die Franzosen verarbeiten wir zu einem Haché und aus den Engländern machen wir Corned Beef. So schaut's aus.«

Jessas na, dachte sich Nechyba, jetzt hat der patriotische Wahnsinn auch meinen Fleischhauer gepackt. Und er war nicht überrascht, als Mostbichler ihm seine neueste Wurst-Kreation zeigte: die Habsburger Blunze*. Es war eine Blutwurst in den kaiserlichen Farben Schwarz-Gelb, wobei Mostbichler dem Inspector stolz erklärte, dass er die sonst weißen Fettstückerln mittels Beimengung von

---

* Blutwurst

Safran gelb eingefärbt hatte. Nechyba schüttelte ob so viel patriotischem Irrsinn fassungslos den Kopf, kaufte weißen Speck, ein halbes Kilo Dürre* und verließ schleunigst die Fleischerei.

Die ätherischen Öle der frisch geschnittenen Zwiebeln brannten in seinen Augen. Ungerührt schnitt Nechyba weiter, bis das Kilo Zwiebeln sich in einen Haufen fein geschnittener Stücke auf dem großen Schneidbrett verwandelt hatte. Nun holte er sein größtes Reindel** aus der Küchenkredenz und stellte es auf den Herd, den er zuvor schon mit Holzscheiten gefüttert hatte. Die Glut von der Früh, die noch da war, hatte er wieder entfacht, und nun brannte das Holz krachend im Herd. Nechyba nahm ein zweites Brett und das Stück Speck zur Hand. Er schnitt es in Würfel und warf diese in das Reindel, wo sie zischend Schmalz abgaben. Als der Boden der Kasserolle mit flüssigem Schmalz bedeckt war, schüttete er die Zwiebelstücke hinein. Wiederum zischte es mächtig. Nun schälte er hurtig Erdäpfel, wobei er darauf achtete, dass ihm die Zwiebeln auf keinen Fall zu dunkel wurden. Als sie schließlich goldgelb waren, stäubte Nechyba eine ordentliche Portion Paprikapulver darüber, fast augenblicklich begann der Paprika intensiv zu duften. Nechyba rührte einige Male um und löschte dann das Zwiebel-Paprika-Gemisch mit Essig ab. Neuerlich zischte es laut und eine säuerlich riechende Dampfwolke stieg empor. Nun wurde mit Wasser aufgegossen und

---

* Fette, geräucherte und herzhaft gewürzte Wurst in Kranzform
** Kasserolle

danach kamen die geschälten und geviertelten Erdäpfel in die rötlich-braune Suppe. Damit das Erdäpfelgulasch auch wirklich g'schmackig wurde, fügte Nechyba Majoran, gemahlenen Kümmel sowie eine gepresste Knoblauchzehe hinzu. Während alles am Herd vor sich hin köchelte, setzte sich der Inspector an den Küchentisch und begann neuerlich in Schmerdas Tagebuch zu blättern. Stellenweise kannte er das Tagebuch schon auswendig: endlose Passagen über Geldmangel sowie Auseinandersetzungen mit Anni Pritschnigg. Schließlich das Zerwürfnis mit ihr, weil Schmerda die kleine, freche Vroni kennen gelernt hatte. Seufzend legte er das Tagebuch zur Seite, stand auf und begann die Dürre in feine Räder zu schneiden und dem Erdäpfelgulasch hinzuzufügen. Nach einer knappen halben Stunde fischte er eines der Erdäpfelstücke heraus und nahm es vorsichtig in den Mund. Es war sauheiß und er hatte Mühe, sich nicht den Gaumen zu verbrennen. Der Erdapfel war weich. Nun rührte Nechyba etwas Mehl in den Rahm, den er zuvor noch bei der Milchfrau gekauft hatte. Als er auch das in das Gulasch gerührt hatte, wurde dieses wunderbar sämig. Zufrieden kostete er es, nahm dann einen Schöpfer und füllte einen Suppenteller mit Erdäpfelgulasch. Er setzte sich an den Küchentisch und aß langsam und mit Genuss. Dabei blätterte er neuerlich in Schmerdas Aufzeichnungen. Eine meditative Ruhe überkam ihn. Als er fertig gegessen hatte, starrte er lange Zeit vor sich hin. Genauer gesagt auf die erste Seite, die mit der Eintragung vom 23. Jänner begann. Und plötzlich kam ihm die Erleuchtung. Er schlug sich an den Kopf und schrie laut: »Ich Rindvieh!« Just in diesem Moment wurde die Wohnungstür aufgesperrt und seine Frau Aurelia kam vom Dienst heim. Seinen Ausruf quittierte sie mit der spöttischen Bemerkung: »Ich hab' dich bisher eher für ein Urvieh gehalten!«

Am nächsten Morgen waren Pospischil und Bronstein vom Elan und Arbeitseifer Nechybas überrascht. Sofort in der Früh schickte er die beiden Polizeiagenten in die Novaragasse, um von der Theaterbaustelle Werkzeug und vor allem einen Krampen* zu holen. Er selbst trommelte inzwischen in der Zirkusgasse die Selnitzky, die Hausherrin von Schmerdas ehemaliger Wohnung, aus ihrem morgendlichen Schönheitsschlaf. Der verschlafenen Hausfrau eröffnete er folgenden Sachverhalt: »Ob's Ihnen passt oder nicht, ich werde jetzt hinauf in die Dachwohnung, wo der Schmerda gehaust hat, gehen und dort alles aufreißen und abtragen, was möglich ist!«

Als er ihre schreckgeweiteten Augen sah, fügte er erbarmungslos hinzu: »Sie brauchen nicht zu protestieren. Das ist zwecklos. Meine Leute rücken gleich mit dem nötigen Werkzeug an.«

Der Hausmeister, der neben ihm stand, sah ihn ebenfalls fassungslos an. Nechyba schnauzte ihn an: »Gemma, gemma! Jetzt stellen wir den Dachboden auf den Kopf.«

Wenig später stand er keuchend in der Dachwohnung. Aufgewirbelter Staub reizte seine Schleimhäute, er musste heftig niesen. Nachdem er die Fenster geöffnet hatte, begann er systematisch die Wände und Dachschrä-

---

* Spitzhacke

gen auf dahinterliegende Hohlräume abzuklopfen. Nun erschienen auch seine Polizeiagenten mit dem Werkzeug. Nechyba befahl ihnen den Bretterboden systematisch aufzureißen. Und siehe da: Nach kurzer Zeit stieß der junge Bronstein auf ein lockeres Bodenbrett und einen darunterliegenden Hohlraum. Nechyba stürzte hin und griff gierig in das Loch. Was er dabei zwischen die Finger bekam, zauberte ein Lächeln auf seine Lippen. Nach und nach holte er ein Tagebuch nach dem anderen hervor. Schlussendlich war es ein stattlicher Stapel von über einem Dutzend. Damit würde er Einblick in Alles haben, was Schmerda in den letzten Jahren so getrieben hatte. Seine Hoffnung, in den Aufzeichnungen Hinweise auf Schmerdas Mörder zu finden, war groß.

X./2

GOLDBLATT KAM AM 3. AUGUST gegen zwei Uhr Nachmittag ins ›Café Landtmann‹. Er nahm eine Neue Freie Presse vom Zeitungstisch, setzte sich auf seinen Stammplatz und begann stirnrunzelnd die Überschriften zu lesen: *Die Kriegserklärung des Deutschen Reiches an Russland.*

Mobilisierung der französischen Streitkräfte und Abreise des russischen Botschafters von Berlin.

Bombenwurf aus einem französischen Aeroplan auf Nürnberg und Beginn der Feindseligkeiten an der deutsch-russischen Grenze.

Der danach folgende Leitartikel beunruhigte ihn noch mehr: *Samstag den 1. August um halb sieben Uhr abends erschien der Graf Pourtalès im Ministerium des Aeußern an der Sängerbrücke zu Petersburg und überreichte die Kriegserklärung des Deutschen Reiches an Rußland. Die Geschichte zeichnet am heutigen Tage ein großes Datum in ihre Blätter ein, und bis in die fernsten Geschlechter werden die Menschen sich der Stunde erinnern, in der geschah, was jetzt gemeldet wird. Die folgenschwere Nachricht führt mit der Notwendigkeit zu dem Schlusse, daß vielleicht schon in den nächsten Stunden auch zwischen Oesterreich-Ungarn und Rußland der Kriegszustand eintreten werde ...*

Goldblatt schüttelte unwillig den Kopf. Das missverstand der Piccolo, der ihm gerade seinen ›Goldblatt‹ servieren wollte. Verwirrt blieb er vor dem Stammgast stehen und krähte: »Aber Sie sind doch der Goldblatt! Der was immer einen ›Goldblatt‹ trinkt ...«

Nun musste Leo Goldblatt schmunzeln. Er beschied dem Jungspund, dass alles in Ordnung sei, was dieser erleichtert zur Kenntnis nahm. Dann kehrten seine Gedanken zu dem gerade Gelesenen zurück. Jetzt geht's wirklich los, dachte sich Goldblatt. Jetzt beginnt ganz Europa sich selbst zu zerfleischen. Er schloss die Augen und seufzte. Vor seinem geistigen Auge zeichnete sich der wunderbare Hintern Judith von Zweyticks ab und er murmelte: »Das Leben könnte so schön sein ...«

»Is' Ihnen net guad?«, hörte er plötzlich eine derbe

Stimme. Er öffnete die Augen und blickte ins besorgt dreinschauende Antlitz Zygmunt Karminskys.

»Karminsky, was tun Sie denn da?«

»I geh' ins Kaffeehaus, Herr Redakteur. Wie Sie auch. Sie gestatten?«

Und schon saß der ›Guade‹ bei Goldblatt am Tisch. Goldblatt, der sich massiv gestört fühlte, tat so, als ob er die Zeitung weiterlesen wollte. Karminsky ignorierte diese Unhöflichkeit und bestellte einen Kapuziner mehr dunkel als hell und mit Haut. Goldblatt schüttelte es vor Ekel und er machte folgende Bemerkung: »Sie trinken Milchkaffee mit Haut?«

»I weiß, dass die meisten das net mögen. I mag's. Die Haut auf dem Milchkaffee erinnert mich immer an meine Jugend.«

»Hören S' mir auf mit den Erinnerungen«, murmelte Goldblatt. Das einzige, woran er sich im Augenblick gerne erinnerte, war Judiths himmlisches Hinterteil. Und genau dabei störte ihn Karminsky! Zum Glück wurde nun dessen Kaffee serviert, den Karminsky mit Genuss zu schlürfen begann. Goldblatt verschanzte sich wieder hinter seiner Zeitung, konnte sich aber nicht mehr aufs Lesen konzentrieren. Vielmehr ging ihm die gestrige Einladung zum Fünf-Uhr-Tee bei Frau von Zweytick durch den Kopf. Er hatte sich nicht lumpen lassen und Petits Fours vom k.k. Hofzuckerbäcker Sluka mitgebracht. Die süßen Köstlichkeiten und offensichtlich auch die Konversation, die er beim Teetrinken mit ihr geführt hatte, entzückten die angebetete Frau so sehr, dass sie ihm beim Abschied zwei Küsse auf die Wangen hauchte. Goldblatt war so überrascht gewesen,

dass er sich stammelnd wie ein Pennäler von ihr verabschiedete und zusätzlich auch noch ununterbrochen bedankte.
Ich Idiot! Ich hätte sie einfach galant in dem Arm nehmen
und sie zum Abschied auf den Mund küssen sollen. Stattdessen war er mit hochrotem Kopf davongestolpert.

»Mir scheint, als ob wir zur Zeit in einen Weltkrieg
hineinstolpern würden …«

Goldblatt senkte die Neue Freie Presse und fragte:
»Und wann rücken Sie ein?«

»Aber geh! Der Herr Redakteur schmeichelt mir jetzt.
So jung bin i nimmer. Im letzten Frühjahr hab' i meinen 40er gefeiert. Einrücken muss man bis 38. Da hab'
i Pech g'habt …«

»Oder ein Riesenglück …«

Der ›Guade‹ blickte Goldblatt erstaunt an.

»Ah so? Sind Sie kein Patriot?«

»Patriot schon, aber nicht kriegslüstern.«

»Ja, ja … der Krieg. Da wird's viele Tote geben. Apro-
pos: Wissen Sie eigentlich, dass es zwischen dem Toten
in der Zirkusgasse und der Toten von der Praterstraße
eine Verbindung gibt?«

Mit einem Ruck ließ Goldblatt die Zeitung sinken.

»Was für eine Verbindung?«

Der ›Guade‹ lehnte sich in seinem Stuhl zurück,
streckte seinen nicht unerheblichen Bauch nach vorne,
schlug die Beine übereinander und begann zu dozieren:
»Das hab' ich mir doch gedacht, dass der Herr Inspector
vom Polizeiagenteninstitut diese Spur nicht weiterver-
folgt. Nur weil ich ihn darauf aufmerksam gemacht hab'.
Dazu ist er wahrscheinlich zu eitel. Aber ich sag' Ihnen

eines: Es gibt nur einen Menschen, der sowohl den jungen Schmerda als auch die Anni Pritschnigg gekannt hatte.«

»Ah so?«

Der ›Guade‹ nickte, beugte sich vor und sagte mit leiser Stimme: »Der Fotograf Schwarzer ... Der hat die Anni sowohl für den Schmerda als auch für mich fotografiert. Und jetzt sind's beide tot. Ist das nicht merkwürdig?«

XI./2

»HERR HOFRAT, ICH BIN ENTSETZT.«

Dr. Roderich Schmerda runzelte die Stirne und murmelte: »Aber was is' denn los, mein lieber Nechyba?«

Der Inspector griff in die Brusttasche seines Sakkos und holte einen von Alphonse Schmerdas Tagebuchbänden hervor. Nach kurzem Blättern begann er laut vorzulesen: »*16. Jänner. Vater stattete mir einen Besuch ab. Forderte das Geld zurück, das er mir letztes Jahr geliehen hatte. Als ich sagte, ich sei vollkommen stier, bekam er einen Wutanfall. Attackierte mich mit dem Messer vom Küchentisch. Wüstes Gerangel. Konnte mich gegen ihn durchsetzen. Danach verließ er, wüste Drohungen ausstoßend, die Wohnung. Unschöne Begebenheit!*«

Hofrat Schmerda war weiß wie die Wand geworden. Wie versteinert saß er da und starrte auf einen weit entfernten Punkt in seinem geräumigen Büro. Nach einiger Zeit murmelte er: »Der Rotzbub hat also Tagebuch geführt ...«

Voll Bitterkeit fügte er hinzu:

»Mir bleibt doch nichts erspart.«

Nechyba räusperte sich. Eine starke Welle der Wut stieg in ihm auf. Er bekam einen roten Schädel und zischte: »Das war nicht die Antwort, die ich von Ihnen hören wollte. Ist Ihnen eigentlich klar, dass Sie mit dieser Notiz vom Vater zum Verdächtigen geworden sind?«

Schmerda sprang wie von einer Tarantel gestochen auf und brüllte: »Was erlauben Sie sich? Ich verbitte mir jegliche Unterstellung dieser Art!«

Nun war auch Nechyba aufgesprungen. Im letzten Augenblick beherrschte er sich aber und brüllte nicht los. Stattdessen starrte er Schmerda wütend an und knurrte: »Dieses Tagebuch liefert Hinweise darauf, dass Sie schon einmal mit dem Küchenmesser auf Ihren Sohn losgegangen sind. Fünf Monate später wird er dann mit genau so einem Messer getötet. Was glauben Sie, was passiert, wenn ich das dem Staatsanwalt erzähle?«

Nechyba schwenkte das Tagebuch und fuhr fort: »Als weitere Indizien übergebe ich ihm außerdem die ersten Tagebuch-Bände, die Ihr Sohn verfasst hat, als er noch bei Ihnen zuhause wohnte. Da erfährt der Staatsanwalt dann, dass Sie ihn sogar noch als 23-Jährigen verprügelt haben. Weil er sich mehr für das Theater als für das von Ihnen oktroyierte Jus-Studium interessiert hat.«

Schmerda war zurück in seinen Stuhl gefallen und sagte kein Wort mehr. Er zitterte vielmehr vor Wut. Ungerührt zog Nechyba einen zweiten Tagebuchband aus seinem Sakko. Er schlug ihn auf, begann zu blättern und zu zitieren: »*Habe ein Nicht Genügend in Latein erhalten. Vater war außer sich vor Wut. Flüchtete in die Küche. Unsere Köchin Aurelia nahm mich in Schutz. Als sie heimgegangen war, kam Vater mit dem Rohrstock. Musste Hose hinunterziehen und mich vornüber bücken. Er schlug so lange bis mein Hintern blutig war. Ich hasse ihn! ...*

... War abends im Theater. Kam unpünktlich nach Hause. Vater schlug mit den Fäusten auf mich ein ...

... Weinte mich bei Henriette aus ... Abends dann wieder Prügel ...«

Der Hofrat sprang auf und brüllte: »Jawohl! Ich habe versucht, meinem Sohn Ordnung und Anstand einzubläuen. Genützt hat es nichts. Gar nichts. Wissen Sie was? Mein Fehler war, dass ich ihn nicht noch viel härter bestraft habe. Jeden Tag hätte ich ihn windelweich prügeln sollen. Ein Mal in der Früh und ein Mal am Abend! Wie einen Hund, einen unfolgsamen!«

Nechyba sah ihn fassungslos an und sagte dann leise: »Wenn Sie so weiterbrüllen, weiß bald das ganze Ministerium, dass Sie Ihren Sohn misshandelt haben.«

Schmerda griff nach einem dicken Buch, das auf seinem Schreibtisch lag, und schleuderte es an die Wand. Dann gab er seinem Stuhl einen Tritt, dass dieser kra-

chend umfiel. Vor Wut bebend tigerte er durchs Dienst-
zimmer. Nechyba beherrschte sich eisern, um nicht zu
grinsen. Gegen des Hofrats Wutausbrüche sind meine ja
harmlos, dachte er sich. Nach einer kurzen Pause sagte er:
»Wo waren Sie an diesem Juliabend, als Ihr Sohn ermordet wurde?«

Schmerda hielt im Auf- und Abrennen inne. Er starrte
Nechyba an und fauchte: »Sie … Sie …. Sie verdächtigen
mich tatsächlich?«

Nechyba sah ihn lang an und sagte dann in sachlichem
Tonfall: »So, wie Sie in Rage geraten können, traue ich
Ihnen diese Tat durchaus zu. Nicht als geplanten Mord,
aber als Totschlag im Affekt.«

Plötzlich ließ in Schmerdas Körper jegliche Anspan-
nung nach. Er stellte seinen Stuhl auf, ließ sich darauf
nieder und verbarg sein Gesicht in den Händen.

»Alphonse war mein einziger Sohn. Ich wäre so gerne
stolz auf ihn gewesen. Er hätte Jurist werden sollen.
Genauso wie ich. Alle Türen hätte ich ihm beim Ärar*
geöffnet. So wie mein Vater es bei mir getan hat und mein
Großvater bei meinem Vater. Seit drei Generationen sind
wir Schmerdas Juristen im Staatsdienst. Nun ist es aus
und vorbei …«

Der Hofrat seufzte tief. Dann fixierte er Nechyba mit
seinem Blick und sagte in ruhigem, überlegtem Tonfall:
»Sie trauen mir also zu, im Affekt meinen Sohn erstochen zu haben? Na gut, das kann ich aufgrund des Tage-
buchgeschreibsels meines Sohnes verstehen. Trotzdem
möchte ich Sie auf folgende Tatsache hinweisen: Aus dem

---

* Staat

von Ihnen verfassten Protokoll des Tathergangs geht hervor, dass mein Sohn im Schlaf erstochen wurde, nicht im Streit. Das deutet auf eine geplante Tat hin. Und nun frage ich Sie: Glauben Sie im Ernst, dass ich mich in der Nacht in die Wohnung meines Sohnes geschlichen, ein Küchenmesser genommen und ihn kaltblütig ermordet habe?«

XII./2

IM ›LANDTMANN‹ FIEL NECHYBAS ERSTER BLICK auf die Schlagzeile der Neuen Zeitung: *Der europäische Krieg. England und Belgien gegen Deutschland.*

Jetzt geht es also richtig los, dachte er sich und steuerte mit grimmigem Blick auf seinen Lieblingsplatz zu. Dabei streifte sein Blick einen weiteren Aufmacher. Die Arbeiter Zeitung, das Parteiorgan der österreichischen Sozialdemokraten, schrieb: *Der Tag der deutschen Nation.*

Nechyba war verwirrt. Gerade die Arbeiter Zeitung hatte sich in den letzten Tagen bezüglich der allgemeinen Kriegshysterie erstaunlich zurückgehalten. Und nun das! Er ging zum Zeitungsständer, griff sich ein Exemplar und begann noch im Gehen den Leitartikel zu lesen. Dabei rannte er fast einen Kellner über den Haufen. Dieser wich ihm im letzten Augenblick aus und rief:

»Aufpassen, Exzellenz!«

Nechyba nahm an seinem gewohnten Tisch Platz und las: *Diesen Tag des vierten August werden wir nicht verges-*

sen. Wie immer die eisernen Würfel fallen mögen – und mit
der heißesten Inbrunst unseres Herzens hoffen wir, daß sie
siegreich fallen werden für die heilige Sache des deutschen
Volkes –: das Bild das heute der deutsche Reichstag, die
Vertretung der Nation, bot, wird sich unauslöschlich ein-
prägen in das Bewußtsein der gesamten Menschheit, wird
in der Geschichte als ein Tag der stolzesten und gewaltigs-
ten Erhebung des deutschen Geistes verzeichnet werden.
Und dem gesamten Europa, von dem sich ein so beträcht-
licher Teil zu einem Vernichtungskampf wider das Deut-
sche Reich rüstet, wird dieser Tag zum Bewußtsein bringen,
daß in dem Kampf um seine staatliche Unabhängigkeit, in
seinem Kampf um seine nationale Ehre Deutschland einig
ist und einig bleiben wird bis zum letzten Blutstropfen. Ob
die Diplomatie richtig gehandelt, ob es so kommen mußte,
wie es gekommen, das mögen spätere Zeiten entscheiden.
Jetzt steht das deutsche Leben auf dem Spiel und da gibt
es kein Schwanken und kein Zagen! Das deutsche Volk ist
einig in dem eisernen, unbeugsamen Entschluß, sich nicht
unterjochen zu lassen, und nicht Tod und Teufel wird es
gelingen, dieses große, tüchtige Volk, unser deutsches Volk
unterzukriegen! Diese Sitzung des Reichstages, in der es
aufsprüht von Mut und Kraft, zeigt den Feinden, daß sie
in ihrem listigen Unterminieren der Sicherheit des Staa-
tes auf ein ganzes Volk stoßen, auf ein Volk voll eiserner
Kraft und erzerner Ausdauer!

Mann für Mann haben die deutschen Sozialdemokra-
ten für die Anleihe gestimmt ... *

---

* Am 4. August 1914 genehmigte die SPD-Fraktion im deutschen Reichstag
die Kriegskredite für den Ersten Weltkrieg.

142

Joseph Maria Nechyba seufzte laut. Just in diesem Augenblick kreuzte der Redakteur Goldblatt auf. Er kommentierte Nechybas Seufzer folgendermaßen: »Nechyba, legen S' das Blattl weg. Es ist zur Zeit wahrlich kein Vergnügen, Zeitung zu lesen.«

Der Inspector schaute ihn verwirrt an und grummelte: »Deswegen seufze ich nicht. Was mir unbegreiflich ist, ist dieser Leitartikel da.«

»Zeigen S' her!«

Goldblatt nahm die Arbeiter Zeitung und überflog den Artikel, dann verzog er unwillig das Gesicht und nuschelte: »Schau an, der Herr Chefredakteur Austerlitz entdeckt seine großdeutsche Seele und seine Begeisterung für den Krieg. Das ist ja widerlich. Und die Partei scheint ihm zu folgen.«

Nechyba bestellte einen großen Mokka und einen Cognac, Goldblatt blieb auch heute bei seinem ›Goldblatt‹. Nechyba strich nachdenklich über seinen aufgezwirbelten Schnauzbart und murmelte: »Bisher hab ich die Sozialdemokraten gewählt, weil sie unter anderem für internationale Solidarität waren. Aber jetzt führen sie sich plötzlich großdeutsch auf ...«

»Na mit den Deutschen haben Sie, als Nechyba, ja wirklich nichts am Hut.«

»Genau so wenig wie Sie.«

»Also bitte: Väterlicherseits sind wir Goldblatts seit sechs Generationen Wiener.«

»Dafür kommt Ihre Frau Mama direkt aus Galizien. Würden Sie sich, Goldblatt, als Deutschen bezeichnen?«

Goldblatt verschluckte sich an seinem Kaffee. Nachdem er sich ausgehustet hatte, antwortete er: »Eher als einen Einwohner der im Reichsrat vertretenen Königreiche und Länder*.«

Nechyba grinste, strich sich neuerlich über den Schnurrbart und antwortete: »Wenn Sie so argumentieren, dann muss ich Ihnen sagen, dass ich mich als Wiener mit tschechischen Wurzeln fühle.«

»Also wenn wir vom Fühlen reden, dann möchte ich doch prinzipiell einmal Folgendes feststellen: Fühlen tu ich mich in erster Linie als Mensch.«

XIII./2

NECHYBA HATTE EINEN ANSTRENGENDEN TAG HINTER SICH. In der Sommerhitze war er zuerst in die Favoriten Straße 3 gepilgert. Dort befand sich das Johann-Strauß-Theater, ein 1908 eröffnetes Etablissement, das mit seinen 1192 Sitzplätzen zu einem der großen Theaterhäuser Wiens zählte. Hier hatte der junge Schmerda in Kleindarstellerrollen sein Glück als Schauspieler und Operettensänger versucht. Wie Nechyba aus seinen Tagebüchern entnahm, war er hier als Nachwuchshoffnung im Herbst 1911 engagiert gewesen. Mangels

* Offizielle Bezeichnung des nicht ungarischen Teils der Doppelmonarchie

Ausstrahlung und wohl auch Talent wurde die Nachwuchshoffnung in der folgenden Saison zum Edelkomparsen degradiert. Ein schmerzvoller Werdegang, den Schmerda schonungslos beschrieben hatte. Hier im Johann-Strauß-Theater lösten sich seine Träume von einer glänzenden Zukunft auf den Brettern, die die Welt bedeuten, in Luft auf. Oder wie es Erich Müller, der Prinzipal des Johann-Strauß-Theaters, Nechyba gegenüber formulierte: »Schaun Sie: Der Alphonse war ja wirklich ein fescher Kampl* und ein charmanter Kerl. Er ist meinem Vater von der Soubrette Henriette Hugó empfohlen worden. Beste Voraussetzungen also für eine Bühnenkarriere. Der Alphonse und ich, wir waren uns auf Anhieb sympathisch. Ein paar Mal sind wir sogar miteinander drahn** gegangen. Draußen in Sievering und Nussdorf. Bei solchen Gelegenheiten ist er immer richtig aus sich herausgegangen und hat groß Schmäh g'führt. Aber diesen Schmäh hat er auf der Bühne nicht ausspielen können. Da war er immer irgendwie verklemmt. Auch wenn er sich noch so bemüht hat, er hat auf der Bühne nix ausgestrahlt, der Alphonse.«

Auf Nechybas Nachfrage, warum das so war, zuckte Müller mit den Achseln. Dann zündete er sich eine Zigarette an und meinte nachdenklich: »Vielleicht war da auch ständig die Angst dabei, dass jemand von seiner Familie ihn sehen könnte. Auf der Bühne war er immer gehemmt. Jedenfalls ist er beim Publikum und bei den

---

* Kerl
** um die Häuser ziehen, saufen gehen

Kritikern überhaupt nicht angekommen. Und so haben wir ihn halt dann nur mehr als Edelkomparsen eingesetzt. Da ist er nicht weiter aufgefallen.«

Sehr nachdenklich und ein bisschen deprimiert hatte Nechyba das Johann-Strauß-Theater verlassen. Der arme Alphonse! Binnen einer Spielsaison waren seine Träume wie Seifenblasen zerplatzt. Doch er hatte nicht aufgegeben. Es war ihm vielmehr gelungen, in der übernächsten Saison am Raimundtheater unterzukommen. Von der Favoriten Straße 3 ging Nechyba vor zum Wiental, überquerte den Wienfluss und ging dann die Linke Wienzeile und Magdalenenstraße stadtauswärts. Über die Hofmühlgasse kam er zur Gumpendorferstraße und zum Loquaiplatz. Von dort wanderte er die Liniengasse stadtauswärts, bis er zur Wallgasse und zum Raimundtheater kam. Hier hatte er zu Mittag einen Termin mit dem Theaterdirektor. Bei Wilhelm Karczag hatte er weniger Glück als bei Müller. Karczag erinnerte sich nur noch vage an den jungen Schmerda. Sein Urteil lautete: »Völlig unbegabt. Ein Dilettant, ein Möchtegernschauspieler. Erfolgreich nur bei den Weibern, denen er dauernd schöne Augen gemacht hat. Der hat damals einer unserer begabtesten Jungschauspielerinnen, Sissy hat's geheißen, den Kopf verdreht. Als wir ihn nach einem halben Jahr hinausgeschmissen haben, ist die blöde Gans freiwillig mit ihm mitgegangen. Seitdem hab' ich von beiden nix mehr g'hört.«

All das waren keine Neuigkeiten für den Inspector. Ziemlich enttäuscht wanderte er zurück zum Loquaiplatz und dann die Gumpendorfer Straße stadteinwärts. Die

Füße taten ihm weh und ein ziemlich grimmiges Hungergefühl überkam ihn. Da tauchte vor ihm das ›Café Sperl‹ auf, wo er schon lange nicht mehr hineingeschaut hatte. Ja, jetzt ins ›Sperl‹! Das freute Nechyba. Und tatsächlich, er wurde als alter Stammgast allseits freundlich begrüßt. Er fand ein ruhiges Eckplatzerl, das fernab von den Tischen war, an denen die Herrn Offiziere der nahen k. u. k. Kriegsschule lautstark über den Krieg, die Politik und all den Pallawatsch* diskutierten, den die Politiker in ganz Europa gerade anrichteten. Nechyba bestellte ein Schinkenomelette aus drei Eiern sowie ein großes Bier. Als er Hunger und Durst gestillt hatte und aus nostalgischen Gefühlen heraus einen ›Goldblatt‹ orderte, begann er in den Tageszeitungen zu blättern. Mit Unbehagen las er den mehrzeiligen Aufmacher der Neuen Zeitung:

Die belgische Stadt und Festung Lüttich in den Händen der Deutschen.

Die Räumung Polens durch die Russen.

Montenegro erklärt Oesterreich-Ungarn den Krieg.

Englands Sorgen wegen Indien und Egypten. – Zerstörung des deutschen Botschaftspalais in Petersburg.

Nechyba nahm einen Schluck Kaffee und murmelte: »Das ist nicht gut, dass die Deutschen das neutrale Belgien überfallen haben. Und im Süden haben wir jetzt zur serbischen auch noch die montenegrinische Front!«

Er nahm einen Schluck Kaffee, bevor er auf der Titelseite weiterlas:

Der Kaiser hat nachstehenden Armee- und Flottenbefehl erlassen: Mit Begeisterung eilen die Wehrpflichti-

---

* Durcheinander

gen aller Meiner Völker zur Fahne und Flagge, früher als erwartet, erreichen die Streitkräfte den Kriegszustand.

Jeder meiner braven Soldaten weiß, dass wir haßerfüllte Angriffe abzuwehren haben und im Verein mit unseren ruhmvollen Verbündeten für eine gerechte Sache streiten.

Ein festes Band zu Eurem Obersten Kriegsherrn, zum Vaterland umschließt Euch. Ihr, meine Braven, geht mit Zuversicht den schweren Kämpfen, die Euch bevorstehen, entgegen.

Gedenket Eurer Väter, die in ungezählten Kämpfen und Stürmen die Fahnen hochgehalten, die Flagge zum siegreichen Kampfe geführt haben!

Eifert Ihnen nach in Tapferkeit und Ausdauer!

Zeiget den Feinden, was Meine von heißer Vaterlandsliebe erfüllten, einig zu einander stehenden Völker zu leisten vermögen!

Gott segne Euch, meine wackeren Krieger, er führe Euch zu Sieg und Ruhm!

Wien, am 6. August 1914

Franz Joseph m. p.

Nachdem er das gelesen hatte, konnte sich Nechyba einer gewissen Rührung und patriotischen Aufwallung nicht erwehren und seufzte: »Unser Kaiser … Hoffentlich, weiß er, was er da tut.« Er blätterte danach alle möglichen Zeitungen durch und stieß dabei auf folgende Notiz, die eindeutig aus Goldblatts Feder stammte:

Fotograf als Verdächtiger in zwei Mordfällen

Wie aus einer vertrauenswürdigen Quelle zu erfahren war, gibt es einen Verdächtigen in den beiden Mordfäl-

len in der Zirkusgasse und in der Prater Straße. Es handelt sich hierbei um einen Fotokünstler, der ganz in der Nähe sein Atelier hat. Interessant ist, dass dieser Fotograf das spätere Opfer Anni Pritschnigg mehrmals fotografiert hatte. Diese Fotos sollen übrigens äußerst pikanter Natur gewesen sein ... Was den Herren Fotografen darüber hinaus verdächtig macht, ist die Tatsache, dass er auch das erste Mordopfer, einen gewissen Alphonse Schmerda, persönlich gekannt hatte. Die Polizei ist über diesen Sachverhalt informiert und ermittelt.

Er ließ die Zeitung sinken, starrte vor sich und murmelte: »Goldblatt ... Goldblatt ... was hast da schon wieder der für einen Stiefel* zusammengeschrieben?«

Ächzend stand er auf und ging vor zu dem schmalen Durchgang, der zur Küche, zu den Toiletten und zum Büro des Cafetiers Kratochwilla führte. Dieser begrüßte Nechyba herzlich und stellte ihm auf dessen Frage gerne sein Telephon zur Verfugung. Nechyba wählte die Vermittlung und ließ sich mit dem ›Café Landtmann‹ verbinden. Dort verlangte er den Redakteur Goldblatt. Als er diesen endlich am Apparat hatte, knurrte er in den Telephonhörer: »Goldblatt! Was schreiben S' denn für einen Stuß über die beiden Morde? Wollen S' die Wahrheit hören? Dann kommen S' umgehend ins ›Sperl‹. Ich warte auf Sie.«

Damit legte er auf, ohne eine Antwort abzuwarten. Eine dreiviertel Stunde später erschien Goldblatt blass und abgehetzt. Nechyba grinste und bot ihm einen Platz an seinem Tisch an. Nachdem Goldblatt und auch

---

* Unsinn, Quatsch

Nechyba jeweils einen ›Goldblatt‹ bestellt hatten, zückte Nechyba eines der beiden Tagebücher Schmerdas, die er bei sich trug, und warf es Goldblatt auf den Kaffeehaustisch mit der Bemerkung hin: »Wenn S' was über die beiden Morde schreiben wollen, dann schreiben S' daraus was …«

Goldblatt begann hektisch zu blättern und bekam vor lauter Aufregung einen roten Kopf. Nechyba zückte nun auch das zweite Tagebuch und brummte: »Warum reden S' net mit mir, sondern mit dem depperten Karminsky? Der hat doch von Tuten und Blasen keine Ahnung.«

XIV./2

Laut und deutlich vernehmbar läutete es mehrmals hintereinander an der Tür der Beinsteinschen Wohnung. Als die Minnerl endlich die Tür öffnete, wurde sie von Stanislaus Gotthelf angeraunzt: »Wie lang dauert denn das? Ich muss dringend die gnädige Frau sprechen.«

»Das is' jetzt net möglich. Die Gnädige is' beschäftigt.«

»Sie, werden S' nicht frech, Sie! Für mich hat die gnädige Frau immer Zeit.«

»Aber sie macht grad mit dem Fräulein Kremser Stimmübungen. Da will S' nicht g'stört werden.«

»Ein Stanislaus Gotthelf stört nicht, Sie Trampel*. Und jetzt gehen S' mir aus dem Weg!«

Damit schob er die Minnerl auf die Seite und stolzierte mit der aufgeregt flatternden Papageiendame auf der Schulter zum Salon. Er klopfte an, lauschte und trat ein. Zu Minnerls Verwunderung wurde er aufs Herzlichste begrüßt, bevor die beiden Damen ihre Stimmübungen fortsetzten. Gotthelf durfte ihnen dabei Gesellschaft leisten. Minnerl zuckte die Achseln und ging zurück in die Küche, um weiter das Mittagessen vorzubereiten. Als die beiden Damen ihre Stimmübungen beendet hatten, musste Minnerl ihnen und dem Gotthelf Likör servieren. Dabei hörte sie, dass Gotthelf beide Damen einlud, heute Abend mit ihm den Einberufungsbefehl seines Ziehsohnes Pepi zu feiern. Dieser würde morgen zu den Grundwehrübungen eingezogen. Ein Anlass, den Gotthelf entsprechend feierlich würdigen wollte.

Gegen halb acht Uhr abends betraten Henriette Beinstein und Elisabeth Kremser die ›Goldene Glocke‹, in der Gotthelf und der Pepi bereits herausgeputzt wie die Pfingstochsen an einem feierlich gedeckten Tisch saßen. Die Damen wurden höflich begrüßt und als alle Platz genommen hatten, bestellte Gotthelf eine Flasche Sekt, mit der auf Pepis Einberufung angestoßen wurde. Gotthelf hielt zur Überraschung Henriettes eine kleine Rede: »Mein lieber Pepi! Als ich dich vor elf Jahren an Sohnes statt zu mir nahm und in die Geheimnisse des Planetenverkaufens einweihte, ahnte ich nicht, dass

---

* einfältiges weibliches Wesen

ich mit dir nicht nur einen fleißigen Gehilfen, sondern auch einen braven Ziehsohn erhalten würde. Du, den was ich vor einigen Jahren auch adoptiert habe, bist zu einem jungen Mann herangewachsen, der nun unser geliebtes Vaterland mit der Waffe in der Hand verteidigen darf. Lieber Pepi, ich weiß, dass du auch in dem uns aufgezwungenen Krieg dein Bestes geben wirst. Deshalb möchte ich dir Folgendes sagen: Ich …«, und nun rang Gotthelf mit den Tränen, »ich bin sehr … sehr stolz auf dich.«

Lauter Applaus erklang, da an den umliegenden Tischen Gotthelfs Rede mitverfolgt worden war. Zahlreiche Gläser wurden erhoben und ein dünnes Mandl in einem grauen Anzug rief mit Fistelstimme: »Auf unseren jungen Helden! Auf unsere glorreichen Streitkräfte! Auf unseren obersten Kriegsherrn, unseren Kaiser!«

Nun folgte donnernder Applaus und ein mächtiges Klirren der Gläser beim allgemeinen Zuprosten. Pepi hatte einen knallroten Kopf bekommen. Das fand Henriette Beinstein total süß. Und als der Bub unruhig hin und her rutschte, berührte sein dünner Schenkel ihren dicken. Diese Berührung glich einem elektrischen Schlag, der durch Henriettes Körper zuckte. Leicht beschwipst von dem Sekt und animiert von der allgemein aufgeheizten Stimmung drückte sie nun ihr Bein ganz vehement an das des neben ihr sitzenden Buben. Als dieser ein Stückerl wegrücken wollte, umarmte sie ihn mit einer mütterlichen Geste und sagte zu Gotthelf: »Der arme Pepi, so früh schon hat er Vater und Mutter verloren.«

Dabei zog sie den Pepi ganz eng an sich und streichelte

ihm liebevoll über den Kopf. Am liebsten hätte sie diesen süßen Schädel genommen und zwischen ihre gewaltigen Brüste gedrückt, aber das ging nicht. Dem Buben gefielen ihre Fleischmassen und er begann seinen Fuß an den ihren zu pressen. Nach dem Essen, als alle schon ziemlich beschwipst waren, konnte sich Henriette nicht länger beherrschen. Sie ließ ihre Serviette fallen und bat Pepi sie vom Boden aufzuheben. Als Pepi unter den Tisch getaucht war, raffte die Beinstein blitzartig ihren Rock hoch und gewährte ihm einen Einblick in ihre intimsten Regionen. Danach legte sie ihre Hand ganz vorsichtig auf seinen Oberschenkel und streichelte mit ihrem kleinen Finger seine mächtige Erregung. Als die fröhliche Tischgesellschaft eine Stunde später aufbrach, ging man ineinander eingehängt – Pepi bei Henriette, Gotthelf beim Fräulein Kremser – wankend zu der Beinsteinschen Wohnung. Hier wurde, sehr zu Minnerls Missfallen, im Salon weitergefeiert. Bevor Henriette ihre Minnerl schlafen schickte, musste diese noch Likör, Schnaps und Wein servieren. Nun animierte die Hausherrin ihre Gäste zu weiterem Alkoholgenuss. Das führte schließlich dazu, dass Gotthelf gemeinsam mit der völlig besoffenen Elisabeth in deren Zimmer verschwand. Endlich hatte Henriette freie Bahn. Und so wurde der jungfräuliche Pepi in der Nacht, bevor er in den Krieg zog, inmitten von Henriettes wogenden Fleischmassen zum Mann.

Teil 3

»Immer wieder trifft man Soldaten bei Ihnen, Marie.«
»Ja, Gnädigste, heute ist halt allgemeinste Wehr-
pflicht.«

Illustrierte Wochenzeitschrift ›Die Bombe‹
9. August 1914

»Henny, meine Liebe! Na, das ist aber eine Überraschung.«

Damit verbeugte sich Wilhelm Karczag vor Henriette Beinstein und hauchte einen formvollendeten Kuss auf ihren Handrücken. Du alter Lügner, dachte sie sich und verzog ihren Mund zu einem zuckersüßen Lächeln. Drei Tage lang musste ich dir hinterherlaufen, bis ich dich endlich erwischt hab'.

»Nimm doch bitte Platz. Darf ich dir etwas aufwarten. Ein Glaserl Likör vielleicht?«

»Nur, wenn es dir keine Umstände macht, mein Lieber.«

»Aber ganz und gar nicht! Es ist mir eine Freude!«

Wilhelm Karczag, der sowohl im Theater an der Wien als auch im Raimundtheater den Direktorenposten innehatte, war ein vielbeschäftigter Mann, der vor einigen Tagen Joseph Maria Nechyba nicht mehr als zehn Minuten seiner kostbaren Zeit geopfert hatte. Trotzdem ließ er es sich nun nicht nehmen, eine Likörkaraffe sowie zwei Likörgläser auf seinen Schreibtisch zu platzieren und diese eigenhändig mit Eierlikör zu füllen. Er stieß mit der Beinstein an und bekam, nachdem er sein Glas auf einen Zug geleert hatte, einen sentimentalen Glanz in den Augen. Vorsichtig streckte er seine rechte Hand aus und tätschelte Henriettes mit dicken Ringen geschmückte Patschhand. Das erinnerte sie an ihre Jugendtage, als sowohl Karczag als auch sie noch wesentlich schlanker waren. Damals hatten sie eine glühende Liebesaffäre, wegen der sie den Beinstein damals sogar kurz verlassen hatte. Karczag seufzte, der sentimentale Glanz verschwand aus seinem Blick und er sagte in ernstem Tonfall: »Henny, was kann ich für dich tun?«

Henriette kramte aus ihrer Handtasche die von Johann Schwarzer angefertigte Fotografie Elisabeth Kremsers heraus. Mit Bedacht legte sie das wunderbare Bild vor Karczag auf den Schreibtisch. Der zog seine Hand von der ihren, ergriff das Bild und betrachtete es mit Wohlgefallen. Die Beinstein räusperte sich und sagte leise: »Das, mein lieber Willi, ist ein ganz großes Talent.«

Karczag strich sich über seinen kurzgestutzten Oberlippenbart und grinste: »Zumindest ist das a fesches Madl. Irgendwie kommt sie mir bekannt vor ...«

»Vielleicht kennst du sie vom Raimundtheater. Dort hat sie vor ein paar Jahren einige kleine Rollen gehabt.«

Karczag schlug sich auf die Stirn und rief: »Natürlich, das ist die Kremser Sissy, die mit dem depperten Schmerda damals mitgegangen ist. Da war übrigens vor einigen Tagen ein Inspector vom k.k. Polizeiagenteninstitut bei mir und hat sich nach den beiden erkundigt. Hast du eine Ahnung, warum?«

»Na, der Schmerda ist doch ermordet worden. Ende Juni war das. Der Mord in der Zirkusgasse.«

»Jössasna! Das war der Schmerda? Der arme Teufel. Der war ja noch ein junger Bua ...«

»Jedenfalls hab' ich jetzt die Sissy Kremser unter meine Fittiche genommen. Ich bin ihre Agentin und ich mach' auch Stimmübungen mit ihr.«

»Und? Kann's singen?«

»Und wie! Die ist ein echtes Talent.«

Karczag zupfte neuerlich an seinem Oberlippenbart, starrte einige Zeit auf die Fotografie und sagte dann: »Mein Freund, der Lehár Franzl, hat eine neue Operette komponiert, die wir herausbringen werden. Da gibt es sicher eine nette kleine Rolle für deinen Schützling. Weißt was? Schick sie mir morgen zu Mittag – um halb eins – einfach vorbei. Da geh' ich nämlich mit dem Lehár soupieren und nehm' bei der Gelegenheit das Mädl gleich mit. Nachher geh' ma zurück ins Theater, da kann's uns dann ein bisserl was vorsingen.«

Ausnahmsweise schnaufte Henriette Beinstein nicht nur aufgrund des Stiegensteigens, als sie ihre Wohnungstür aufsperrte. Sie war so aufgeregt, dass sie sich nicht einmal ihres Sommerhutes entledigte. Wie ein Wirbelwind stürmte sie in Elisabeth Kremsers Zimmer. Diese lag auf dem Diwan und blinzelte Henriette verschlafen an.

»Sissy, du wirst nicht glauben, was ich gerade erreicht hab' …«

Elisabeth setzte sich auf und schaute verdattert. Sie hatte sich noch immer nicht daran gewöhnt, dass sie seit dem Besäufnis vorgestern Abend mit ihrer Mentorin per du war. Henriette setzte sich auf den Diwan, nahm mit beiden Händen Elisabeths Gesicht und drückte ihr einen dicken Schmatz auf den Mund. Nein, die Beinstein hatte keinen lesbischen Anfall. Ganz im Gegenteil: Sie war nur seit der wundervollen Nacht mit dem Pepi völlig aufgekratzt und überdreht. Deshalb musste sie derzeit alle Menschen anfassen und herzen. Auch ihre Minnerl konnte ein Lied davon singen.

»Sissy, du hast eine Rolle!«

Elisabeth riss vor Staunen Augen und Mund auf.

»In der kommenden Saison spielst im Theater an der Wien. Keine große Rolle, aber immerhin eine Rolle, in einer Lehár-Operette.«

Nun war es Elisabeth, die Henriette umarmte und küsste. Sie sprang auf, tanzte wie ein Derwisch im Zimmer umher und sang mit dramatischem Tremolo in der Stimme: »Ich habe eine Rolle! Ich habe eine Rolle!«

Henriette bremste die Euphorie ihres Schützlings, indem sie sagte: »Du musst dich aber vorher noch persönlich beim Herrn Direktor Karczag vorstellen gehen. Ich hab' ihm dein Foto gezeigt und ihm von deinem Talent vorgeschwärmt. Er war ganz begeistert. Nun möchte er dich persönlich kennen lernen.«

Elisabeth beruhigte sich wieder und fragte: »Beim Karczag? Bei dem alten Bock?«

»Ich weiß, … ich weiß! Er hat den Ruf, ein Weiberheld zu sein. Er ist aber noch immer ein ganz fesches Mannsbild. Also werdet ihr schon zusammenkommen. Was glaubst, wie ich meine erste Rolle im Theater an der Wien bekommen hab'? Damals war noch der Schönerer Direktor. Wie er mit mir ins Separee gegangen ist, hab' ich mir einfach gedacht: Augen zu und durch. Und gut war's. So hab' ich meine Karriere gestartet. Ich würde dir also dringend raten, dich nicht zu zieren. Schließlich bist ja keine Jungfrau mehr …«

II./3

TODMÜDE UND IN SICH VERSUNKEN schlenderte Nechyba
über den morgendlichen Naschmarkt. Lautes Glocken-
gebimmel riss ihn aus seinen Gedanken. Vor ihm erschien
ein Marktbeamter in Begleitung eines städtischen Dieners.
Letzterer hatte eine sogenannte Mistbauernglocke in der
Hand, mit der er heftig bimmelte. Streng dreinschauend
ging der Marktbeamte an den Gemüse- und Obstständen
vorbei und überprüfte, ob auch alle angebotenen Waren
mit einem Preisschild versehen waren. Das Läuten der
Glocke signalisierte den Fratschlerinnen, dass ab sofort
alle Waren mit einem Preisschild versehen sein mussten.
Immer wieder blieb der Beamte stehen, prüfte Erdäpfel,
Obst oder Gemüse und zwang so manche Fratschlerin
den Preis zu reduzieren, da die gebotene Qualität nicht
den hohen Preisen entsprach. Nechyba grunzte ob dieser Maßnahme des Wiener Magistrats zufrieden. Denn
mit Kriegsbeginn hatte es auf allen Wiener Märkten einen
Preisschub nach oben gegeben, dass es ein Graus war. Nun
gab es eine amtliche Preisregelung, an die sich alle, die auf
den Wiener Märkten ihre Waren anboten, halten mussten.

»Kaum dass der vermaledeite Krieg begonnen hat, sind
die Preise explodiert«, brummte Nechyba in seinen Bart
und bekam plötzlich unbändige Lust, ins ›Café Sperl‹
frühstücken zu gehen. »Wer weiß, wie lange ich mir das
noch leisten kann!«

Wenig später betrat er das Kaffeehaus. Hier herrschte noch eine morgendlich verschlafene Stimmung, die Nechyba mit Genuss auf sich wirken ließ. Genauso wie den intensiven Kaffeegeruch, der aus der Küche zu ihm herüberzog. Mit einem zufriedenen Ächzen ließ er sich in einer Fensterloge nieder und bestellte einen doppelten Mokka, ein Butterbrot sowie eine Eierspeis* aus drei Eiern.

»Aber machen S' mir die Eierspeis schön flaumig. Sie kann ruhig noch ein bisserl flüssig sein!«

»Eierspeis, ein bisserl flüssig, bitte sehr, der Herr!«, replizierte der Kellner und verschwand in Richtung Küche. Nechyba ächzte neuerlich vor Wohlbehagen. Nun fiel die ganze Last der letzten Nacht von ihm ab. Zuerst hatte sich während des Nachtdienstes überhaupt nix getan. Dann jedoch wurde er hinausgerufen in die Leopoldstadt. Dort baumelte an dem Barren eines Stalls ein junger Bursche. Nechyba stellte Selbstmord fest, da unter dem Erhängten ein umgestürzter Stallschemel lag. Der Stallbesitzer kannte den Burschen und gab zu Protokoll, dass dieser bei ihm als Stallpage gearbeitet hatte. Es handelte sich um den 18-Jährigen Franz Lesar, der ums Eck in der Schüttelstraße wohnte. Als Nechyba mitten in der Nacht zuerst die Hausbesorgerin und dann Lesars Familie aus dem Schlaf läutete, gab es im Haus einen Mordstrumbahöö**. Lesars Mutter begann hysterisch zu schreien und bekam einen Nervenzusammenbruch. Der völlig geknickte Vater erzählte dem Inspector, dass der Franz sich wahrschein-

* Rührei
** Riesenwirbel

lich aus gekränkter Ehre erhängt habe. Er hatte sich nämlich als Freiwilliger für den Kriegsdienst gemeldet und war abgewiesen worden. Nechyba, der in der heimeligen Atmosphäre des ›Sperl‹ saß, schüttelte den Kopf, als er sich daran erinnerte und murmelte: »Was der Krieg alles mit den Menschen anstellt.«

Zum Glück kam nun seine Eierspeis, deren Verzehr ihn daran hinderte, weiterhin seinen sorgenvollen Gedanken bezüglich des Krieges nachzuhängen. Und da er nach der Eierspeis auf etwas Süßes einen Gusto hatte, bestellte er sich noch ein Briochekipferl sowie einen weiteren doppelten Mokka. Als er die Hälfte des Kipferls verzehrt hatte, griff er in die Innentasche seines Sakkos und zog Schmerdas letztes Tagebuch hervor. Zum – er wusste nicht – wievielten Mal blätterte er die Eintragungen durch, die Schmerda in seinen letzten zwei Lebensmonaten gemacht hatte.

1. Mai. Großer Aufmarsch der Roten im Prater. Anni hatte abends 5 Freier. Während sie am Strich war, hab' ich mit der süßen Vroni geschlafen.

5. Mai. Vroni geht mir nicht aus dem Schädel. Das Mädel ist eigensinnig, widerspenstig und trotzdem kreisen meine Gedanken dauernd um sie.

7. Mai. Großer Streit mit Anni. Hat Vroni und mich im Bett erwischt. Ist ausgezogen. Habe Vroni gefragt, ob sie den Guadn verlässt und für mich auf den Strich geht. Sie hat nur gelacht und weder ja noch nein gesagt.

10. Mai. Die Leute vom Guadn haben mich mit der Vroni erwischt. Habe ein verschwollenes Gesicht, blaue Augen und blutige Lippen. 2 Zähne fehlen. Außerdem tun rechts die Rippen höllisch weh. Wahrscheinlich gebrochen.

11. Mai. Liege darnieder. Schädel brummt. Schmerzen. Vroni hat vorbei geschaut und mir was zum Essen gebracht.

Nechyba klappte das Tagebuch zu und legte es auf die Marmorplatte des Kaffeehaustisches. Lange starrte er es an. Dann aß er mit Bedacht den Rest des Briochekipferls, pickte wie ein kleiner Bub mit dem Zeigefinger alle Hagelzuckerstücke auf und spülte schließlich mit einem Schluck Mokka nach. Nachdenklich trommelten nun seine Finger auf das Tagebuch. In ihm reifte die Überzeugung, dass hier drinnen, in diesen und den anderen Aufzeichnungen, die Lösung des rätselhaften Todes von Schmerda und auch von der Pritschnigg schlummerte. Er musste nur herausfinden, wo. Zweifellos war die Rivalität zwischen Schmerda und Karminsky ein möglicher Ansatz. Wobei dem Inspector immer klarer wurde, dass er sich bisher zu sehr auf Karminsky und seine Strizzis konzentriert hatte. Vielleicht lag die Lösung bei den Mädeln, bei den Huren der beiden. Um die hatte er sich bei seinen Ermittlungen bisher noch viel zu wenig gekümmert. Ein Versäumnis. Das Ausfratscheln* von Karminskys Dirnen musste er dringend nachholen.

---

* befragen

III./3

HELLA LAG, mit einem durchsichtigen Nachthemd bekleidet, ausgestreckt auf dem Doppelbett. Neben ihr kniete Franzi, die ebenfalls nur ein Nichts von einem Negligé anhatte, und zupfte der Freundin mit einer Pinzette Haare von der Lippe und vom Kinn. Jedes Mal, wenn sie ein etwas tiefer wurzelndes Haar ausriss, quietschte Hella kurz auf. Auf dem Einzelbett vis-à-vis hockte Vroni mit dem Rücken an die Wand gelehnt. Sie trug einen seidenen Schlafrock, der vorne schlampig zusammengebunden war. Mit einem Bimsstein schabte sie konzentriert harte Haut von der Ferse ihres rechten Fußes. Alle drei Damen hatten eines gemeinsam: Sie ignorierten den in ihr Zimmer eingetretenen Inspector und fuhren trotz seiner Anwesenheit ungerührt mit ihren Tätigkeiten fort. Nechyba war verunsichert. Zeuge intimer Details der Schönheitspflege der drei Huren zu werden, genierte ihn. Verärgert registrierte er, dass er rot wurde. Aus dieser peinlichen Situation erlöste ihn Vroni, die ihn in frechem Ton fragte: »Na, Herr Inspector, was stehn S' denn da wie ein Mamlas*?«

Nechybas Blick schweifte zu Vroni hinüber und zuckte sofort wieder zurück. Denn Vronis Schlafrock war so weit auseinandergerutscht, dass er den dichten Busch leuchtendroten Schamhaars zwischen ihren schneeweißen Schenkeln sehen konnte. Nechybas Schädel war jetzt

---

* dummer Kerl, Tölpel

endgültig knallrot angelaufen. Er nahm die Melone ab, wischte sich mit einem Taschentuch, das er nervös aus seinem Sakko herausgefingert hatte, über die schweißbedeckte Stirn und stammelte, ohne Vroni dabei anzusehen: »Werd net frech, Kinderl! Sonst … sonst nah i di ein.«

»Aber Herr Inspector! Die Vroni hat doch gar nix getan!«, schaltete sich Hella ein. Dabei räkelte sie sich im Bett und zeigte nun ihrerseits ziemlich viel nacktes Bein. Nechyba reichte es. Er brüllte: »In einer Minute seid ihr Menscher draußen am Küchentisch! Dort reden wir weiter!«

Damit stürmte er in die Küche hinaus, nicht ohne noch einmal einen Blick auf Vronis flammendroten Schoß zu werfen. Schließlich bin ich ja auch nur ein Mann, rechtfertigte sich Nechyba im Geist vor sich selbst. Nechyba ließ sich am Küchentisch nieder und starrte die alte Agnesz sowie das Friederl grantig an.

»Was wisst ihr über den Alphonse Schmerda?«

Das Friederl versteckte sich hinter der alten Frau, die beide Hände in die Hüfte stützte und den Kopf schüttelte: »Nix Schmerda. Nix kennen.«

Hella, die wie eine Raubkatze in die Küche schlich, half der Alten: »Geh! Was fragen S' denn die beiden? Die leben doch großteils in der Kuchl da. Die ham doch ka Ahnung.«

Nun kam auch Franzi in die Küche. Sie setzte sich neben Hella und lehnte sich an diese. Dann gähnte sie laut und begann, ohne Nechyba dabei anzusehen, mit folgendem Vortrag: »Über den Alphonse Schmerda wollen S' was wissen? Na guat. Wenn S' uns nachher a Ruah geben. Also: Der Schmerda war ein Tunichtgut. Ein ganz ein mieser Strizzi. Nicht so ein Chef wie der Herr Karminsky, der uns da eine sichere Existenz bietet. Der Schmerda hat seine Mädeln immer nur ausgesaugt. So wie man Markknochen auszuzelt. Deswegen ist ihm ja zuerst die Schauspielerin, wie hat's g'heißen …?«

Hella ergänzte: »Elisabeth. Aber alle haben nur Sissy zu ihr g'sagt. Weil's so schöne lange Haar wie unsere Kaiserin gehabt hat.«

»Also, deshalb ist ihm die Sissy abpascht. Dann hat er's bei allen möglichen Mädeln im Prater versucht, aber außer Hieb' von deren Strizzis hat er nix bekommen. Dann war er a Zeit lang weg. Angeblich war er wieder am Theater. Dort hat er die dünne Anni kennen gelernt. Das dumme Mensch hat sich in den Schmerda verliebt und schwuppdiwupp hat er sie auch schon am Strich g'schickt. So war das mit dem Schmerda. Und warum ihm dann die Anni päule gangen is', das erzählt Ihnen am besten die Vroni …«

Dabei beugte sie sich vor und streichelte mit dem Nagel ihres Zeigefingers über Nechybas Handrücken. Der Inspector bekam Gänsehaut. Laut schrie er ins Zimmer hinein: »Vroni, komm raus da! Sonst schleif' i di' an den Haaren ausse …«

»I kumm ja eh schon. Wo brennt's denn?«

»Was hast mit dem Schmerda g'habt?«

»Was soll i mit dem gehabt haben?«

»Die Fragen stell' i! Also, was war mit dem Schmerda?«

»Na, was schon?«

»Red endlich!«

Vroni beugte sich vor und schrie Nechyba an: »Na, pudert hamma!«

»Was hat die Pritschnigg dazu g'sagt?«

»Wie's uns erwischt hat, ist sie völlig hysterisch g'worden. Den Alphonse hat's in die Eier getreten und mir hat's a Flaschn übern Schädel zogen. Und dann war's wie vom Erdboden verschwunden. Wenn ich die damals erwischt hätte …«

»Umbringen wollt sie die Anni«, kicherte Franzi. Und Hella fügte lachend hinzu: »Vor allem damals, als die Anni zu uns kommen is' und das Bett von der Vroni bekommen hat. Wie die Anni noch g'lebt hat, hat die Vroni nämlich in der Kommodenlade schlafen müssen. Da wollt' die Vroni die Anni dann wirklich maukas machen.«

Nechyba sah zu Vroni hinüber, doch die war schneller. Sie schleuderte ihm eine volle Suppenterrine, die auf der Anrichte gestanden hatte, ins Gesicht. Krachend zerbrach das Geschirr an seinem Schädel. Nechyba prustete wie ein Walross. Er spuckte Suppe, Nudeln und Gemüse, wischte sich ein Stück Rindfleisch aus dem rechten und ein Pfefferkorn, das unangenehm brannte, aus dem linken Auge. Er sprang auf, doch da fiel die Wohnungstür ins Schloss. Als er wieder klar sehen konnte, sah er vor allem eines: dass die Vroni verschwunden war.

IV./3

HEUTE WAR DER ›GUADE‹ besonders gut aufgelegt. Schließlich hatte er vorgestern Nacht beim Stoßspielen den Oberst von Falkenhoff abgeräumt. Sein momentaner Rebbach waren eine goldene Uhr, ein Siegelring und ein bisserl Bargeld, da besagter Oberst Schulden wie ein Stabsoffizier hatte. Zur Abgeltung der restlichen Spielschulden musste Falkenhoff, der am folgenden Tag mit seinem Regiment an die Front nach Bosnien verlegt wurde, folgendes Brieferl verfassen, dessen Inhalt ihm der ›Guade‹ diktiert hatte:

Geliebte Putzi!

Herzallerliebste! Wie Du weißt, hat unser Vaterland mich und hunderttausende andere Männer aufgerufen, seine Ehre und Integrität zu verteidigen. Und so muss ich, wie Du weißt, in den Krieg ziehen und Dich, mein Putzlwutzl, schweren Herzens zu Hause zurücklassen. Wenn Du Dich jetzt fragst, wer in Zukunft Deine Miete zahlen und für Deine sonstigen Ausgaben aufkommen wird, so habe ich vorgesorgt. Mein lieber Cousin Zygmunt Karminsky hat sich bereit erklärt, Dir unter die Arme zu greifen. Er ist ein guter Mensch, der schon vielen anderen geholfen hat. Vertrau Dich ihm an und vergiss mich nicht. Ich umarme Dich und gebe Dir tausend Küsse!

Dein

Schnurzel

Mit diesem Brief war er heute bei ›Putzi‹, die eigentlich Pauline Skocek hieß, aufgekreuzt. Das Mädel hatte ihm völlig verheult geöffnet. Zuerst war sie ziemlich misstrauisch gewesen, als sie aber den Brief dann zwei Mal durchgelesen hatte, war sie ruhiger geworden. Und als Karminsky sie auf ein Mittagessen in ein nahe gelegenes Beisl eingeladen hatte, war sie plötzlich wieder guter Dinge. Ohne zu zögern, hatte sie sich bei ihm eingehängt und fröhlich drauflos geplappert. Mit einem angenehmen Gefühl in der Lendengegend erinnerte sich Karminsky an diesen ersten Kontakt mit ihrem jungen, knackigen Körper. Nach dem Essen hatte er sie in ihre Wohnung zurückbegleitet, nicht ohne auf dem Weg dort hin bei einem Fleischhauer einen kleinen Abendimbiss für sie zu erstehen. Diese fürsorgliche Geste sorgte dafür, dass sie Butter in seinen Händen wurde. Wie selbstverständlich hatte sie ihn in ihre Wohnung eintreten lassen und als er sie ohne große Umstände auf den Mund geküsst und Richtung Kanapee gedrängt hatte, war er auf keinerlei Widerstand gestoßen. Im Gegenteil: Der nachfolgende Geschlechtsverkehr erfolgte lautstark und zur beiderseitigen Befriedigung. Als Karminsky sich danach verabschiedete, steckte er ihr ein Karterl mit seiner Adresse zu. Danach war er zu ihrem Hausherrn gegangen, der zum Glück daheim war. Dort hatte er die offenen zwei Monate Miete gezahlt, die Oberst von Falkenhoff dem Vermieter schuldig gewesen war. Und zwar unter folgender Bedingung: dass der Hausherr Pauline Skocek am nächsten Morgen auf die Straße setzen würde. Der Hausherr hatte den Hausmeister gerufen und als dieser vom ›Guadn‹ zwei Kronen Schmattes* bekommen hatte, versicherte er ihm, dass er morgen Früh die Delogierung des Fräulein Skocek gewissenhaft durchführen werde. Und so saß der ›Guade‹ nun am späten Nachmittag gut gelaunt im ›Café Reklame‹, trank einen Kapuziner mit Haut, blätterte in der Zeitung und war mit sich und der Welt zufrieden. Beiläufig überlegte er, wo er die ›Putzi‹ einquartieren werde. Das Beste würde wohl sein, sie in den ersten Tagen in seiner Wohnung unterzubringen, sie kräftig zu pudern und verliebt zu machen. Der nächste Schritt würde sein, dass er ihr klarmachte, dass sie zum gemeinsamen Haushalt etwas beitragen müsse. Ja, und dann würden die Hella und die Franzi sie mit auf den Strich nehmen und sie einschulen. Der ›Guade‹ grinste zufrieden, denn die Pauline Skocek war ein hübsches Kind. Das Grinsen verging ihm schlagartig, als er den Inspector Nechyba ins Kaffeehaus hereinspazieren sah. Vielleicht übersieht er mich, hoffte Karminsky und verkroch sich hinter seiner Zeitung. Diese Hoffnung dauerte nicht lange. Karminsky hörte ein lautes Räuspern und als er hinter der Zeitung hervorlugte, sah er Nechyba, der ihn böse anstarrte. Unaufgefordert setzte er sich zu Karminsky an den Tisch.

»Bitte sehr, nehmen Sie Platz, Herr Inspector. Nein, Sie stören gar nicht. Ich wollte gerade ein bisserl Zeitung lesen. Aber das macht ja nix. Das kann ja warten, wenn die He** einen zu sprechen wünscht …«

Karminskys Hohn schien bei Nechyba einen Nerv

* Trinkgeld
** Polizei

getroffen zu haben. Denn der beugte sich vor und zischte: »Noch eine blöde Bemerkung, Karminsky, und ich führ' dich hier vor allen Leuten ab. Davor zerschlag' ich aber noch a bisserl Porzellan. In deinem G'sicht zum Beispiel.«

Der ›Guade‹ merkte, dass er vorsichtig sein musste. Deshalb fragte er nicht, warum Nechybas Anzug und Hemd nass waren und warum auf dessen Hemdkragen eine Suppennudel klebte. Er verkniff sich ein spöttisches Grinsen und entgegnete ernst: »Welche Laus ist Ihnen denn über die Leber gelaufen?«

»Deine Lausmenscher, die g'schissenen!«

»Waren Sie bei mir daheim? Hat's Probleme gegeben?«

Der Ober kam und Nechyba bestellte sich einen großen Mokka. Karminsky, der Nechyba besänftigen wollte, unterbrach ihn: »Halt! Bringens S' dem Herrn Inspector einen ›Goldblatt‹. Sie wissen schon … großer Mokka mit einem Trebernen. Auf meine Rechnung!«

»Stets zu Diensten, Herr Karminsky!«

Nechyba sah den ›Guadn‹ überrascht an und grummelte: »Willst dich einweinberln* bei mir?«

»Das hab' i net notwendig. Aber der ›Goldblatt‹ wird vielleicht Ihre Stimmung ein bisserl verbessern. Schließlich möchte ich da im Kaffeehaus kein Aufsehen erregen.«

»Bist haglich, Karminsky?«

»Na! Aber an sich bin i heut' guat aufgelegt.«

»Die gute Laune wird dir gleich vergehen …«

Der Kaffee wurde dem Inspector serviert. Der schlürfte das heiße, alkoholhaltige Gebräu und schloss kurz die

---

* einschmeicheln

Augen. Karminsky beobachtete ihn gespannt. Schließlich blickte Nechyba ihm direkt in die Augen und sagte: »Die Vroni hat mir vorher in deiner Kuchl, wie ich s' verhört hab', den Suppentopf an den Schädel g'haut. Und dann hat sie sich päulisiert*.«

»Was? Die Vroni is' weg?«

»Ich hab' dir ja g'sagt, dass dir die gute Laune vergehen wird.«

»Was is' denn passiert?«

»Die Franzi und die Hella haben sie beschuldigt, dass sie Mordabsichten gegen die Pritschnigg gehabt hat.«

Karminsky fühlte, wie der Ärger in ihm hochkroch. Er öffnete sich den obersten Knopf seines Hemdkragens, atmete einmal tief durch und zischte: »Das sind doch blöde Baner!«

»Ich lass' die Vroni jetzt polizeilich suchen. Weil wer sich so aufführt, hat was zu verbergen. Und vielleicht hat's ja auch den Schmerda ermordet ...«

Jetzt reichte es Karminsky. Er hieb mit der Faust auf den Tisch und herrschte Nechyba an: »Was soll der Blödsinn? Sie sekkieren meine Baner anstatt dass Sie den einzigen wirklichen Verdächtigen verhaften. Das ist eine Frechheit, eine Unverschämtheit ist das!«

»Und wer, bitte, soll dieser Verdächtige sein?«

»Na, der Fotograf natürlich! Der Schwarzer! Wer sonst?«

Nechyba lachte verächtlich, trank seinen ›Goldblatt‹ aus und stand auf. Bevor er ging, legte er dem ›Guadn‹ die Hand auf die Schulter und sagte mit falscher Freund-

---

* ist geflüchtet

lichkeit: »Den Schwarzer, Karminsky, kannst vergessen.
Der is' vor einer Wochen als Reserveleutnant eingerückt.«

Dem weggehenden Inspector rief der ›Guade‹ halb-
laut nach: »Hilflose Frauen karniffln, das können S'!
Aber den wahren Mörder lassen S' laufen. Und damit
Sie's wissen, an Ihrem Kragen pickt eine Nudel! Eine
Suppennudel!«

V./3

GRINSEND LAUSCHTE LEO GOLDBLATT Nechybas Er-
zählung. Bildlich stellte er sich vor, wie die rote Vroni
dem dicken Inspector die Suppenschüssel an den Kopf
geschleudert hatte. Er bemühte sich ernst zu bleiben und
fragte in sachlich kühlem Ton: »Und? Hat die polizeiliche Suche nach der roten Vroni schon ein Ergebnis ge-
zeitigt?«

Nechyba winkte ab und brummte: »Geh! Wo denn …
Im Prinzip kann die längst irgendwohin abpascht sein.
Nach Böhmen, nach Ungarn oder sonst wohin.«

»Ist sie a Wienerin?«

Nechyba nickte: »Ich war am Sittenamt und hab' mir
ihre Akte ang'schaut. Die ist schon auf den Strich gegan-

gen, als sie noch ein Kind war. Wer ihre Eltern sind, ist nicht bekannt. Sie ist bei Zieheltern aufgewachsen und später immer wieder im Prater und in der Leopoldstadt herumstreunender Weise aufgegriffen worden.«

»So eine pascht net ab. Die bleibt in dem Gretzl, wo s' aufg'wachsen ist und wo sie sich auskennt. Die versteckt sich irgendwo bei Bekannten oder Freunden. Hat sie Verwandtschaft?«

»Eine Zwillingsschwester. Über die gibt's auch eine Akte am Sittenamt. Allerdings ist da in den letzten paar Jahren nix mehr dazugekommen. Die scheint also nimmer am Strich zu gehen.«

»Und sonst? Betrug, Diebstahl, Bettelei?«

Nechyba schüttelte den Kopf: »Hab' ich alles überprüft. Nix. Die Mara Nemeth scheint sauber zu sein.«

»Mara Nemeth heißt das Mädel? Das klingt ungarisch.«

»Wer weiß ... Vielleicht war Nemeth auch nur der Name ihrer Zieheltern, bei denen sie als Kleinkinder aufg'wachsen sind. Darüber hab' ich in den Akten nix finden können. Nur dass die beiden Menscher mit 12 Jahren von daheim ausg'rissen sind und danach am Strich ihr Geld verdient haben.«

»Na ja, dann sollt' ma schaun, dass ma die Schwester finden. Wahrscheinlich ist die rote Vroni bei ihr untergetaucht.«

Nach dem Gespräch mit Nechyba spielte Goldblatt noch eine Runde Billard im ›Café Landtmann‹. Da er heute sehr müde war, die Hitze machte ihm wirklich zu schaffen, ging er kurz nach acht Uhr abends nach Hause. Dabei beschäftgte ihn der Gedanke, dass in einer zivilisierten Gesellschaft – wie der Wiener – zwölfjährige Kinder ihren Lebensunterhalt am Strich verdienen müssen. Was Goldblatt noch viel schrecklicher fand, war aber die Tatsache, dass es tatsächlich Männer gab, die diese unreifen und unfertigen Wesen begehrten. Nie und nimmer konnte er sich vorstellen den zerbrechlichen Körper einer Zwölfjährigen zu begehren. Das brachte ihn flugs zu seiner Lieblingsfantasie: zu Judith von Zweyticks wunderbarem Hintern. Er betrat sein Wohnhaus in der Piaristengasse. Im Geist streichelte und liebkoste er diese wunderbaren Rundungen. Dabei merkte er überhaupt nicht, dass er im Stiegenhaus vor ihrer Wohnungstür einfach stehen geblieben war. Und dann geschah etwas Unbegreifliches: Er läutete bei Frau von Zweyticks Tür an. Kaum dass er diese Unverschämtheit gewagt hatte, hörte er ihre Schritte schon auf die Wohnungstür zukommen. Am liebsten wäre er wie ein Schulbub weggerannt. Doch schon wurde die Tür geöffnet und Judith sah ihn zuerst erstaunt und dann mit einem strahlenden Lächeln an.

»Mein Lieber! Das ist aber eine Überraschung, dass Sie mich auch abends einmal besuchen … Kommen S' doch weiter.«

Goldblatt verbeugte sich höflich und folgte wie von einem Zauber gelenkt ihrer Aufforderung. Artig ging er hinter ihr her in das Atelierzimmer, wo gerade ein neues Bild entstand. Seine Augen glitten an der geliebten, vor ihm gehenden Frau hinab. Er hielt den Atem an. Da Judith von Zweytick ein modernes, fließendes Gewand trug, das zweifellos aus einem sezessionistischen Schneideratelier stammte, konnte er die Rundungen ihres Pos nur erahnen.

»Schau'n Sie, das ist mein neues Bild. Es heißt ›Todeswalzer‹. Man sieht noch nicht viel. Es ist eine Allegorie auf die verrückte Zeit, in der wir leben.«

Goldblatt verharrte vor dem Bild, in dem eine Frau, die totenkopfartige Züge hatte, mit einem Mann in Uniform Walzer tanzte, dessen Züge ebenfalls einem Totenschädel glichen. Im Hintergrund war eine riesige Schlacht skizziert.

»Hat es Ihnen die Sprach' verschlagen? G'fallt's Ihnen nicht?«

»Ach, Frau von Zweytick ... Teuerste Judith! Es ist genial. Mir fehlen die Worte.«

Die Malerin lachte, nahm Goldblatt beim Arm und führte ihn in den Salon. Dabei schmiegte sie sich an ihn und plauderte drauflos: »Sie wissen gar nicht, welche Freude Sie mir mit Ihrem Überraschungsbesuch gemacht haben. Ich hab' heute den ganzen Tag an dem Bild gearbeitet und mit keiner Menschenseele ein Wort gewechselt. Sie haben mich aus meiner Einsamkeit erlöst ... Was darf ich Ihnen anbieten? Einen Tee oder einen Likör? Mehr habe ich nicht zuhause.«

»Alles, nur keinen Tee, bitte.«

»Na, dann bleibt uns nur mehr der Likör ... Setzen Sie sich, mein Lieber. Er wird sofort serviert.«

Damit verschwand Judith von Zweytick aus dem Salon. Goldblatt war nach wie vor wie verzaubert. Selbst in seinen kühnsten Träumen hätte er sich nie so einen herzlichen Empfang vorzustellen gewagt. Als er dann fünf Minuten auf dem Diwan gesessen hatte, ohne dass Frau von Zweytick wieder erschienen war, machte er sich Sorgen. War es nicht doch zu unverschämt gewesen, so spät am Abend hier hereinzuschneien? Die Verzauberung ließ allmählich nach und Ratlosigkeit folgte. Als nach etwa zehn Minuten Frau von Zweytick schließlich wieder erschien, war Goldblatt alles klar. Sie hatte ein neues, ebenfalls sezessionistisch fließendes Kleid angezogen, sich frisiert und die mit Farbe beklecksten Hände sorgfältig abgeschrubbt. Außerdem roch er ein schweres Parfum, dessen Duft sich mit ihrem Erscheinen im Salon zu entfalten begann.

»Sie müssen entschuldigen, aber ich hab' nur die Arbeitsspuren entfernt und mir was Frisches angezogen.«

Und während sie eine geschliffene Karaffe mit einer dunklen Flüssigkeit und zwei dazu passenden geschliffenen Gläsern auf das Tischchen beim Diwan stellte, verschlang er die geliebte Frau mit seinen Blicken.

»Sie hätten ruhig so bleiben können, wie Sie waren. Eine schöne Frau ist eine schöne Frau. Ganz gleich, ob sie Arbeitsspuren an den Händen hat oder nicht.«

Judith von Zweytick hielt beim Einschenken kurz inne, schaute ihm in die Augen und sagte geschmeichelt: »Mein Lieber, das war das erste Kompliment, das ich aus Ihrem Mund gehört habe ... darauf trinken wir jetzt.«

Die beiden stießen vorsichtig mit den zarten Likörgläsern an und Goldblatt registrierte mit Genugtuung, dass das schwarze Getränk ein fabelhafter Nusslikör war. Er trank es in einem Schluck aus und sagte dann schüchtern lächelnd: »Das war kein Kompliment. Das war die Wahrheit …«

Judith von Zweytick, die sich neben ihn aufs Sofa gesetzt hatte, sah ihn lange an und fragte dann schelmisch: »Und? Wann höre ich das erste Kompliment von Ihnen?«

»Sobald Sie mir nachgeschenkt haben. Denn dazu muss ich mir ein bisserl Mut antrinken.«

»Ich möchte aber, dass Sie mir dieses Kompliment unberauscht machen. Bei vollen Sinnen.«

Goldblatt wurde plötzlich ernst. Er nahm ihre Hand, die sie ihm ohne Gegenwehr überließ. Eine wunderbar kühle Hand. Er sah ihr in die Augen und sagte mit belegter Stimme: »Judith, Sie sind nicht nur die schönste, sondern auch die geistreichste und wunderbarste Frau, die ich jemals in meinem Leben getroffen habe.«

Und dann küsste er sie.

VI./3

Am Sonntag, den 23. August 1914, wachte Aurelia Nechyba so wie an jedem anderen Wochentag um 5 Uhr in der Früh auf. Obwohl heute ihr freier Tag war, stand sie auf, ging in die Küche und heizte den Herd an. Dann schlüpfte sie in ihren Morgenmantel, sperrte die Wohnung auf und ging hinaus auf den Gang auf die Toilette. Danach holte sie in einem Krug frisches Wasser von der Bassena und wusch sich Hände und Gesicht. Schließlich kochte sie sich einen türkischen Kaffee. Dabei musste sie lächeln. Mein Gott, früher hatte sie diesen starken türkischen Kaffee nicht ausstehen können! Seitdem sie aber mit ihrem Nechyba verheiratet war, hatte sich das nach und nach geändert. So passt man sich als Ehepaar in Laufe der Jahre aneinander an, dachte sie und ging in den hintersten, dunklen Winkel der Küche, wo das Speisekastl stand. Da kein Platz für eine Speisekammer in der kleinen Wohnung war, musste ein Kästchen reichen. Hier in dem dunklen, kühlen Eck, in das nie ein Sonnenstrahl fiel, bewahrten die Nechybas alle verderblichen Lebensmittel auf. Aurelia griff zur Milchkanne und war erleichtert, dass noch ein bisschen Milch drinnen war. Sie öffnete die Kanne, schnupperte und war neuerlich erleichtert. Nein, die Milch war noch nicht sauer geworden. Nechyba hatte früher immer die sündteure Milch in Glasflaschen gekauft, aber diese Marotte hatte die sparsame Aurelia ihm Gott sei Dank abgewöhnen können. Sie goss den brodelnden türkischen Kaffee in eine große Kaffeeschale und verdünnte ihn mit reichlich Milch. Dann ging sie zur Brotlade und nahm ein in Tücher eingewickeltes Erdäpfelbrot heraus, das sie am Vortag in Form eines Striezels gebacken hatte. Sie schnitt zwei Scheiben ab, setzte sich an den Küchentisch, brach eine Scheibe des Erdäpfelbrotes auseinander und tauchte die Bruchstelle in den Kaffee ein. Diese Eigenart hatte sie sich als kleines Kind von ihrer Großmutter abgeschaut. Die hatte alles – Brot,

Kipferln, Semmeln – auseinandergebrochen und in den Kaffee getunkt. Noch etwas verschlafen kaute sie und hing ihren Gedanken nach. Ihr kam in den Sinn, dass der Papst gestorben war, und das bedrückte sie. Als gläubige Katholikin fühlte sie sich wie ein vaterloses Kind in dieser schweren Zeit. Ausgerechnet jetzt, wo der Krieg ausgebrochen war, hatte der Herrgott seinen Stellvertreter auf Erden zu sich heimgeholt. Bevor Papst Leo X. verstarb, hatte er noch die Katholiken in aller Welt aufgerufen, für den Frieden zu beten. Ob das was nützen würde? Aurelia seufzte. Neuerlich tunkte sie ein Stück Erdäpfelbrot in den Kaffee, zerdrückte es mit der Zunge am Gaumen und schlürfte einen Schluck Kaffee nach. Plötzlich hatte sie eine Eingebung, die sie aus ihren traurigen Gedanken riss. Zügig frühstückte sie fertig, stellte neuerlich einen Kaffee im türkischen Kännchen auf den Herd und ging zurück ins Zimmer, wo Joseph Maria Nechyba schnarchte, dass die Fensterscheiben zitterten. Sie beugte sich über ihren auf dem Rücken liegenden Mann, streichelte seine Wange und gab ihm einen Kuss. Der schreckte aus dem Schlaf hoch und schrie: »Was ist? Wer da?«

»I bin's, Nechyba. Es ist Zeit, dass d' aufstehst.«

»Is' heut' nicht Sonntag?«

»Ja, und deshalb stehst jetzt auf. Wir haben einiges vor.«

Sie gab ihrem verschlafenen Mann noch ein Busserl und ging dann in die Küche, wo sie den brodelnden Kaffee von der Herdplatte nahm und in eine kleine Mokkaschale goss. Die stellte sie gemeinsam mit einem Glas Wasser auf den Küchentisch, dann schnitt sie neuerlich zwei Scheiben Erdäpfelbrot ab und bestrich sie dick mit Butter.

»Nechyba! Komm, steh auf! Dein Frühstück is' fertig.«

Als er nach ein paar Minuten völlig verschlafen in der Küche erschien, kratzte er sich den gewaltigen Bauch und murmelte: »Was is' denn los? Was bist denn so ungemütlich?«

»Jetzt tu einmal frühstücken, dann gehst dich waschen und dann sag' ich dir, was ich mir für heute ausgedacht hab'.«

»Eine Überraschung?«

Sie streichelte ihm durchs Haar und sagte mit Ironie in der Stimme: »Genau. Eine Überraschung für meinen Joseph Maria.«

Er nahm einen Schluck Kaffee, kaute Erdäpfelbrot und beschwerte sich mit vollem Mund: »Warum sagst net Nechyba zu mir?«

Später, in der Tramway, erklärte Aurelia ihrem immer noch verschlafenen und leise vor sich hin grantelnden Ehemann, was sie vorhatte: »Heut' is' ein herrliches Wanderwetter. Nicht zu heiß, ein bisserl bewölkt, gerade richtig. Deshalb fahren wir nach Sievering hinaus. Und von dort wandern wir nach Salmannsdorf. Das hast du mir eh schon lang versprochen, dass wir diesen Spaziergang machen.«

Nechyba strich sich über seinen aufgezwirbelten Schnurrbart. Seine Miene hellte sich auf, denn nun freute er sich auf das eine oder andere Vierterl Wein, das sie heute sicher noch da draußen in Sievering, Salmannsdorf oder Neustift trinken würden. Ja, so sah der Tag gleich freundlicher aus! Am Schottentor stiegen sie in den 39er um, der sie quer durch den 9. und 19. Bezirk nach Sievering brachte. Von der 39er Endstelle gingen sie die Sieveringer Straße bergauf in Richtung Wienerwald. Und als die Nechybas die rechter Hand gelegene Sieveringer Pfarrkirche sahen, begannen deren Glocken zu läuten. Ob ihres exakten Zeitplans lächelnd, nahm sie die Hand ihres Gatten und sagte: »Schau Nechyba! Ist das nicht ein Zufall? Jetzt läuten s' gerade zur 10.00 Uhr Messe.«

Joseph Maria sah sie fragend an und sie fuhr fort: »Bevor der Papst g'storben ist, war einer seiner letzten Wünsche, dass wir alle für den Frieden in der Welt beten sollen. Und genau das tun wir jetzt.«

Nechyba war einerseits überrumpelt, andererseits liebte er es, wenn seine Frau die Initiative ergriff und ihm klare und deutliche Anweisungen gab. Das erinnerte ihn an das Jahr 1903, als sie im Gasthof ›Zum Feldkeller‹ gesessen hatten. Dort hatte sie die Initiative übernommen, ihm das Du-Wort angetragen und ihn zu einem Kuss aufgefordert. Sich daran erinnernd, betrat er an der Seite seiner Frau mit einem stillen Lächeln die Kirche.

Nach der Messe, in der der Pfarrer in seiner Predigt zum Gebet für alle, die an der Front standen sowie für das Heil Österreich-Ungarns aufgerufen hatte, wanderten die Nechybas still und nachdenklich die Sieveringer Straße weiter stadtauswärts. Nach links bogen sie dann in die steil ansteigende Agnesgasse ein, die sie zur Salmannsdorfer Höhe führte. Hier bogen sie nach rechts in einen Weg ein, der mitten in die Weingärten führte. Kurz überlegte Nechyba, ob er die Abzweigung nach rechts den Berg hinauf zum Häuserl am Stoan nehmen sollte. Da dieser Weg aber weiterhin kräftig bergauf ging, verwarf er die Idee. Und so wendeten sie sich nach links und wandelten auf einem sanft ansteigenden Weg durch die Weingärten und genossen die fabelhafte Aussicht hinunter nach Neustift sowie auf den hinter ihnen liegenden Hackenberg mit dem Wasserschloss im sezessionistischen Stil und der weiter entfernt im Dunst liegenden Wienerstadt. Es wehte ein frisches Lüfterl, das ganze Wolkengebirge vor sich hertrieb. Trotzdem blitzten immer wieder Sonnenstrahlen durch die Wolken. Aufgrund des ständigen bergauf Gehens kamen sowohl Joseph Maria als auch Aurelia ordentlich ins Schwitzen. Als sie an der höchsten Stelle des Weges angekommen waren, dort wo links und rechts am Hang einige Villen und Altwiener Häuser standen, machten sie im Schatten eines Baumes Halt. Nechyba stellte den Picknickkorb nieder, nahm eine Flasche Gießhübler Mineralwasser heraus, öffnete sie und reichte sie seiner Frau. Nach mehreren kräftigen Schlucken Aurelias setzte er dann die Mineralwasserflasche an und trank sie fast leer. Beim Einpacken der Flasche brummte er:»Schau ma, ob in Salmannsdorf ein Heuriger offen hat. Wenn nicht, gehen wir nach Neustift hinunter, dort bekommen wir sicher ein Glaserl Wein.«

Aurelia lächelte. Genau so hatte sie sich den Ausflug vorgestellt. Zuerst in die Kirche, dann ein bisserl Bewegung und schließlich das eine oder andere Glas Wein beim Heurigen. Herrgott, war das Leben schön! Ihr Weg führte die Nechybas zu einem linker Hand steil abfallenden, gepflasterten Gasserl, das ›Am Dreimarkstein‹* hieß. An einer Kapelle vorbei wanderten sie bis zur Salmannsdorfer Straße hinunter. Am Eck hatte ein Heuriger ausgesteckt.

»Schön musst net sein. Ein Glück musst haben …«, murmelte Nechyba, als die beiden durch das Tor eintraten, an dem langgezogenen, niedrigen Gebäude entlang gingen und sich schließlich im dahinter liegenden Gastgarten unter einem Nussbaum niederließen. Sie bestellten einen halben Liter ›Gemischten Satz‹ und einen halben Liter Soda. Aurelia packte ein Stück kalten Schweinsbraten, frische Paradeiser und Paprika, einen halben Laib Brot, Senf sowie ein Stück Käse aus. Natürlich hatte sie auch Schneidbretter, Messer und Gabeln mit. Nechyba betrachtete all dies mit Wohlgefallen, denn in seinem Magen gähnte ein riesengroßes Loch. Später, als sie gegessen hatten und beim dritten halben Liter Wein waren, holten ihn seine beruflichen Sorgen ein. Und so erzählte er Aurelia von Karminskys Dirnen und dass die rote Vroni ihm vor ein paar Tagen entwischt war. Auf Aurelias Nachfragen berichtete er alles, was er aus den Akten über die rote Vroni wusste.

»Eigentlich ist die Vroni eine arme Haut …«, murmelte Nechyba.

Und seine Frau stimmte ihm zu: »Sie ist von ihren Zieheltern sicher karniffelt und g'schlagen worden. Sonst wär' s' mit zwölf net von daheim ausg'rissen.«

* Heute: Dreimarkstein Gasse

»Das stimmt. Weil freiwillig geht so ein Kind net am Strich. Die muss ganz schön verzweifelt gewesen sein, dass sie so jung schon ihren Körper verkauft hat.«

»Ihr Männer seid alle Saubartln. Wie kann man sich nur an so einem unschuldigen Kind vergreifen?«

»Ich bin a a Mann. Aber so was würde ich nie tun!«, empörte sich der Inspector. Aurelia schmiegte sich an ihren Gatten und neckte ihn: »Geh! Du bist doch kein typischer Mann. Du bist der Nechyba ...«

Ziemlich beschwingt wanderten die beiden schließlich die Salmannsdorfer Straße stadteinwärts. Sie kamen an Villen und an einem Wasserturm vorbei. Dann folgten sie einem Weg, der sie zurück in die Weingärten führte. Bei einer Mariensäule aus dem Jahr 1689 stand ein Bankerl, auf das sie sich setzten. Sie genossen die milde Nachmittagssonne und Nechyba begann wieder über die Vroni zu räsonieren.

»Was i net versteh' ist, dass die Vroni plötzlich so narrisch geworden is'. Und dass sie möglicherweise den Alphonse und dann die Pritschnigg wie in einem Blutrausch abgestochen hat.«

Aurelia dachte kurz nach und schüttelte dann energisch den Kopf: »Das glaub' i net, Nechyba. Das Mädel hat den Alphonse wirklich gern g'habt. Der Alphonse war aus gutem Haus. Das hat die Vroni, die ja fast ihr ganzes Leben in der Gosse verbracht hat, angezogen. Die hat ganz sicher zum Alphonse aufg'schaut. Die Vroni hat den Alphonse verehrt und nicht ...«, Aurelia suchte nach Worten, »... nicht narrisch oder hysterisch geliebt.

Das mit den über 30 Stichwunden schaut mir eher nach einer rasenden, eifersüchtigen Liebe aus. Weißt, was ich mein'? Das passt gar nicht zu einer wie der Vroni. Das Mädel hat sich seit ihrem zwölften Lebensjahr selbstständig durchgeschlagen. Die steht mit beiden Beinen fest am Boden. Die wird net spinnert.«

Nechyba sank in sich zusammen. Ihm war bewusst, dass die Argumentation seiner Frau ziemlich stichhaltig war. Es war zum Aus-der-Haut-Fahren. Die Vroni war wahrscheinlich wirklich nicht die gesuchte Mörderin. Aber wer sagte, dass es eine Frau gewesen sein musste? Vielleicht war es irgendein Verrückter, der Vergnügen daran fand, wildfremde Leute mit einem Küchenmesser zu massakrieren? Oder war der Täter doch im Umfeld des ›Guadn‹ zu finden?

Später, als die Nechybas in einem neumodischen Automobil-Omnibus saßen, der sie von Neustift nach Pötzleinsdorf zur Endstation des 41ers brachte, sagte er halblaut: »Trotzdem muss i das Mensch finden …«

VII./3

Es war Montag und Nechyba begann diesen Morgen mit ungewöhnlich großer Aktivität. Pospischil nahm staunend zur Kenntnis, dass der Inspector nicht wie üblich in seinem Zimmer hinter dem Schreibtisch saß und Zeitung las. Einsam und verlassen lag das Packerl mit dem Gabelfrühstück auf dem Inspectorenschreibtisch. Pospischil schwante Übles und er murmelte: »Na, das kann ja was werden heute.«

Und tatsächlich war es mit der friedlich verschlafenen montäglichen Morgenstimmung eine halbe Stunde später aus und vorbei. Nechyba kam eiligen Schrittes in das Zimmer seiner Gruppe gestürmt und kommandierte: »Pospischil! Bring Er mir mein Bier, aber ein bisschen plötzlich. Nur ein Seiterl, weil wir haben's eilig. Fraczyk, Er kommt zu mir in mein Zimmer. Paul und Bronstein, packt eure Sachen zusammen, in fünf Minuten ist Abmarsch.«

Hastig sein Gabelfrühstück verschlingend, ein mit fein aufgeschnittenem Kümmelbraten gefülltes Salzstangerl, setzte er Fraczyk in Kenntnis, was während seiner Abwesenheit alles an Büroarbeit zu erledigen war.

»Schaun S', dass dieser Akt über den gestern verhafteten Raubmörder geschrieben wird. Bis wir wieder da sind, muss Er fertig sein. Sie wissen: keine Rechtschreibfehler, keine Eselsohren und vor allem: keine Tintenflecken! Hat Er mich verstanden, Fraczyk?«

Nachdem er ein zackiges »Jawohl, Herr Inspector« vernommen hatte, stopfte Nechyba das letzte Stück Salzstangerl in den Mund, trank einen Schluck Bier nach, rülpste laut und grantelte Fraczyk an: »Was steht Er da wie ein Ölgötze? Er soll nicht Löcher in die Luft starren, sondern schaun, dass er mit der Arbeit was weiterbringt!«

Dann pumperte er mit der Faust an die Wand zum Nebenzimmer und rief: »Pospischil! Paul! Bronstein! Los geht's! Gemma!«

Mit der Linie AK fuhren Nechyba und seine drei Polizeiagenten über den Kai, die Franzensbrücke und die Praterstraße zum Praterstern und dann die Ausstellungsstraße entlang bis zur Engerthstraße. Während der Fahrt erläuterte Nechyba seinen Leuten, was er vorhatte. In aller Herrgottsfrüh war er heute schon am Meldeamt gewesen und hatte dort vergeblich nach einer Mara Nemeth gesucht. Der Kollege vom Meldeamt konnte sich das nur so erklären, dass die Nemeth mittlerweile geheiratet hatte und anders hieß. Ziemlich frustriert hatte Nechyba dann mit seinem Kollegen vom Meldeamt diskutiert, wie er die Schwester der roten Vroni wohl finden könnte. Als einzige Möglichkeit fiel den beiden das zentrale Dienstbotenregister ein. Und tatsächlich! Hier war eine Mara Nemeth, verheiratete Lipkovits vermerkt, die im Gasthaus ›Landerl‹ in der Ausstellungsstraße als Küchenhilfe beschäftigt war.

Das Gasthaus ›Landerl‹ war ein typisches Vorstadtgasthaus: ein ebenerdiges Haus mit großem Gastgarten und angeschlossener Kegelbahn. Hier verkehrten Schiffer und Hafenarbeiter der k.k. Donau-Dampfschiffahrtsgesellschaft. Als Nechyba und seine Polizeiagenten das Gasthaus betraten, verstummte die Unterhaltung. Harte Gesichter, abweisende Mienen, misstrauische Blicke.

»Pospischil und Paul, ihr geht's in den Garten! Dass mir dort keiner mehr abpascht. Bronstein, Er bleibt bei der Eingangstür stehen.«

Nach einer kleinen Pause fügte er leise hinzu: »Haben S' den Schlagring mit, Bronstein?«

Als dieser den Kopf schüttelte, brummte Nechyba: »Schade. Heut' könnt' ma ihn vielleicht brauchen.«

Dann stapfte der Inspector zur Theke, zückte seine Kokarde und knurrte: »K.k. Polizeiagenteninstitut, Inspector Nechyba. Und wer sind Sie?«

Die dunkelhaarige Frau, die hinter der Schank Bier zapfte, sah ihn mit stechendem Blick an und antwortete: »I bin die Minna. Die Minna Landerl.*«

»Legitimieren Sie sich!«

»Was soll des? I zapf' gerade Bier und hab' nasse Händ' ...«

»Sind Sie die Koberin**?«

»Na! Die Tochter. Das Wirtshaus g'hört meiner Frau Mutter.«

»I muss die Kuchl sehn!«

»Arbeiten S' für's Marktamt?«

»Das geht Sie einen feuchten Dreck an! Wo is' die Kuchl?«

---

* Nicht verwandt mit der Greislerin Lotte Landerl in der Gumpendorfer Straße
** Hier: Wirtin

»Da hinten beim Durchgang.«

Nechyba folgte den Angaben und kam in eine geräumige Küche, in der eine alte und eine junge Frau gemeinsam kochten. Die junge hatte feuerrotes Haar. Nechyba grinste. Er trat auf sie zu, packte sie bei ihrem im Nacken zusammengebundenen Haarschopf, riss ihren Kopf nach hinten und fauchte: »Wo is' die Vroni?«

»D… Di… Die ist gerade raus auf's Häusl gegangen.«

Nechyba ging in die angegebene Richtung. Er kam durch eine schmale Tür in einen Hinterhof, in dem sich rechter Hand hinter einem Verschlag die Urinrinne für die Männer befand. Vor sich sah er ein klassisches Plumpsklo aus Holz. Hier stank es gewaltig, doch das war ihm wurscht. Ohne zu zögern, trat er die Tür ein und erblickte zuerst Vronis weißen Hintern und dann ihren flammend roten Schoß. Er packte sie bei den Haaren und schleppte das schreiende und quietschende Mädel, so wie es war, mit hochgeraffter Kittelschürze und heruntergelassener Hose hinaus in den Garten. Einige muskelbepackte Hafenarbeiter schauten erstaunt. Zwei sprangen mit geballten Fäusten auf. Pospischil zückte seinen Totschläger und Paul hatte sogar die Dienstpistole mit. Als die Männer diese sahen, wichen sie zurück. Vroni hatte sich inzwischen die Kittelschürze, die sie trug, über ihre Blöße gezogen. Nechyba stieß sie in Pospischils Arme, der ihr als Erstes, sozusagen als Vorgeschmack auf seine weitere Vorgehensweise, zwei fürchterliche Watschen* runterhaute. Wieder machten die Männer Anstalten, Vroni zu helfen. Doch nun drehte sich Nechyba um und schrie

* Ohrfeigen

laut in Richtung Gastsaal: »Bronstein! Komm raus! Da wollen ein paar Safnsiada* a Abreibung haben!«

Umgehend erschien der auch nicht gerade zart gebaute, aber wesentlich jüngere Bronstein im Garten. Das ließ die Männer wieder auf ihre Sitze zurücksinken. Vier Kiberer, einer mit Dienstwaffe, das trauten sie sich doch nicht zu. Da konnte die Vroni in Pospischils Armen quietschen und schimpfen, so laut sie wollte. Nechyba lächelte maliziös. Bevor er mit seinen Männern abzog, konnte er sich folgende Bemerkung nicht verkneifen: »Habt's Stielaugen bekommen bei der Kleinen, was? Aber jetzt ist Schluss mit dem Theater. Mahlzeit und hawedere**!«

VIII./3

DER SCHÄDEL BRUMMTE. Das spärlich zwischen den zugezogenen Vorhängen hereinsickernde Tageslicht tat ihm in den Augen weh. Viel schlimmer war jedoch der Druck, den seine übervolle Blase ausübte. Ächzend setzte er sich auf, suchte mit seinen Füßen die vor dem Bett stehenden Schlapfen***, schlüpfte hinein und griff zum Morgen-

---

* Seifensieder. Handwerksbezeichnung, die in Wien oft abschätzig gebraucht wurde.
** Verballhornung von: Habe die Ehre!
*** Pantoffeln

mantel. Dann wankte er mehr, als dass er ging, zur Woh-
nungstür. Das Aufsperren bereitete ihm einige Probleme.
Endlich war er am Gang und hatte nur mehr ein paar
Schritte zum WC.

Zurück in seiner Wohnung zog er die Vorhänge auseinander und öffnete die Fenster. Frische Luft strömte in den
Wohnungsmief herein, er atmete mehrmals tief durch.
Sein nächster Weg führte ihn zum Waschtisch, wo der
Wasserkrug sowie ein Glas standen. Er schenkte sich ein
und trank gierig. Nun beugte er sich über den Waschtisch und betrachtete in dem darüber befindlichen Spiegel sein Antlitz.

»Dafür, dass du der ›Guade‹ bist, schaust heut' aber
gar net guat aus«, raunzte er sein Spiegelbild an und trank
noch ein Glas Wasser. Anschließend verließ er seine
Behausung, schlapfte hinüber zur Hausmeisterwohnung,
die er grußlos betrat. Agnesz und das Friederl arbeite-
ten in der Küche, es roch nach gekochten roten Rüben.

»Borschtsch«, seufzte er zufrieden und ließ sich am
Küchentisch nieder. Friederl kam alsbald mit einer Schale
Kaffee. Karminsky nahm einen Schluck und verzog das
Gesicht. Der Kaffee brannte seine Speiseröhre hinunter,
dass es schmerzte.

»Weißt was, mach mir einen Tee heute. Net zu stark …
ohne Zucker.«

Friederl, die ihm gerade ein Buttersemmerl serviert
hatte, nickte. Langsam kaute er die Buttersemmel und
schluckte vorsichtig. Ja, das ging. Das verursachte kein
Brennen im Schlund. Später dann nippte er vorsichtig an

dem heißen Tee, den er in ganz kleinen Portionen hinunterschluckte. All das beruhigte sein flaues Gefühl im Magen. Plötzlich überkam ihn Müdigkeit. Er trank den Tee aus und schlapfte ins benachbarte Zimmer. Auch hier war alles noch verdunkelt. Eine Wolke menschlicher Ausdünstungen empfing ihn. Der ›Guade‹ grinste und dachte sich: So riecht es halt im Schlafzimmer von drei Huren-Menschern …

Er ging zum nächsten Fenster, zog die Vorhänge zurück und öffnete sie. Hella und Franzi protestierten laut, Putzi, die in Vronis Bett lag, grummelte nur leise.

»Ihr sollt euch gefälligst waschen, nach dem G'schäft. Da stinkt's wie in einem Puff!«

»Gib a Ruah und lass uns schlafen«, maulte Hella. Er schlapfte zu Putzis Bett, drängte sie zur Seite und legte sich neben sie. Ein weicher Arm umfing ihm, ein ebenso weicher Schenkel drängte sich zwischen die seinen. Er bekam eine mittelstarke Erektion und schlummerte mit einem glücklichen Lächeln ein.

»Aufstehen, Karminsky! Es ist viertelvier am Nachmittag!«

Eine donnernde Stimme riss den ›Guadn‹ unsanft aus seinen Träumen. Als er verdattert die Augen aufschlug, blickte er in Nechybas schnauzbärtiges Gesicht. Karminsky hoffte kurz, in einem Alptraum gelandet zu sein. Doch das Kreischen seiner Huren und das Zittern der neben ihm liegenden Putzi ließen keine Zweifel aufkommen, dass das, was er gerade erlebte, Realität war. Er setzte sich auf, sah den Inspector böse an und schrie zurück: »Was machen Sie in meiner Wohnung? Was haben Sie hier zu suchen?«

»Dich such ich, Karminsky! Du bist verhaftet.«

Der ›Guade‹ sprang aus dem Bett, schwankte kurz und brüllte dann zurück: »Was soll die Schikane? I hab' nix verbrochen!«

Nechyba grinste und murmelte: »Das sagen alle Pücher.«

Karminsky sah, dass Nechyba nicht allein gekommen war. Hinter ihm stand ein kleiner zniachtiger Kiberer, der bitterbös dreinschaute. Heute hat der Nechyba seinen Bullterrier mitgenommen, dachte sich Karminsky. Mit dem möchte ich keinen Wickel haben. Das ist ein ganz ein Unguter. Und so kam es, dass der ›Guade‹ in höflichem Ton bat, sich in seiner Wohnung ordentlich ankleiden zu dürfen. Nechyba gestattete ihm dies, schickte aber seinen Bullterrier, den Polizeiagenten Pospischil, mit. Nechyba, blieb inzwischen in der Küche und guckte in die Häferln. Die alte Agnesz betrachtete den Kiberer mit Argwohn, traute sich aber nix zu sagen. Als Nechyba sie um einen Löffel bat, starrte sie ihn bitterböse an. Er starrte böse zurück und bat nicht mehr, sondern forderte von ihr einen Löffel. Sie deutete mit dem Kopf auf die Bestecklade des großen Tischs. Nechyba nahm einen Löffel heraus und kostete ungeniert von dem Borschtsch. Er schmeckte köstlich. Nechyba nahm einen weiteren Löffel und schloss genießerisch die Augen. Dann verbeugte er sich vor der Alten und sagte in charmantem Ton: »Mein Kompliment. Das ist der beste Borschtsch, den i je gekostet hab'.«

Die Alte sah ihn erstaunt an, drehte sich um, holte einen Teller aus der Kredenz, nahm einen Schöpflöffel und füllte den Teller mit Rote-Rüben-Eintopf. Nechyba nahm dankend den Teller an und löffelte gierig. Dabei schloss er immer wieder die Augen und brummte zufrieden. Plötzlich fragte ihn die Alte, warum er denn den Zygmunt verhaften wolle. Mit vollem Mund antwortete Nechyba: »Wir haben die Vroni g'funden. Und die behauptet, dass der Karminsky ein paar Tage vor Schmerdas Ableben diesen mit dem Umbringen bedroht habe. Weil er eifersüchtig auf ihn war.«

Die Alte seufzte und antwortete: »Des Vroni bringt Unglick ... nix als Unglick. Z'erst dem Schmerda ... jetzt meinem Zygmunt ...«

IX./3

ES KLOPFTE.

Zuerst zaghaft und leise. Dann immer lauter und fordernder. Goldblatt runzelte die Glatze und verzog vor lauter Konzentration das Gesicht zu einer Grimasse. Endlich hatte er den einen Satz, an dem er gerade gearbeitet hatte, fertig geschrieben. Verärgert rief er: »Wer stört?«

Behutsam wurde die Tür zu seinem Zimmer geöffnet und ein Dienstmann trat katzbuckelnd ein.

»Tschu….tschu… tschuldigen Herr Doktor. I stör' Sie net lang. Möchte nur eine Nachricht, die was für Ihnen bestimmt is', abgeben.«

»Halten S' keine Volksreden und geben Sie s' her.«

»Danke, Herr Doktor. Küß die Hände, hawedere.«

Und schon war der Dienstmann aus dem Zimmer draußen. Goldblatt widerstand der Versuchung, die Nachricht sofort zu lesen. Stattdessen las er den letzten Satz, den er gerade formuliert hatte, noch einmal in Ruhe durch und hatte dann den roten Faden wieder. Er schrieb den Artikel über eine Messerstecherei mit tödlichem Ausgang ohne weitere Störungen fertig. Zufrieden legte er den Bleistift – Goldblatt schrieb alle seine Artikel mit hartem Bleistift – zur Seite und griff zu der Nachricht. Es war ein Kuvert aus erstklassigem Papier, das er aufbrach. Darin befand sich eine kurze handschriftliche Mitteilung, die sich auf dem Papier der Rechtsanwaltskanzlei I. Grünhut befand. Sie lautete:

Sehr geehrter Herr Redakteur,

mein Mandant Zygmunt Karminsky bittet Sie höflich, sich dringend zu einer Besprechung in meiner Kanzlei einzufinden. In Erwartung einer baldigen Terminbekanntgabe verbleibe ich mit vorzüglichen Grüßen

Dr. Ignaz Grünhut

Goldblatt runzelte nun neuerlich die Stirn. Das klang mysteriös. Wenn Karminsky ihn sprechen wollte, müsste er ihn doch nur im ›Landtmann‹ aufsuchen, so wie er es bereits einmal getan hatte. Also lag der Schluss nahe, dass Karminsky dies zu tun nicht imstande war. Was wiederum bedeuten konnte, dass der ›Guade‹ verhaftet worden war und derzeit im Häf'n schmorte. Auf alle Fälle war das sehr interessant, und deshalb begab sich Goldblatt in das Redaktionssekretariat. Dort ließ er sich von einer der Sekretärinnen mit dem Dr. Grünhut telefonisch verbinden. Grünhut, der gerade zu einer Gerichtsverhandlung aufbrechen wollte, freute sich über Goldblatts prompte Reaktion und vereinbarte mit ihm einen Termin um vier Uhr nachmittags in seiner Kanzlei in der Landstraßer Hauptstraße. Goldblatt gab seinen Artikel über die Messerstecherei beim stellvertretenden Chefredakteur ab, der gerade mit den Kriegsberichterstattern zusammensaß. In der Runde herrschte fanatische Jubelstimmung, da es einerseits über einen entscheidenden Durchbruch des Deutschen Heers bei Metz an der Westfront sowie andererseits über eine siegreiche Schlacht der k.u.k. Armee bei Kransnik gegen die Russen zu berichten gab. Der hysterische Patriotismus, der Goldblatt entgegenschlug, widerte ihn an. Leise verließ er die Konferenz und ging in sein Zimmer zurück. Er setzte sich an seinen Schreibtisch, kaute an seinem Bleistift und schaukelte mit dem Stuhl. Im Rhythmus dieser Bewegungen verflogen die düsteren Gedanken über das unermessliche Leid auf den Schlachtfeldern Europas. Goldblatts Gedanken begannen wieder um Judith von Zweytick zu kreisen. Nun, da er bereits mehrmals das körperliche Beisammensein mit diesem wunderbaren weiblichen Wesen genossen hatte, beschränkte sich seine Sehnsucht nicht mehr nur auf ihr Hinterteil. Nein, Goldblatt sehnte sich nach der ganzen Frau. Und als er so dasaß und selig vor sich hin grinste, wurde ihm bewusst, dass er bis über beide Ohren in Judith verliebt war.

»Wie ein Pennäler …«, murmelte er, ohne sich dafür auch nur im Geringsten zu genieren. Im Gegenteil: Goldblatt fasste es als eine wunderbare Fügung des Schicksals auf, dass ihm in so bewegten Zeiten ein derartiger Glücksfall beschieden war. Noch immer lächelnd stand er auf, zog sein Sakko an und beschloss, ein spätes Mittagessen zu sich zu nehmen. Danach würde er den Dr. Grünhut im 3. Bezirk aufsuchen.

»Herr Redakteur! Schön, dass Sie so prompt reagiert haben.« Goldblatt, den der Advokat mit einem kräftigen Handschlag begrüßte, antwortete: »Wo brennt es denn, Herr Doktor?«

Ignaz Grünhut führte Goldblatt in ein geraumiges Besprechungszimmer, nahm ihm gegenüber an einem großen Besprechungstisch Platz und kam sofort zur Sache: »Wie ich Ihnen bereits mitgeteilt habe, ist der Herr Karminsky mein Mandant. Und das schon seit Jahren. So habe ich ihn zum Beispiel schon bei der Übertragung der Eigentumsrechte des Zinshauses, in dem er jetzt wohnt und das nun ihm gehört, beraten. Nun geht es aber um eine ungleich heiklere Causa. Mein Mandant ist neuerlich verhaftet worden.«

Goldblatt unterbrach den Anwalt: »Wegen des Mordfalls in der Zirkusgasse? So wie neulich schon einmal?«

»Exakt, Herr Redakteur! Der ermittelnde Inspector

aus dem k.k. Polizeiagenteninstitut, Nechyba heißt er, hat eine Zeugin aufgetrieben, die Stein und Bein schwört, dass Herr Karminsky gegen das spätere Opfer unmittelbar vor dessen Ermordung eine Morddrohung ausgesprochen habe. Das ist natürlich eine ernste Beschuldigung, die den Inspector veranlasst hat, einen Haftbefehl gegen meinen Mandanten zu erwirken.«

Goldblatt kratzte sich nachdenklich am Schädel, so dass sich einige spärliche Haare von seinem sonst kahlen Haupt keck erhoben. Er erinnerte sich, dass er dem ›Guadn‹ noch einen Gefallen schuldig war, und fragte deshalb: »Wie kann ich Ihnen, beziehungsweise dem Herrn Karminsky, behilflich sein?«

Grünhut lehnte sich zurück, verschränkte die Hände vorm Bauch und erwiderte lächelnd: »Ich habe mich ein bisschen umgehört. Unter anderem beim Dr. Haberda, dem Gerichtsmediziner. Und wissen S', was der mir gesagt hat? Das Mordopfer … ein gewisser Alphonse Schmerda … wurde von einem Rechtshänder erstochen.«

»Und? Sind wir das nicht alle, Rechtshänder?«

Nun umspielte ein triumphierendes Lächeln den Mund des Advokaten: »Sie haben vollkommen recht, Herr Redakteur. Jedes Kind, das Linkshänder ist, wird in unserem Schulsystem auf Rechtshänder umgestellt. Nur bedenken Sie bitte Eines: Der Herr Karminsky hatte eine sehr schwierige Jugend und die Zeit, die er in der Schule verbrachte, kann man als marginal bezeichnen. Deshalb kam es nie dazu, dass er umgestellt wurde. Herr Redakteur, mein Mandant ist nach wie vor Linkshänder!«

Dr. Grünhut faltete seine Hände und fügte leise hinzu: »Es wäre schön, wenn Sie darüber berichten könnten ...«

X./3

WIE EINE LOK UNTER VOLLDAMPF, so rumpelte Joseph Maria Nechyba ins ›Café Landtmann‹ hinein. Er steuerte direkt auf den Tisch Goldblatts zu. Schnaufend fauchte er den Redakteur an: »Goldblatt! Was schreiben S' denn schon wieder für einen Stuß zusammen?«

Goldblatt, der hinter einer Zeitung versteckt gerade von Judith von Zweytick geträumt hatte, zuckte zusammen. Als er den Inspector mit hochrotem Kopf und vor Wut bebend vor sich stehen sah, tat ihm dieser leid. Begütigend sagte er: »Gehen S'! Nehmen S' doch einmal Platz. Und verschnaufen S' ein bisserl. So wie Sie beisammen sind, kann Sie jederzeit der Schlag treffen.«

»Daran sind Sie schuld!«

Der Redakteur rief: »Herr Ober, einen ›Goldblatt‹ für den Herrn Inspector!«, und wandte sich wieder an Nechyba: »Bitte nehmen S' endlich einmal Platz und beruhigen Sie sich. Und dann erklären Sie mir in aller Ruhe, warum Sie sich so aufregen.«

Mit einem Seufzer ließ sich Nechyba auf einen Kaffeehaussessel fallen, der in Folge der plötzlichen Belastung bedenklich ächzte.

»Wieso schreiben Sie eigentlich dauernd was Positives über den Karminsky? Hat er Sie g'schmiert?«

Goldblatt lachte kurz auf und schüttelte den Kopf.

»Nein, schmieren lass' ich mich nicht. Aber was wahr ist, ist wahr. Faktum ist, dass der Karminsky Linkshänder ist. Ich hab' gestern noch jede Menge Leut' g'fragt, die mir das alle bestätigt haben. Ja, und dann war ich außerdem noch beim Dr. Haberda. Und der hat mir g'sagt, dass die Einstichwunden unmöglich von einem Linkshänder stammen können. Da hätten sie einen anderen Einstichwinkel. Also: Was regen Sie sich auf? Ich hab' nur ordentlich recherchiert und dann darüber geschrieben.«

Der ›Goldblatt‹ kam und Nechyba schlürfte ihn nachdenklich.

»Und warum schreiben S' das, ohne vorher mit mir zu reden?«

»Weil das mein Beruf ist. Ich leb' davon, solche Sachen ausfindig zu machen und darüber zu schreiben. Ich bin kein Beamter so wie Sie.«

Nechyba vergrub sein Gesicht in den Händen und murmelte: »Ich bin verzweifelt. Ich komm' in der Schmerda-Pritschnigg-Mordsache einfach nicht weiter. Immer, wenn ich glaub', einen brauchbaren Hinweis oder eine Spur gefunden zu haben, löst sich das dann in Luft auf. Es ist zum Aus-der-Haut-Fahren!«

Goldblatt und Nechyba saßen noch lange zusammen und analysierten gemeinsam einige der späteren Tagebücher

Schmerdas. Sie schleppte der Inspector seit Tagen mit sich herum. Denn hier drinnen musste irgendwo der entscheidende Hinweis auf den Mörder stehen. Dieser Ansicht war übrigens auch Goldblatt. Und nach über zwei Stunden heftigem Nachdenken und nicht minder heftiger Diskussion kamen sie schließlich zum Schluss, dass Nechyba wirklich alle Personen, die jemals mit Schmerda Kontakt hatten, aufsuchen und befragen müsse. Hier war irgendwo der Schlüssel zu des Rätsels Lösung verborgen.

XI./3

Henriette Beinstein hatte es sich in der Küche bequem gemacht und plauderte mit der Minnerl. Zuvor waren die beiden Frauen gemeinsam am Naschmarkt einkaufen gewesen. Henriette begleitete ihr Dienstmädel in letzter Zeit fast ständig beim Einkaufen auf den Naschmarkt, da sie dort die neuesten Gerüchte und Nachrichten über den Krieg hörte. Jedes Mal, wenn über eine der zahlreichen Schlachten gesprochen wurde, rieselte ihr ein Schauer über den Rücken. Sie wurde dann ganz kribblig und wenn sie dazu auch noch an den jungen Pepi dachte, erregte sie das zusäzlich. Denn sie stellte sich Pepi als Helden vor, zu dem alle Frauen aufblickten und den seine

Kameraden bewunderten. Ja, der Krieg hatte in Henriette Beinsteins bis dahin recht beschauliches Leben eine zuvor nicht gekannte Spannung und Würze gebracht. Es hatte allerdings auch einen kulinarischen Grund, warum sie gerne auf den Markt mitging. Minnerl, die aus sehr ärmlichen Verhältnissen stammte, neigte dazu, immer nur das Billigste einzukaufen und zu verkochen, wie zum Beispiel eingebrannte Erdäpfel, Bohnen, Linsen, Erbsenpüree und dergleichen. Dazu gab es dann meist Würstel oder einfach nur ein Stück Brot. Diese Arme-Leute-Küche ging der Beinstein seit einiger Zeit auf die Nerven. Henriette ärgerte sich darüber auch deshalb, weil die Minnerl ja eine gelernte Köchin war. Viele Jahre hatte sie als rechte Hand des Küchenchefs in der ›Goldenen Glocke‹ gearbeitet. Henriette Beinstein, die gerne in diesem Lokal verkehrte, hatte Minnerl dort eines Tages abgeworben. Mit Freuden hatte Minnerl den Dienstort gewechselt, da ihr die schwere Arbeit in der Küche sowie die grantige Art des Küchenchefs schon lange auf die Nerven gegangen waren. Nun war sie Mädchen für alles im Beinstein'schen Haushalt sowie Vertraute der gnädigen Frau. Sie hatte Ansprache, einen guten Lohn und zusätzlich auch noch ein hübsches Zimmer für sich alleine. Und so war es für sie auch kein Problem, wenn die liebe gnädige Frau manchmal kulinarische Extratouren von ihr verlangte, so wie es heute wieder einmal der Fall war. Henriette hatte am Naschmarkt die ersten Trauben entdeckt. Sie war so entzückt, dass ihr ein Gericht einfiel, das sie früher manchmal in der ›Goldenen Glocke‹ gegessen hatte: einen Mostbraten. Zu diesem

Zweck hatten sie 2 Kilogramm Weintrauben, Wurzelwerk und Zwiebeln am Markt erstanden. Danach waren sie zu Vinzenz Mostbichler, dem Fleischhauer auf der Gumpendorfer Straße, gegangen und hatten fein geschnittenen Speck sowie einen Rindslungenbraten* im Ganzen gekauft. Beim Kauf von letzterem protestierte die Minnerl leise und meinte, man könne den Mostbraten doch auch mit einem Schweinslungenbraten machen, der sei nicht so teuer. Doch Henriette Beinstein hatte davon nichts wissen wollen. Nachdem bei der Greislerin Lotte Landerl noch allerlei Gewürz, ein halber Wecken Schwarzbrot sowie eine Flasche Rotwein gekauft worden waren, begann die Zubereitung des Festmahls. Die Beinstein liebte es, der Minnerl beim Kochen zuzuschauen: wie diese mit geübten Handgriffen das Fleisch würzte, das Wurzelwerk wusch und zerkleinerte und den Boden der Kasserolle mit den Speckscheiben auslegte. Auf den Speck kamen die ebenfalls zerkleinerten Zwiebeln, das Wurzelgemüse, ein Lorbeerblatt, Salz und Pfeffer. Danach legte sie liebevoll das Fleischstück auf diesen Unterbau und schob die Kasserolle in den Ofen. Während das Fleisch schön braun anbriet, machte Minnerl Semmelknödel, mit denen man später dann den herrlichen Saft auftunken würde. Als das Fleisch gut angebraten war, goss Minnerl mit Suppe auf und legte eine Schwarzbrotscheibe in den brutzelnden Saft. Inzwischen hatte sie aus den Weintrauben Most gepresst, mit dem sie den Braten weiterhin großzügig aufgoss. Henriette, der es in der Küche inzwischen fad geworden war, hatte

---

* Lungenbraten ist die Wiener Bezeichnung für Filet

sich in ihr Schlafzimmer zurückgezogen, um ein kleines Nickerchen zu machen.

Kurz nach zwei Uhr mittags kam Elisabeth Kremser von einer Probe im Theater an der Wien heim und weckte Henriette. Inzwischen roch es bereits in der gesamten Wohnung nach dem köstlichen Mostbraten, den die Minnerl nach der Grießnockerlsuppe schön aufgeschnitten auf einem großen Teller servierte. Die Fleischstücke waren mit dunkelbraunem Wurzelgemüse-Speck-Traubenmost-Schwarzbrotsaft übergossen, der natürlich fein passiert war. Als Garnierung hatte Minnerl frische Weintrauben über das Fleisch und in den Saft rundum gestreut. Nach den ersten Bissen verdrehte Henriette verzückt die Augen und rief:»Minnerl, heute hast dich als Köchin wieder einmal selbst übertroffen!«

»Aber gnädige Frau …«, murmelte diese verlegen.

»Minnerl, bring einen Teller und nimm dir auch was vom Fleisch. Dass du mir in der Küche nicht nur Knödeln und Saft isst! Da nimm dir ein ordentliches Stück in die Küche mit.«

Wiederum murmelte die Dienstbotin verlegen:»Aber gnädige Frau …«, nahm aber dann doch ein ordentliches Stück Fleisch, mit dem sie sich in die Küche zurückzog. Mit vollem Mund erzählte Sissy, wie es ihr auf der Probe ergangen war. Dass der Herr Lehár sehr zufrieden mit ihren gesanglichen Leistungen sei und dass der Herr Direktor Karczag nach einem Abend im Separee die Liebenswürdigkeit in Person sei. Henriette grinste, nahm ihr Weinglas und prostete Sissy zu:»Ja, so ist es am

Theater … Die besten Rollen bekommt man halt immer auf der Couch des Herrn Direktor.«

Nach einem Schluck Rotwein nahm sie einen Bissen von dem wunderbar weichen Fleisch, schob zwei Weintrauben in den Mund nach, zerdrückte diese mit der Zunge am Gaumen und genoss den Dreiklang von Fleisch, Weintrauben und Saft. Sie atmete tief durch und schloss die Augen. Plötzlich schrillte die Türglocke. Henriette erwachte aus ihrem kulinarischen Wachtraum und fragte Sissy: »Erwartest du Besuch?«

Elisabeth Kremser verneinte, und dann war im Vorzimmer eine mächtige männliche Stimme zu hören. Henriette kannte diese Stimme, konnte sie aber im Moment nicht zuordnen. Das änderte sich, als Minnerl die Tür öffnete, den Kopf hereinsteckte und sagte: »Ein Herr Inspector Nechyba möchte Sie sprechen, gnädige Frau.«

Die Beinstein seufzte, tupfte sich mit der Serviette den Mund ab, atmete tief durch und sagte schließlich: »Führ den Herrn Inspector in den Salon. Ich komm' gleich.«

Missmutig stopfte sie einen letzten Bissen in den Mund, spülte mit Rotwein nach und fragte ihren Schützling: »Kennst du den Herrn Inspector, Sissy?«

Als diese den Kopf schüttelte und unbeirrt weiteraß, seufzte die Beinstein: »Sei froh. Der hat vor Jahren einmal den Gotthelf monatelang eing'sperrt. Obwohl der Stani völlig unschuldig war.«

Sissy verdrehte die Augen und putzte mit einem flaumigen Stück Knödel den restlichen Saft auf ihrem Teller zusammen. Dann nahm sie ebenfalls einen kräftigen Schluck Rotwein und meinte: »Liebe Henny, wenn das so einer ist, gehst du mir nicht allein rüber in den Salon. Ich werde dich begleiten und wenn's sein muss, werde ich dir auch beistehen. Man weiß ja nie ...«

Und so betraten die beiden gemeinsam den Salon, in dem Nechyba missmutig auf einem Kanapee saß. Ruckartig stand er auf, verbeugte sich und begrüßte die Damen jeweils mit einem formvollendeten Handkuss. Henriette bat ihn, Platz zu nehmen und fragte ihn, was ihn herführe.

»Gnädige Frau, es ist ein trauriger Anlass. Wie Sie ja sicher wissen, ist vor nunmehr fast zwei Monaten der Alphonse Schmerda ermordet worden. Nach umfassenden Untersuchungen gelang es mir, seine Tagebücher sicherzustellen. Und da spielen Sie – vor allem in den ersten beiden Bänden – gewissermaßen eine Hauptrolle.«

Henriette fixierte Nechyba mit ihrem Blick und merkte, dass dieser nervös wurde. In kühlem Ton fragte sie: »Wie darf ich das verstehen?«

Statt ihr eine Antwort zu geben, kramte der Inspector ein Tagebuch aus der Innentasche seines Sakkos, schlug es auf und legte es vor Henriette auf den Tisch.

»Da, lesen Sie selbst. Da steht, dass Sie den Buben, als er noch sehr jung war, verführt haben und dann eine jahrelange intime Beziehung mit ihm gepflegt haben.«

Elisabeth Kremser riss erstaunt die Augen auf und rief: »Henny! Davon hast du mir nie was erzählt.«

Henriette aber lehnte sich in ihrem Fauteuil zurück, lächelte maliziös und erwiderte: »Na, tu jetzt net so überrascht! Glaubst, ich hab' all die Jahre mit dem süßen Bengel nur Handerl g'halten?«

XII./3

HENRIETTE WURDE IN DER NACHT von Alpträumen gequält, in denen der dicke Inspector Nechyba und der ermordete Alphonse die Hauptrollen spielten. Sie schlief
erst gegen Morgen tief und fest ein. Minnerl, die sie wie
normal um 8 Uhr morgens wecken wollte, hatte keine
Chance. Ihren vorsichtigen Weckversuchen entzog sich
die gnädige Frau mit ungnädigen Flüchen, Umdrehen
und sofort danach einsetzendem Schnarchen. Also ließ
Minnerl sie schlafen.

Gegen halb zwölf Uhr Mittags erwachte Henriette endlich. Sie war verwundert, dass Minnerl sie nicht geweckt
hatte und rief lautstark nach der Perle des Haushalts.
Diese erschien übellaunig in Henriettes Schlafzimmer
und fragte schnippisch: »Na, haben die gnädige Frau gestern ein bisserl zu viel Wein und Likör getrunken?«
    Damit spielte sie auf das lange Gespräch zwischen
Henriette und Sissy an, nachdem der Inspector gegangen
war. Dabei hatten die Damen fast eine ganze Flasche Eierlikör geleert. Henriette, die eine Missstimmung bei Sissy
verspürt hatte, hatte lang mit ihr über die vergangenen
Zeiten, über Alphonse, Gotthelf und Beinstein geplaudert. Dabei entspannte sich Sissy etwas und erzählte dann
von der tiefen seelischen Verletzung, die ihr Schmerda
zufügte, als er sie auf den Strich geschickt hatte. Als sie
sich dann nach einiger Zeit geweigert hatte, weiterhin als

Prostituierte Geld zu verdienen, hatte er sie wie einen fertig gerauchten Tschick* weggeworfen. Damals war es ihr so dreckig gegangen, dass sie sogar versucht hatte, sich das Leben zu nehmen. Doch irgendwie misslang der Sprung in die grauen Fluten der Donau. Als sie in der starken Strömung dahingeschwommen war, hatte ihr Selbsterhaltungstrieb plötzlich über all die Selbstmordgedanken triumphiert und sie hatte sich schwimmend ans Ufer gerettet. Dort wurde sie schon von Passanten und der Freiwilligen Rettungsgesellschaft empfangen, die nach ihrem Brückensprung eilends herbeigeeilt waren. Sie war in warme Decken eingehüllt und ins Spital gebracht worden, so hatte sie damals auch keine Lungenentzündung davongetragen. Henriette war erschüttert. Sissy tat ihr unendlich leid. Trotzdem konnte sie Frauen nicht verstehen, die sich so sehr in einen Mann verlieben konnten. Ihr Resümee des Abends war: Gott sei dank hab' ich in dieser Beziehung ein unkompliziertes Gemüt. In meinem ganzen Leben sind die Männer gekommen und gegangen, ohne dass ich ihnen lange nachgeweint hätte. All das ging ihr durch den Kopf, als sie im Bett lag, ihren Frühstückskaffee schlürfte und ein Briochekipferl aß. Plötzlich läutete die Türglocke. Um Gottes willen! Hoffentlich ist das nicht schon wieder dieser schreckliche Inspector Nechyba!, dachte Henriette und verkroch sich unter der Bettdecke. Doch ihre Sorge war unbegründet. Sie hörte Minnerl kurz mit einem Mann sprechen und dann wurde die Wohnungstür wieder geschlossen. Minnerls Schritte näherten sich dem Schlafzimmer, die Bedienstete trat ein

---

* Zigarettenstummel

und reichte ihr ein Brieferl: »Das hat gerade ein Dienstmann für Sie abgegeben.«

Henriette nahm aufgeregt das Brieferl und riss es auf. Minnerl blieb neben ihr stehen und bekam Stielaugen. Da Henriette das als ein indiskretes Benehmen ihrer Angestellten empfand, sagte sie: »Minnerl, geh! Bring mir noch ein Glas Wasser aus der Küche. Der Kaffee ist heute besonders stark.«

Mit einem Schnoferl* trollte sich Minnerl in die Küche und Henriette konnte ungestört das Billett lesen:
Geliebte!

Ich habe Sehnsucht nach Dir. Treffen wir uns heute Abend kurz nach 10.00 Uhr beim Bühneneingang vom Theater.

Innigst, Dein Wilhelm

Henriette bekam einen roten Kopf. Ja war das denn die Möglichkeit? Nach all den Jahren erinnerte sich Wilhelm Karczag plötzlich an ihre ehemals sehr heftige und ziemlich lang andauernde Liaison! Unzweifelhaft war das seine Handschrift. Henriette war plötzlich hell wach. Wenn Wilhelm sie heute Abend sehen wollte, musste noch die Friseurin zu ihr kommen. Außerdem musste sie überlegen, was sie anziehen sollte. Und überhaupt …

Als Minnerl mit dem Glas Wasser zurückkam, registrierte sie mit Erstaunen, dass die gnädige Frau aus dem Bett gesprungen war, gerade in den Hausmantel und die Pantoffeln schlüpfte und danach wie ein Wirbelwind durch die Wohnung fegte.

---

* Schnute

Entgegen ihren sonstigen Gewohnheiten war Henriette Beinstein pünktlich von zuhause weggegangen. Das heißt, dass sie um punkt 10.00 Uhr abends ihre Wohnung verließ und aufgeputzt wie ein Christbaum die Gumpendorfer Straße hinunter zum ›Café Sperl‹ trippelte. Ja, sie war nervös! Das hatte auch die Minnerl bemerkt und murrend ihre Meinung kundgetan, dass die Gnädige so spät am Abend nicht allein auf die Straße gehen sollte. Gott sei dank war Sissy nicht daheim, hatte sich die Beinstein gedacht, sonst hätte sie von dieser Seite sicherlich auch irgendwelche Vorbehalte gegen ihren nächtlichen Ausflug zu hören bekommen. Sie spazierte am abendlich beleuchteten ›Sperl‹ vorbei, vor dem eine Gruppe Offiziere stand und plauderte. Aufgeputzt, wie sie war, blickten die Herren ihr interessiert nach. Ihr Herz begann höher zu schlagen und sie freute sich, dass sie trotz ihres Alters noch immer die Blicke der Männer auf sich zog. Sie ging die Dreihufeisengasse entlang bis zum Bühneneingang des Theaters an der Wien. Dort verharrte sie unschlüssig. Plötzlich zupfte sie ein junger Kerl am Arm. Er hatte den Kragen seines Sakkos aufgestellt und den Hut tief ins Gesicht gezogen. Ein gewaltiger Schnauzbart verdeckte seinen Mund.

»Der Herr Direktor wartet schon …«, nuschelte der Typ und zog sie in das Theater hinein. Aber statt sie hinauf in die Direktionsräumlichkeiten zu führen, verschwand er in einem dunklen Gang, der hinter die Bühne führte. Henriette, der nun vor Aufregung das Blut in den Gehörgängen pochte, tapste wie hypnotisiert hinter ihm her. Plötzlich drehte sich die schlanke Gestalt um.

In der rechten Hand blitzte etwas. Dann ein stechender Schmerz. Henriette wollte schreien. Ein Schmerz im Hals. Und noch und noch und noch einer ... Henriette schlug panisch mit ihrem eleganten Handtäschchen um sich. Plötzlich gaben ihre Knie nach. Sie fiel hin. Stiche in der Brust. Umdrehen, die Brust schützen. Einen Buckel machen. Dort eine Mauernische! Schmerzstakkato im Rücken. Blut schoss aus dem Mund. Gurgelnd und krächzend ein leises »Hilfe!« Würgendes, verzweifeltes Röcheln, das mit der Zeit immer leiser und leiser wurde ...

Teil 4

Der siebente Tag der Riesenschlacht gegen die Russen.
Um die Mittagsstunde dauert der Kampf der Entschei-
dungsschlacht der österreichisch-ungarischen Nord-
gruppen unvermindert fort.
Auch an der Ostlinie finden heftige Kämpfe statt.
Die Soldaten unserer Nordtruppen schlagen sich
bravourös tapfer.

Schlagzeile der 6-Uhr-Sonderausgabe der Illustrierten
Kronen Zeitung
1. September 1914

I./4

ALLES IST SCHWARZ, SCHWARZ, SCHWARZ. Versunken in
einem Meer aus schwarzer, tiefer Verzweiflung. Die Beine sind schwer wie Blei und das Bett ist mein Sarg. Hier
bin ich aufgebettet, um Ruhe zu finden. Ruhe, nichts als
Ruhe. Keine Gedanken, keine Wünsche, nichts. Doch
die Gedanken lassen sich nicht abstellen. Sie wuchern
und schlingen durch die Windungen meines Gehirns.
Gedanken, die sich um meine Opfer drehen. Opfer, die
sterben mussten, obwohl ich es eigentlich nicht wollte.
Aber meine Gedanken trieben mich. Und ich kann sie
nicht aufhalten. Nichts kann sie aufhalten. Denn aus den
gedanklichen Schlingpflanzen wurden Tausendfüßler.
Und diese Kreaturen krabbeln mit ihren behaarten Beinen durch meinen Körper und fressen. Alles. Schuldbe-
wusstsein, Mitleid, Reue. Sie krabbeln und fressen. Auch
das bisschen Anständigkeit, das sich noch in meinem
Herzen versteckt hat. Zurück bleibt Leere und Schwär-
ze. Das schwarze Nichts, das mich umgibt. Ich liege da
und bewege mich nicht. Schon der leiseste Gedanke an
eine Bewegung verursacht Ekel. Einfach nur da liegen
und ruhen. Die Augen schließen und an nichts denken.
Die absolute Leere genießen. Und das Einzige, das sich
bewegt, sind die Gedanken. Ihnen will ich aber keine
Aufmerksamkeit schenken. Auch dazu bin ich viel zu erschöpft. Einfach nur die Augen schließen. Wie schwarzer
Samt umfängt mich Dunkelheit. Weich und barmherzig.

Denn Barmherzigkeit benötige ich wie andere Menschen einen Bissen Brot. Barmherzigkeit für meine Taten, für die es keine Entschuldigung und kein Verzeihen gibt. Trotzdem mussten sie geschehen. Ich hatte keine Wahl. Denn der Tausendfüßler rast durch meinen Körper und seine behaarten Beine sind wie aus Stahl. Damit schrubbt und scheuert er meine Seele wund. Bis sie blutet. Bis alles blutet. Bis Blut mich umgibt. Blut und sein schwerer, metallischer Geruch, der mich nun seit Monaten begleitet. Da helfen weder Parfum noch Seife. Selbst hier in meiner Gruft rieche ich es. Das Blut, das in Strömen fließt. Sprudelnd wie eine Quelle hoch oben in den Bergen. Nur dass es nicht eiskalt, sondern pulsierend warm ist. Und dass es sich schmiert. Wasser versickert zwischen den Fingern. Blut klebt, und je länger es klebt, desto widerborstiger wird es. Mit Krusten und trockenen Schlieren klammert es sich an die Haut der Hände. Und wenn man es reibt, schuppt es sich wie ein Reptil, das gerade seine Haut wechselt und trotzdem immer in einer ähnlichen Haut stecken und gefangen bleibt. Der Geruch des Blutes hat Stäbe rund um mich errichtet. Nun sitze ich in einem Gefängnis und würde so gerne an den Gitterstäben rütteln. Doch ich bewege mich nicht. Selbst die kleinste Bewegung kostet mich so viel Überwindung, dass ich lieber in diesem Gefängnis vollkommen ruhig verharre. Ganz in mich zusammengekauert im hintersten, dunkelsten Eck sitzend. Dort, wo sich kein Lichtstrahl hin verirrt und wo mich niemand sieht. Unsichtbar. So wie das Bad im Drachenblut Siegfried einst unverletzbar machte, macht mich das Blut meiner Opfer unsichtbar. Und es lähmt mich. Es saugt die Lebenskraft. Es schmiegte sich an meine Hände, drang unter die Haut, vermengte sich mit meinem Blut und begann dieses aufzusaugen, so dass meine Lebenskräfte schwanden. Einzig der Tausendfüßler hält mich am Leben. Er ist nicht zu stoppen und er sondert selbstständig frische Flüssigkeit in mein Blut ab. So lebe ich weiter. Lebe ich eigentlich noch? Ich existiere. Eingesperrt und innerlich zerfressen. Am liebsten würde ich sterben. Einfach mich zum Fenster schleppen, die zugezogenen Vorhänge aufmachen. Im hellen Sonnenlicht erschaudern. Dann die Fensterflügel öffnen und mich aufs Fensterbrett setzen. Sich ausruhen von diesen Anstrengungen. Vielleicht noch etwas mit den Füßen baumeln und dann vorrutschen. Ganz sanft vorrutschen, bis man fällt. Erdanziehung. Ein kurzer, heftiger Schmerz. Der Tausendfüßler brüllt. Und dann riecht es nur mehr nach Blut. Nach meinem Blut. Aber dazu müsste ich mich bewegen. Und das geht nicht. Selbst beim leisesten Gedanken an eine noch so kleine Bewegung revoltiert mein Magen. Eine quälende Übelkeit überfällt mich und das bisschen an Nahrung, das mein Magen noch gespeichert hat, drängt nach oben. Ich atme heftig, würge und denke an nichts. An das Nichts. Das absolute, immerwährende Nichts. Langsam, ganz langsam entspannt sich mein Körper. Ich atme wieder regelmäßig, mein Schlund entkrampft sich. Das wunderbare, kühle Nichts. Ich gleite in eine völlige Belanglosigkeit aller Dinge. Hinüber in eine Welt ohne Gedanken, Blut und Schmerz. Und ich merke, wie ich einschlafe.

NECHYBA HATTE NACHTDIENST, als das k.k. Polizeiagenteninstitut von dem Mord im Theater an der Wien verständigt wurde. Das zuständige Kommissariat hatte bei ihm angerufen. Nechyba war müde und verschwitzt, denn tagsüber war es heute spätsommerlich heiß gewesen und er verspürte eigentlich überhaupt keine Lust, sich aus seinem kühlen Büro hinauszubewegen. Andererseits hatte ihn der Polizeiagent Drabek, der dem Mariahilfer Kommissariat zugeteilt war und den er seit Jahren gut kannte, gebeten, persönlich vorbeizukommen. Stöhnend und fluchend stand Nechyba aus seinem Bürosessel auf, zog sich sein schwarzes Sakko an, band seine Krawatte, setzte seine Melone auf und schlüpfte schließlich in die Schuhe, die er ausgezogen hatte. Als er aus dem Polizeigebäude auf den Gehsteig trat, umwehte ihn ein sommerliches Lüfterl und er begann augenblicklich zu transpirieren. Mit einem Ringwagen fuhr er bis zur Oper und ging dann die Operngasse vor zum Naschmarkt und zur hier beginnenden Linken Wienzeile. Dies war sein üblicher Nachhauseweg, und er hatte nicht wenig Lust, statt zum Tatort zu sich nach Hause zu gehen und ins gemütliche Ehebett zu schlüpfen. Er bog jedoch nicht in die Papagenogasse ab, sondern ging weiter zum Bühneneingang des Theaters in der Dreihufeisengasse. Dort war einiges los. Es wimmelte von Polizisten und aufgeregten Theaterleuten, als er sich im Theater zum Ort des Leichenfundes durchdrängte. Er begrüßte Drabek sowie den Leiter des Kommissariats Mariahilf, Oberkommissär Franz Suchanek. Dieser stellte ihm zwei weitere Herren vor: den Untersuchungsrichter Andric und den Staatsanwalt Hofstetter. Und dann sah er sich das Massaker an. Anders konnte er es beim besten Willen nicht bezeichnen. Die leblose Hülle einer herausgeputzten, eleganten Dame lag in einer riesigen Blutlache. Ihr Körper war von unzähligen Messerstichen verunstaltet. Nechybas Frnak witterte wiederum diesen unsäglichen, metallischen Blutgeruch. Als er näher trat, klebte plötzlich sein Schuh am Boden. Er war in stockendes Blut getreten. Mit dem Einverständnis der anderen anwesenden Herren drehte er vorsichtig die Leiche, die auf dem Bauch lag, um und erschrak. Er sah ins leichenblasse Antlitz von Henriette Beinstein.

»Jessasmarandjosef!«, murmelte er. Beim Anblick des Beinstein'schen Gesichts verstummten alle Umstehenden. Als Erster fing sich der Untersuchungsrichter Andric. Er räusperte sich und fragte mit leiser Stimme: »Kennen Sie das Opfer, Herr Inspector?«

Nechyba nickte und erzählte den Herren in kurzen Worten, dass er sie erst vor Kurzem zum Mordfall Alphonse Schmerda befragt hatte. Ein älterer Sänger, der erst jetzt zu der Gruppe von Gaffenden dazugestoßen war, rief laut: »Um Gottes Willen, das is' ja die Henriette Hugó!«

Nechyba reagierte sofort und fragte: »Sie kennen sie von früher?«

Als der Mann mit Tränen in den Augen nickte, fragte er weiter: »Und? Wissen Sie, was die Beinstein beziehungsweise Hugó hier im Haus hinter der Bühne zu suchen hatte?«

Der Mann sah ihn fassungslos an und stammelte: »Wie ... wieso ... soll ich ... soll ich was wissen. Ich kenn' sie von früher, da waren wir Kollegen. Aber die Henriette hat ja dann reich geheiratet und ist nicht mehr aufgetreten. Mein Gott! Ich hab' sie immer so beneidet ... Und jetzt liegt's da und is' tot ...«

Nechyba wandte sich nun wieder der Toten zu. Sie war stark geschminkt und auffallend schön frisiert. Ihr Kleid war tief dekolletiert, so dass die schneeweißen Hügel ihres Busens, die jetzt blutverschmiert waren, deutlich hervortraten.

»Es schaut so aus, wie wenn die Beinstein zu einem Rendezvous gehen wollte«, brummte Nechyba. Vorsichtig, um nicht in die gewaltige Blutlache, die ihren Körper umgab, zu treten, hockte er sich neben sie hin und löste das schmale Täschchen aus den Fingern der Toten. Mit einem Schnaufer stand er auf und öffnete es. Neben etwas Schminkzeug und einem kleinen Spiegel enthielt es ein Billet. Er klappte es auf, überflog es und fragte dann laut: »Wer heißt hier im Theater Wilhelm?«

Nach einer kurzen Stille, sagte einer der Bühnenarbeiter: »Na, der Herr Direktor, der heißt Wilhelm ... und a Kollege von mir a.«

Der Sänger, der sich mit einem Taschentuch die Augen abtupfte, trat neben Nechyba und fragte schüchtern: »Darf ich einen Blick auf das Billet werfen?«

Nechyba zögerte kurz, zeigte es ihm aber dann. Henriettes ehemaliger Kollege holte einen Zwicker aus der

Tasche seiner Weste und studierte das Billet. Dann murmelte er: »Das ist unzweifelhaft die Handschrift unseres Herrn Direktor.«

Ein weiterer Mann, der bisher nur Teil der gaffenden Menge war, trat zu den beiden, warf ebenfalls einen Blick auf das Billet und bestätigte die Aussage des Sängers: »Ja, das Brieferl hat unser Herr Direktor geschrieben.«

Uniformierte Sicherheitswachebeamte, die im Theater nach weiteren Spuren gesucht hatten, stießen zu der Gruppe hinzu. Der Anführer sprach leise mit Oberkommissär Suchanek. Dieser räusperte sich und sagte mit lauter Stimme: »Meine Herrschaften, ich bitte kurz um Ihre Aufmerksamkeit ... Meine Leute haben das ganze Gebäude durchkämmt und dabei das hier gefunden ...«

Er hielt ein graues Sakko, das über und über mit Blutspritzern bedeckt war, in die Höhe. Dann fuhr er fort: »Dieses Sakko passt zu einer Beobachtung des Portiers, der einen klein gewachsenen Kerl mit so einem Sakko und einem Hut, den er tief ins Gesicht gezogen hatte, beim Bühneneingang herumlungern sah.«

Nechyba schaute sich das Sakko genau an und sagte: »Da sind auch ältere Flecken drauf, die hat jemand versucht wegzuputzen. Das scheint mir vielleicht das Sakko von dem Kerl zu sein, der auch den Schmerda und die Pritschnigg umgebracht hat. Das werden wir dem Doktor Haberda zum Untersuchen geben ...«

Der Oberkommissär und der Untersuchungsrichter gaben ihr Einverständnis, ein Leichenwagen hatte mittlerweile vor dem Bühneneingang des Theaters gehalten und die sterblichen Übererste der Henriette Beinstein wurden hinaus getragen. Nechyba zwirbelte an seinem Schnurrbart und sagte zu Drabek, der neben ihm stand: »Haben Sie eine Ahnung, wo sich der Herr Direktor Karczag jetzt aufhalten könnte?«

Drabek antwortete grinsend:

»Um diese Zeit ist er, soviel ich weiß, im ›Café Museum‹ anzutreffen ... Wollen wir ihm ein paar unangenehme Fragen stellen?«

Nun grinste auch Nechyba und brummte: »Genau das werden wir tun.«

Die Räumlichkeiten des ›Café Museum‹ waren bis auf den letzten Platz gefüllt. Nechyba und Drabek tauchten in eine Atmosphäre von dichtem Zigarettenqualm und Kaffeegeruch ein. Lautes Stimmengewirr umgab sie, hektisch eilten die Kellner mit voll beladenen Tabletts hin und her, Bestellungen wurden quer durch die Räumlichkeiten gerufen. Lachen, Diskutieren sowie Ansagen zu dem an mehreren Tischen gespielten Tarock waren zu hören. Nach einer kurzen Eingewöhnungs- und Orientierungsphase steuerten die beiden Polizeiagenten auf den Tisch des Theaterdirektors zu, am dem auch Franz Lehár saß. Lehár hatte gerade einen Witz erzählt, worauf alle an dem Tisch lauthals lachten. Nechyba trat mit ernster Miene an die fröhliche Tischgesellschaft heran. Er räusperte sich und sagte dann laut: »Herr Direktor Karczag, dürfte ich Sie einen Augenblick unter vier Augen sprechen?«

Karczag sah ihn ungnädig an und Franz Lehár machte

folgende Bemerkung: »Bind dir einen Schlips um die Augen, Wilhelm. Dann steht er mit seinem Vieraugengespräch auf der Seife.«

Wieherndes Gelächter war die Folge. Nechyba bekam vor Zorn einen roten Kopf und sagte mit dröhnender Stimme: »In Ihrem Theater ist ein Mord passiert, Herr Direktor. Finden Sie das auch zum Lachen?«

Den gerade noch Lachenden froren die Gesichtszüge ein. Karczag, der offensichtlich schon etwas illuminiert war, glotzte Nechyba mit halboffenem Mund an. Lehár fing sich als erster. Er klopfte Karczag auf die Schulter und sagte leise: »Ich glaub', es ist wirklich besser, wenn du dich mit dem Herrn Polizeiagenten unter vier Augen unterhältst.«

Karczag stand mühsam auf und folgte Nechyba und Drabek mit wackeligen Beinen nach draußen. Dort fragte Drabek wie aus der Pistole geschossen: »Herr Direktor, kennen Sie die Henriette Beinstein?«

Karczag wollte schon den Kopf schütteln, als ihm eine Erkenntnis kam: »Aber ja, jetzt heißt s' ja Beinstein, die Henriette. Natürlich kenn' ich sie. Seit gut einem Vierteljahrhundert.«

»Und? Haben S' ein Pantscherl mit ihr?«

Karczag lachte kurz auf. Dann antwortete er: »Ja, wir waren ganz narrisch ineinander verliebt. Aber das war vor 25 Jahren.«

Nechyba zog das Billet aus seiner Sakkoinnentasche und hielt es ihm unter die Nase: »Und warum haben S' ihr das da neulich g'schrieben?«

Karczag erbleichte, als er das Billet sah. Dann stammelte er: »Aber … aber das hab' ich net der Henriette, sondern der Elisabeth … der Elisabeth Kremser geschrieben.«

III./4

»WAS? JETZT, SO SPÄT, wollen S' noch die Kremser aufsuchen? Es ist nach Mitternacht!«

Drabek war entrüstet, doch Nechyba blieb hart. Erstens fühlte er sich verpflichtet, Elisabeth Kremser sowie die Dienstmagd zu verständigen, dass Henriette Beinstein tot war. Zweitens wollte er die Kremser so rasch wie möglich befragen, wie das Billet, das an sie adressiert war, der Beinstein in die Finger geraten konnte. Irgendwas war da nicht ganz koscher …

Es dauerte eine Ewigkeit bis der Hausmeister erschien. Völlig verschlafen, in einen fleckigen Schlafrock gehüllt, grummelte er: »Sie haben mi jetzt aus der Hapf'n rausg'holt. Das kostet extra! Und nach Mitternacht is' a schon. Das kostet a no amal extra …«

Nechyba griff in die Hosentasche und zog statt einer Geldmünze seine Polizeiagentenkokarde heraus.

»Polizeiagenteninstitut, Nechyba und Drabek. Ihre

Volksreden können S' Ihnen sparen. Sperren S' lieber auf und machen S' ja keine Tanz. Weil sonst nah ma Sie ein.«

»Na serwas! Des a no! Die Kiberei …«, brummte der Hausmeister, während er umständlich aufsperrte. »Was is' denn los? Was is' passiert? Is' wer g'sturbn?«

Nechyba, der sich schon im Hausflur befand, drehte sich um und sagte leise: »Wenn Sie's genau wissen wollen: Ihre Hausfrau is g'storbn.«

Der Hausmeister ließ vor Schreck die Schlüssel fallen und starrte die beiden Polizeiagenten blöde an. Nechyba ging weiter und sagte beim Hinaufsteigen der Stiegen zu Drabek: »Jetzt is' er schmähstad*, der Depp.«

»Sie haben aber auch eine äußerst feinfühlige Art, solche Dinge anderen Menschen mitzuteilen.«

Nechyba zuckte mit den Achseln und sagte, als er an der Beinstein'schen Wohnungstür im 1. Stock läutete: »Drabek, ich bitte Sie! Den Feinfühligen zu spielen, hat in solchen Situationen keinen Sinn. Das Beste ist immer: die Karten sofort auf den Tisch zu legen.«

Nechyba läutete neuerlich. Diesmal noch länger und penetranter. Schließlich hörte er Schritte und eine Frauenstimme rief: »Wer is' da? Wer stört mitten in der Nacht?«

»K.k. Polizeiagenteninstitut, Nechyba und Drabek. Machen S' auf, wir haben Ihnen eine wichtige Mitteilung zu machen.«

Innen wurde ein Riegel vorgeschoben und dann öffnete sich die Tür einen Spalt breit. Nechyba hatte schon seine Kokarde in der Hand, die er nun vor dem Türspalt

---
* sprachlos

hin und her schwenkte. Die Tür wurde geschlossen, entriegelt und schließlich geöffnet. Minnerl blinzelte in den hell erleuchteten Gang. In ihrem frisch gestärkten weißen Nachthemd und mit der ebenfalls blütenweißen Nachthaube sah sie wie ein Gespenst aus.

»Was …. was …. is' denn passiert?«

»Ihre gnädige Frau, die Henriette Beinstein is' tot.«

Minnerl sah Nechyba verzweifelt an, verdrehte dann die Augen, stieß einen kurzen, gequälten Schrei aus und kippte um. Das pumperte so sehr, dass kurz darauf, Nechyba und Drabek waren mittlerweile in das Vorzimmer eingetreten, eine Zimmertür aufging und Elisabeth Kremser, ebenfalls im Nachthemd, mit schreckgeweiteten Augen die beiden Männer anstarrte. Während Drabek in der Küche ein Tuch befeuchtete und dieses dem ohnmächtigen Dienstmädchen auf die Stirn legte, trat Nechyba auf die Kremser zu und sagte in mitfühlendem Tonfall: »Fräulein Kremser, ich muss Ihnen leider mitteilen, dass Ihre Mentorin und Freundin Henriette Beinstein nicht mehr unter den Lebenden weilt.«

Nun stieß auch die Kremser einen Schrei aus. Dann fing sie hysterisch zu kreischen an, stürzte sich auf den Inspector, presste ihr Gesicht an seine breite Brust und begann hemmungslos zu heulen. Nechyba, dem so viel körperliche Nähe unangenehm war, schob sie vorsichtig von sich weg, stützte sie aber. Behutsam führte er sie in den Salon. Mit der Rechten die Kremser stützend, machte er mit der Linken Licht. Dann führte er sie zu einem Diwan, auf den sie sich fallen ließ. Sie verbarg ihr Gesicht in einem Polster, ihr Körper wurde von Weinkrämpfen geschüttelt. Drabek, der nun ebenfalls den Salon betrat, schüttelte den Kopf und sagte:

»Das haben Sie jetzt von Ihrer Art, die Karten auf den Tisch zu legen.«

Nechyba grantelte: »Sie wird sich schon beruhigen und dann frag ich sie, wie die Beinstein zu dem Billet kommen konnte.«

Minnerl erschien nun im Zimmer, sie hatte sich in einen Morgenmantel gehüllt und stand wie angewurzelt da und stammelte das, was sie immer fragte, wenn Gäste im Salon waren: »Wollen ... wollen die Herr ... die Herrschaften was trinken?«

»Haben S' einen Schnaps? Den bräucht' ma jetzt. Bringens S' vier Stamperln!«, befahl Nechyba und das Dienstmädel verschwand. Kurz darauf erschien sie mit einem Tablett, auf dem eine Schnapsflasche sowie vier Gläser standen. Da sie sehr zitterte, klirrten die Schnapsgläser in einem fort. Nechyba nahm ihr das Tablett ab, stellte es auf den Tisch, öffnete die Flasche und schenkte ein. Das erste Glas reichte er dem Dienstmädel und befahl: »Runter damit!«

Folgsam kippte Minnerl das scharfe Zeig hinunter und bekam prompt einen Hustenanfall. Als nächstes reichte Nechyba der nun leiser weinenden Elisabeth Kremser ein Schnapsglas und forderte sie auf: »Jetzt hören S' endlich auf zu plazn*! Setzen S' Ihnen auf und trinken S' das!«

Und tatsächlich, die Kremser richtete sich auf, schüttete den Schnaps in einem Zug hinunter, schüttelte sich wie ein Hund und wischte sich dann den Rotz aus dem

---

* weinen

Gesicht. Nun tranken auch Nechyba und Drabek. Nechyba setzte sich neben die Kremser, zog das Billet aus der Tasche und fragte: »Gehört das Ihnen?«

Die Kremser nahm es und nickte.

»Und warum hab' ich es dann in der Handtasche von Ihrer Freundin, der Henriette Beinstein, gefunden?«

Nun mischte sich Minnerl ein, die aus ihrer Apathie erwacht war: »Dieses Billet hat die gnädige Frau heute beziehungsweise gestern von einem Dienstmann zugestellt bekommen. Ich kann mich genau erinnern. Weil sie mir nicht und nicht den Inhalt des Billets verraten wollte!«

Wie in Trance nickte Elisabeth Kremser und fügte mit schwacher Stimme hinzu: »Das hat mir der Wilhelm ... der Herr Direktor ... vor ein paar Tagen zukommen lassen. Dann ist das Billet eine Zeit lang auf meinem Garderobenplatz im Theater gelegen und dann war's plötzlich weg. Ich hab' mich noch gewundert, wer mir das wohl gestohlen haben könnte ... das hat ja keinen Wert nicht ...«

Nechyba schüttelte den Kopf: »Das, Fräulein Kremser, sehen Sie leider völlig falsch. Dieses Billet hat für den Mörder Ihrer Mentorin einen großen Wert gehabt. Damit hat er die arme Seele heut' Abend ins Theater an der Wien gelockt ...«

»Karminsky! Raustreten!«

Langsam erhob er sich von der Pritsche und schlurfte zur Zellentür. Der Justizwachebeamte packte ihn grob an der Schulter und stieß ihn auf den Gang hinaus.

»Gemma, gemma! Jetzt hast dich eh tagelang ausschlafen können.«

Der Beamte schubste ihn permanent in den Rücken. Und so trabte der ›Guade‹ mit grimmiger Miene durch lange Gänge des Grauen Hauses vor ihm her, bis sie das Zimmer des Untersuchungsrichters erreicht hatten. Hier erblickte er den Untersuchungsrichter und seinen Anwalt, den Dr. Grünhut. Der ›Guade‹ grinste. Hatte Doktor Grünhut es wieder einmal geschafft, ihn aus einer unerquicklichen Situation herauszuboxen?

»Gott zum Gruße, Herr Rat! Herr Dr. Grünhut, schön, Sie zu sehen!«

»Das kann ich mir vorstellen, dass Sie sich freuen, wenn S' Ihren Anwalt sehen, Karminsky«, grantelte der Untersuchungsrichter. Ohne ihn anzusehen, das graue, faltige Antlitz über den Akt gebeugt, sprach er weiter: »Dank der Argumente und der Überzeugungskraft Ihres Anwalts hebe ich die Untersuchungshaft auf. Sie haben aber in Wien zu bleiben und dürfen keine Reisen unternehmen. Holen Sie sich Ihr Glumpert aus der Kleidungskammer und gehen S' mir aus den Augen. Aber rasch! Sonst überleg ich's mir noch anders.«

Grinsend verbeugte sich der ›Guade‹ vor dem Richter: »Sie wünschen, wir spielen, Herr Rat. Ich bin schon weg.«

Damit drehte er sich um und verließ in Begleitung seines Anwaltes schleunigst das Richterzimmer.

Eine halbe Stunde später stand Karminsky als freier Mann neben Dr. Grünhut vor den dicken Mauern des Landesgerichts. Er atmete tief durch, streckte sich und sagte jovial: »Herr Doktor, ich bin Ihnen wieder einmal zu allergrößtem Dank verpflichtet. Darf ich Sie auf einen Kaffee ins ›Landtmann‹ einladen?«

Grünhut schmunzelte und nickte. Als die beiden vor zum Ring spazierten, fragte Karminsky: »Sagen Sie, wie haben Sie das diesmal zustande gebracht?«

Ignaz Grünhut wiegte seinen Kopf hin und her und antwortete schließlich: »Als Erstes hab' ich einmal nach Fakten gesucht. Dabei bin ich draufgekommen, dass beide Morde von einem Rechtshänder verübt worden sind.«

Karminskys heitere Miene verwandelte sich in ein breites Lachen: »Es hat also doch was genutzt, dass i mich in der Schul net umdrehen hab' lassen ...«

Grünhut nickte und fuhr fort: »Und dann ist ja jetzt der dritte Mord passiert. Dasselbe Schema, ein Blutbad wie bei den beiden anderen. Wieder von einem Rechtshänder begangen. Wieder im Theatermilieu. Man kann mittlerweile von einer Mordserie sprechen. Und genau das habe ich beim Untersuchungsrichter vorgebracht. Der hat dann den ermittelnden Beamten, diesen Nechyba, zu sich gerufen und ins Kreuzverhör genommen. Als der gute Herr Inspector sich immer weiter in Spekulationen verstiegen hatte, ist dem Richter der Kragen geplatzt und er hat den Nechyba hinausgeschmissen. Dann hat er Sie holen lassen und jetzt sind Sie ein freier Mann.«

»Dann verdank' ich ja eigentlich dem Nechyba meine Freiheit.«

Lachend stimmte Dr. Grünhut diesem Argument seines Klienten zu:»So könnte man das auch sehen. Weil so wenige Beweise, wie der gegen Sie in der Hand hat ... So was hab' ich in meiner jahrzehntelangen Praxis noch nie erlebt. Genau genommen hat der gar nix in der Hand.«

Als Karminsky sich im ›Landtmann‹ umsah, entdeckte er Goldblatt, der an seinem Stammtisch saß. Der Redakteur blickte kurz von seiner Zeitung auf und schaute Karminsky verblüfft an. Grinsend ging der ›Guade‹ auf Goldblatt zu und begrüßte ihn:»Habe die Ehre! Ich begrüße Sie! Gell, da schaun S', dass ich als freier Mann da hereinspazier'?«

»Setzen Sie sich doch bitte zu mir! Und Sie auch, Herr Doktor Grünhut.«

In Leo Goldblatt war der journalistische Jagdtrieb erwacht. Karminsky auf freiem Fuß – das klang nach einer interessanten Geschichte. Nachdem die Herren ihre Getränke serviert bekommen hatten, der ›Guade‹ spendierte zur Feier des Tages eine Runde doppelte Cognacs, konnte Goldblatt seine Neugierde nicht länger zügeln:»Also, Herr Karminsky, wie war das mit Ihrer Haftentlassung?«

Statt Karminsky beantwortete Dr. Grünhut Goldblatts Frage, während dieser eifrig mitschrieb. Nach der Schilderung lehnte sich der Redakteur zurück, kratzte sich am kahlen Schädel und murmelte: »Der arme Nechyba ... Jetzt steht er vor den Trümmern seiner Ermittlungen.«

Da musste Karminsky laut lachen. Dann replizierte er: »Also, mein Mitleid mit dem Inspector hält sich in Grenzen. Vor allem deshalb, weil er sich total in mich und meine Baner verbissen hat. Ich bin der festen Überzeugung, dass die Vroni nicht die Anni Pritschnigg hamdraht* hat. Sie hat die Anni zwar auf den Tod net ausstehen können, aber sie mit 30 Messerstichen oder mehr wie a Sau abzustechen? Nein! Das bringt die Vroni net zusammen.«

Er nahm einen langen Schluck Cognac und schüttelte nachdenklich den Kopf. Auch Grünhut nahm einen Schluck, ließ diesen über den Gaumen rollen und sagte dann bedächtig: »Wenn ich mir das so genau überlege ... diese drei Bluttaten ... das sind keine normalen Morde. Nach all dem, was ich in den 35 Jahren, die ich jetzt Anwalt bin, erlebt hab', ist das nix Normales.«

Goldblatt schaute ihn gespannt an und fragte: »Und was sind das dann für Morde? Wo ist das Motiv?«

Doktor Grünhut strich mehrmals über seinen Oberlippenbart, nahm noch einen Schluck Cognac und fügte leise hinzu: »Ich könnte mir vorstellen, dass es Eifersucht ist. Oder Wahnsinn. Es könnte auch eine Kombination von beidem sein.«

---

* ermordet

WIE EIN BEGOSSENER PUDEL schlich Nechyba durch die Gegend. Der Untersuchungsrichter hatte ihn völlig zur Schnecke gemacht! So etwas war ihm in all seinen Dienstjahren noch nie passiert. Die rüde Art des Richters ärgerte ihn nicht so sehr, wie sein eigenes Versagen: Er hatte es bisher nicht geschafft, handfeste Beweise gegen Karminsky zu sammeln. Das deprimierte ihn und deshalb zog er sich in ein Kaffeehaus zurück; in diesem Fall ins ›Sperl‹. Dort, unter all den Künstlern und Militärs, fühlte er sich völlig anonym und alleine mit seiner Schande. Da er seit Jahren hier Stammgast war, umsorgten ihn die Kellner und auch der Cafetier machte kurz seine Aufwartung. Er begann, über das Wetter zu plaudern: »Ungewöhnlich warm ist es … ungewöhnlich warm für diese Jahreszeit … Heuer haben wir wirklich einen Rekordsommer. Das schöne Wetter scheint nicht enden zu wollen.«

Nechyba stimmte Kratochwilla mit einem Kopfnicken zu, vermied es aber, ein Gespräch anzufangen. Er saß einfach nur da, stierte trübsinnig beim Fenster hinaus und wünschte sich, dass ihn seine Umwelt in Ruhe ließ. Nicht einmal ein ordentlicher ›Goldblatt‹ sowie zwei darauf folgende Cognacs konnten ihn von seiner Missstimmung erlösen. Gelangweilt blätterte er in den Zeitungen, die voll von Kriegsberichten waren. Gewohnheitsmäßig sah er sich die Verlustliste in der ›Neuen Zeitung‹ an und erschrak. Statt der üblichen Spalte wurde diesmal fast eine gesamte Zeitungsseite für die Auflistung der toten, verwundeten, vermissten bzw. in Kriegsgefangenschaft geratenen Soldaten benötigt. Die vom Kriegsministerium veröffentlichte Verlustlist Nr. 8 reichte vom verwundeten Leutnant Bauer Karl, Infanterie Regiment 66, bis zum toten Gefreiten Zsurka Johann, Infanterie Regiment 37. Da es ihn interessierte, zählte Nechyba nach und kam auf über 350 Mann, die auf dieser Verlustliste angeführt waren. Ihn schauderte. Plötzlich hatte er auch keine Lust mehr, hier im Kaffeehaus weiter Trübsal zu blasen. Draußen wurde es schon dunkel und als er einen Blick auf seine Taschenuhr warf, merkte er mit Erstaunen, dass es schon 10 Minuten nach 8 Uhr war. Er rief den Marqueur, zahlte und ging langsamen Schrittes nach Hause. Im zweiten Stock, vor seiner Wohnungstür, roch es nach frisch ausgelassenem Schmalz. Nun musste Nechyba lächeln. Aurelia war offensichtlich schon zuhause. Er öffnete die Wohnungstür, trat ein, ging auf seine am Herd stehende Frau zu und küsste sie zärtlich in den Nacken.

»Wo hast dich denn so lange herumgetrieben, Nechyba?«

Er nahm seufzend auf einem Küchensessel Platz und erwiderte: »Ich war im ›Sperl‹ und hab' Trübsal geblasen.«

»Was is' dir denn für eine Laus über die Leber gelaufen?«

»Es war keine Laus, sondern ein lausiger Untersuchungsrichter. Der hat mich so zusammengestaucht, das kannst dir gar net vorstellen ... Und dann hat er auch noch den Karminsky auf freien Fuß gesetzt. Weißt eh, den Oberstrizzi, den ich erst letzte Woche wieder verhaftet hab'.«

Aurelia drehte sich um, ging auf ihren Ehegatten zu, umarmte ihn und streichelte zärtlich über seine Haarstoppeln.

»Mach dir nix draus, Nechyba. Das kann jedem passieren, dass einem bei der Arbeit was schiefgeht.«

Sie ging zum Herd zurück, hob einen mächtigen Topf von der Flamme, rief ihrem Mann zu: »Geh, mach die Wohnungstür auf!«, und goss dann draußen bei der Bassena das zischend heiße Wasser ab.

Nechyba schloss die Tür hinter seiner Frau und folgte ihr an den Herd: »Was gibt's denn Gutes?«

Sie drehte sich um, gab ihm ein Busserl auf die Wange und sagte: »Einen Topfenhaluska mit frisch ausgelassenen Grammeln*. Das wird deine Stimmung gleich wieder aufhellen.«

Tatsächlich grinste er nun und grummelte: »Da hätt' i jetzt gern a Bier dazu.«

»Das hab' ich mir doch gedacht. Deshalb hab' i vorher vom Wirt am Eck noch einen Krug Bier mit rauf g'nommen. Der Krug steht hinten in der Speis.«

Nun war für den Inspector der Abend gerettet. Er holte den Bierkrug und zwei Gläser, Aurelia deckte den Tisch auf und servierte dann zwei wohl gefüllte Teller mit breiten Bandnudeln, die mit körnigem Topfen und frisch ausgelassenem Schmalz vermengt waren. Gekrönt wurde das Nudelgericht von knusprig braunen Grammeln, die ebenfalls noch warm waren. Und während Nechyba die Nudeln mit Topfen in den Mund schob und mit großem Genuss die knusprigen Grammeln zerbiss, nahm er sich

---

* Grieben

vor, am nächsten Tag die drei Frauen zu befragen, mit denen Alphonse Schmerda ebenfalls ein intimes Verhältnis gehabt hatte, die aber im Gegensatz zu den beiden anderen noch lebten. Denn nach dem blutigen Massaker hinter der Bühne des Theaters an der Wien reifte in ihm allmählich die Überzeugung, dass die Morde nichts anderes als ein Rachefeldzug gegen Schmerda und seine Geliebten waren.

VI./4

GOLDBLATT WACHTE MITTEN IN DER NACHT AUF. Zuerst wusste er nicht, wo er sich befand. Als er ein zartes, feminines Schnarchen neben sich hörte, musste er lächeln. Natürlich! Er war bei Judith! Behutsam drehte er sich auf ihre Seite und schmiegte sich dann an den wunderbarsten Hintern, den jemals ein weibliches Geschöpf auf dieser Erde gehabt hatte. Die Besitzerin dieses von ihm so verehrten Körperteils presste eben diesen zärtlich an ihn. Dann murmelte sie etwas Unverständliches und schnarchte weiter. Goldblatt merkte, wie er eine dezente Erektion bekam. Neuerlich lächelte er. Wie wunderbar das Leben doch sein konnte … Und als er fast schon wieder in den Schlaf hinübergeglitten war, packte ihn plötzlich sein schlechtes Gewissen. Am nächsten Tag wollte er einen Artikel über die Freilassung Karminskys schreiben. Dabei würde Nechyba nicht gut wegkommen. Plötzlich war Goldblatt hellwach. Nein, das konnte er nicht tun! Dem Nechyba, der sicher unter der gesamten Situation litt, journalistisch in den Rücken zu fallen! Wo dieser riesige Kerl doch eh so angerührt war ... Nein, das durfte er nicht tun. Er wollte Nechyba nicht verletzen. Aufgewühlt von diesen Gedanken wälzte sich Goldblatt nun auf den Rücken und überlegte. Einerseits wollte er den Artikel schreiben. Und auch das, was Dr. Grünhut gesagt hatte, wollte er einfließen lassen. Dass diese unheimliche Mordserie mit den furchtbaren Messerattacken sehr nach Eifersucht und Wahnsinn aussah. Das war herrlich gruselig, so etwas lasen die Wienerinnen und Wiener gerne ... Goldblatt seufzte. Eigentlich sollte er sich dringend mit Nechyba darüber unterhalten. Schließlich hatten sie ja auch seinerzeit bei den Naschmarkt-Morden in einem langen nächtlichen Gespräch die Spur zu dem wahren Mörder gefunden. Und als Goldblatt hin und her überlegte, reifte folgender Entschluss ihn ihm: Er würde gleich in der Früh den Inspector aufsuchen.

Bei der Wache am Eingang des Polizeigebäudes meldete sich Goldblatt am folgenden Morgen kurz nach 9 Uhr. Er brachte die Bitte vor, zum Inspector Nechyba des Polizeiagenteninstituts vorgelassen zu werden. Es sei dringend. Sein Name sei Goldblatt und er sei ein guter Bekannter des Herrn Inspectors. Der wachhabende Polizist griff zum Telefon und setzte mit knappen Worten Nechyba über den Besucher in Kenntnis. Dann nickte er und instruierte Goldblatt, wo sich in diesem riesigen Gebäude Nechybas Zimmer befand. Als Goldblatt etwas außer Atem im 2. Stock an dessen Zimmertür klopfte, ertönte eine wohlbekannte Stimme: »Treten Sie ein, Goldblatt, treten Sie ein!«

Nechyba stand tatsächlich von seinem Sessel auf, ging Goldblatt entgegen und schüttelte ihm die Hand. Goldblatt war ob so viel Freundlichkeit verblüfft. Nechyba bot ihm einen Platz an und fragte: »Haben S' Lust? Trink ma ein Bier?«

Noch bevor Goldblatt, der nun noch mehr verblüfft war, etwas sagen konnte, pumperte Nechyba mit der Faust an die Zimmerwand. Sofort erschien Pospischil im Inspectorenzimmer. Nechyba bestellte zwei Bier, dann wandte er sich Goldblatt zu: »Also, das freut mich, dass Sie mich einmal an meinem Arbeitsplatz besuchen. Ich hab' gerade an Sie gedacht. Und dass ich gerne mit Ihnen plaudern würde.«

Goldblatt antwortete grinsend: »Ah, deshalb hab' ich Schnackerlstess'n* g'habt!«

Nechyba grinste nun ebenfalls und fuhr fort: »Wissen Sie, gestern hab' ich eine veritable Niederlage einstecken müssen. Der Untersuchungsrichter hat den Karminsky auf freien Fuß gesetzt. Das ist mir ordentlich an die Nieren gegangen. Aber heut' Früh hab' ich mir gedacht, dass ich den ganzen Fall noch einmal neu durchdenken muss. Und da sind Sie mir eingefallen. Da haben Sie mir ja schon ein paar Mal geholfen ...«

---

* Schluckauf

Nun war Goldblatt geschmeichelt. Er erzählte dem Inspector von dem Gespräch mit Karminsky und Grünhut, das am Vortag im ›Landtmann‹ stattgefunden hatte. Pospischil brachte das Bier, die beiden Herren prosteten einander zu, tranken und Nechyba sagte nachdenklich: »Eifersucht und Wahn …«, er zwirbelte seinen gewaltigen Schnurrbart, »ich hab' gestern im Zuge des Nachdenkens an Rache gedacht. Dass irgendwer sich an Schmerda und seinen aktuellen und ehemaligen Geliebten rächt.«

»Das ist aber nicht so weit von Dr. Grünhuts Theorie entfernt. Eifersucht und Rache passen doch ganz gut zusammen.«

»Was nicht passt, ist das Männersakko, das wir im Theater an der Wien gefunden haben. Da hätte Schmerda homosexuell sein müssen, dass ein Mann aus Eifersucht Rache übt.«

Goldblatt nahm einen Schluck Bier und erwiderte: »Und was ist, wenn eine Frau sich für die Messerattacken Männerkleidung angezogen hat?«

Nun trank Nechyba einen langen Schluck. Sehnsüchtig dachte er an die Zeiten zurück, in denen er sich in solchen Momenten eine Virginier angezündet hatte.

»Rauchen Sie Goldblatt?«

»Kaum mehr, … meine …. meine … mag das nicht«, stammelte Goldblatt und wurde rot. Nechyba schaute ihn verblüfft an. Goldblatt hatte ein Pantscherl? Das war ja unglaublich! Dieser eingefleischte Junggeselle hatte sich also wieder einmal verliebt. Neugierig fragte er nach: »Sie sind wieder mit einer Frau zusammen? Da gratuliere ich! Wer ist denn die Glückliche?«

Goldblatt rutschte auf seinem Sessel hin und her. Er starrte auf seine Schuhspitzen und sagte schließlich leise: »Ich weiß eh, dass das meschugge ist, mich in meinem Alter noch einmal zu verlieben. Aber es ist mir halt passiert.«

»I find' des gar net meschugge. Wir sind schließlich alle aus Fleisch und Blut. Und wo die Liebe hinfällt ... Dagegen ist kein Kraut gewachsen.«

Nach dieser etwas verunglückten Metapher trank Nechyba sein Bier aus und schwieg eine Zeit lang. Schließlich sagte er: »Eifersucht ... Wahn .... Rache .... Ich werde mir noch einmal die Damen des Alphonse Schmerda vorknöpfen. Was ich aus den Tagebüchern weiß, sind es folgende drei: die Kremser, die Vroni und die ehemalige Vermieterin, die Selnitzky. Da die Vroni noch immer im Häf'n sitzt, kann sie die Beinstein nicht erstochen haben. Bleiben also die Kremser und die Selnitzky über. Vielleicht hat sich wirklich eine der beiden als Mann verkleidet. Das würde auch den Tatort bei der Ermordung der Pritschnigg erklären: den einsamen Hinterhof. Dort geht a Randsteinschwalben normalerweise nur mit einem Kren hin.«

VII./4

NACH GOLDBLATTS BESUCH widmete sich Nechyba noch einmal intensiv dem Studium von Schmerdas Tagebüchern. Mit unglaublicher Akribie ackerte er die 13 Bände durch, die Schmerda im Laufe seines kurzen Lebens vollgeschrieben hatte. Er war so vertieft, dass er fast auf eine Mittagspause vergessen hätte. Als Schmerda allerdings im neunten Band von einem üppigen Dinner berichtete, bei dem er zufällig die Frau Selnitzky kennen gelernt hatte, meldete sich Nechybas Magen laut brummend zu Wort. Nechyba ließ seufzend von seiner Lektüre ab. Die Stelle, die er zuletzt gelesen hatte, markierte er mit einem kleinen Eselsohr. Dann ging er hinunter zur Gastwirtschaft ›Zum Rebhuhn‹. Da er so schnell wie möglich zurück an seinen Schreibtisch wollte, bestellte er ein Kalbsgulasch mit Nockerln und verzehrte es eilig. Während des Essens dachte er in einem fort über die Selnitzky nach. Eine reiche Witwe in den besten Jahren, der der mittellose Schmerda schöne Augen gemacht hatte und die ihn daraufhin bei sich hatte einziehen lassen. Schmerda lernte aber nach einigen Monaten die Pritschnigg kennen und betrog von da an die Selnitzky mit ihr. Als die Selnitzky ihm auf die Schliche kam, gab es jede Menge hässliche Szenen. Sie wurden von Schmerda mit gewohnter Akribie in seinem Tagebuch festgehalten. Schlussendlich kam es zur Trennung, die er folgendermaßen beschrieb: *Kam spät abends betrunken heim. Hatte zuvor mit Anni geschlafen. Amelie wartete im Salon auf mich. Machte unglaubliche Szene. Geschirr wurde zertrümmert. Goss mir ein Gläschen Likör ein und blieb ruhig. Schließlich die Drohung mich hinauszuwerfen. Konterte, dass ich in diesem Fall ihre absonderlichen sexuellen Vorlieben der Öffentlichkeit preisgeben würde. Darauf ging sie mit den Fäusten auf mich los. Wehrte lachend ab. Als sie schließlich nur noch heulte, schlug ich Kompromiss vor: meine Übersiedlung aus ihrer Wohnung in die leer stehende Dachgeschoßwohnung. Überraschend schnell beruhigte sie sich und ging auf meinen Vorschlag ein. Machte ihr klar, dass ich keine Miete zahlen werde. Sie stimmte unter einer Bedingung zu: Ich musste ihr einmal pro Monat zu Willen sein. Ich akzeptierte.*

Zurück in seinem Büro las Nechyba diese Stelle noch einmal. Ihn schauderte. In was war Schmerda da hineingeraten? Welche absonderlichen sexuellen Vorlieben hatte die Selnitzky? Jedenfalls hatte die Haubesitzerin ein gehöriges Aggressionspotenzial. Das zeigte ihre Faustattacke auf Schmerda. Nechyba stutzte: War das der Beginn dessen, was sich nun in mörderischen Messerattacken manifestiert hatte? War die Selnitzky fähig, sich als Mann zu verkleiden? Dass sie die Pritschnigg hasste, lag auf der Hand, aber wusste sie auch von Henriette Beinstein? Da war doch irgendwo etwas in den Tagebüchern gewesen … Nechyba las konzentriert weiter. Gegen vier Uhr nachmittags fand er schließlich im vorletzten Band die gesuchte Tagebuchstelle: *War heute wieder einmal meinen ›Mietzins‹ abarbeiten. Es wird immer verrückter und abstoßender. Amelie entwickelt immer größeren Appetit*

*auf widerwärtige Erniedrigungsrituale. Musste heute auf
sie urinieren. Erwähnte im Anschluss, dass ich schon einmal ein längeres Verhältnis mit einer älteren Frau hatte.
Mit der berühmten Henriette Hugó vom Theater an der
Wien. Die hatte nie solch abartige Sachen von mir verlangt. Fürchte um Amelies seelische Gesundheit. Muss
mir neue Wohnung suchen ...*

Nechyba blieb lange vor dieser Eintragung sitzen. Dann
unterstrich er das Wort ›verrückt‹. War Selnitzky die Verrückte, die er so verzweifelt seit mehr als zwei Monaten
suchte? Möglich wäre es. Außerdem war es für die begü-
terte Hausbesitzerin kein finanzielles Problem, sich Männerkleidung zu kaufen, in der sie gut getarnt ihre Verbre-
chen verüben konnte.

Bevor er heim in die Papagenogasse ging, machte er noch
einen Abstecher in die Gumpendorfer Straße. Bei seinem nächtlichen Besuch in der Beinstein'schen Wohnung
waren einige Fragen offen geblieben. Als er an Beinsteins
Wohnungstür läutete, wurde ihm prompt die Tür geöffnet. Nechyba sah in das vom Weinen völlig verquollene
Gesicht der Bediensteten. Die gleich nebenan befindliche
Küchentür stand offen. Nechyba sah einen Sessel beim
Küchentisch stehen. Auf dem Tisch lagen zwei große,
völlig zerknüllte Stofftaschentücher.
    »Ist das Fräulein Kremser zuhause?«
    Statt einer Antwort erhielt er nur ein affirmatives
Kopfnicken, danach erklang das laute Aufziehgeräusch
von Rotz. Nechyba folgte dem Dienstmädel durch das

Vorzimmer zu einer Zimmertür. Sie klopfte, von drinnen erklang ein undeutlicher Laut und Minnerl deutete dem Inspector, dass er eintreten könne. Nechyba hielt den Atem an, als er Elisabeth Kremsers Zimmer betrat. Die Vorhänge waren zugezogen, alles war dunkel.

»Guten Abend Fräulein Kremser. Inspector Nechyba. Ich hätte noch ein paar Fragen an Sie.«

»Was gibt es? Henny ist tot. Was gibt es dazu noch zu sagen?«

»Könnten Sie vielleicht Licht machen? Ich seh' rein gar nichts.«

Nach einer kurzen Pause wurde tatsächlich eine kleine Lampe am Nachtkästchen angezündet. Nechyba erschrak. Mit kreidebleichem Gesicht und geschlossenen Augen lag die Kremser auf ihrem Bett. Vollkommen in Schwarz gekleidet. Nechyba kam sich als störender Besuch vor. Leise sagte er: »Wie war eigentlich Ihre Beziehung zu Alphonse Schmerda?«

Elisabeth Kremser stöhnte auf, dann sagte sie mit leiser Stimme: »Sehen Sie nicht, dass es mir nicht gut geht? Haben Sie denn kein Taktgefühl, dass Sie mich mit dieser unglückseligen Liebschaft ausgerechnet jetzt quälen müssen?«

»Es tut mir sehr leid. Aber ich muss Schmerdas Ehemalige überprüfen. Und da zwei mittlerweile tot sind, bleiben Sie, die Frau Selnitzky und die rote Vroni über. Letztere ist im Moment eingesperrt. Also befrag' ich zuerst einmal Sie und dann die Frau Selnitzky …«

»Selnitzky …?«, stöhnte die Kremser, ohne die Augen zu öffnen. Nechyba erklärte bereitwillig: »Das ist die

Hausfrau, in deren Wohnung er zuerst gewohnt hat, bevor er dann in die Dachwohnung im selben Haus in der Zirkusgasse übersiedelt ist. Also, was können S' mir über den Alphonse erzählen?«

Nach einer längeren Pause erklang ihre Stimme leise: »Er war charmant, hatte ein beeindruckendes Auftreten, war unglaublich fesch und eloquent. Keine Frau konnte ihm widerstehen. Ich war jung und dumm und hab' mich unsterblich in ihn verliebt. Als er aus dem Ensemble des Raimundtheaters rausflog, ging ich mit ihm mit. Wir hungerten gemeinsam und schlugen uns mehr schlecht als recht durch. Bis Alphonse auf die Idee kam, mich auf den Strich zu schicken. Zuerst weigerte ich mich, dann tat ich es ihm zuliebe ... Als ich nicht mehr konnte, lief ich ihm davon.«

Die letzten Sätze hatte sie mehr geschluchzt als gesprochen. Nach einer Pause fügte sie hinzu: »Jetzt, wo ich endlich wieder eine Chance am Theater bekommen habe, ist plötzlich alles perdu. Meine Mentorin ist tot, die Wohnung, in der ich wohne, wird irgendein entfernter Verwandter von Henny erben, und mich wird man auf die Straße setzen. Damit ist alles aus. Alles ... alles ...«

Sie drehte sich zur Wand, krümmte sich zusammen und begann zitternd zu weinen. Nechyba stand auf und ging auf leisen Sohlen aus dem Zimmer. In der Küche saß das Dienstmädel und heulte ebenfalls. Als die Beinstein'sche Wohnungstür hinter ihm ins Schloss fiel, eilte er hinunter auf die Straße. Dort atmete er erleichtert auf.

ALPHONSE GEHÖRT MIR! Mir alleine. Eigentlich hat er mich nie verlassen. Er war immer bei mir. Und als er sich langsam von mir entfernen wollte, der Schlingel, musste ich Maßnahmen ergreifen. Fortschleichen wollte er sich – wie ein Dieb. Aus meinem Herzen und aus meinen Sinnen. Doch das habe ich nicht zugelassen. In einem gewaltigen Akt der Befreiung habe ich mich mit ihm vermählt. Für immer und ewig. Wir feierten eine Bluthochzeit. Oh, was für eine Ekstase! Als er unter mir im Bett lag und ich auf ihn einstach und sein warmes Blut spürte. Ja, Blut ist tatsächlich ein besonderer Saft, da hatte der alte Goethe recht. Wie ein Jungbrunnen sprudelte es aus seinem Rücken und ich badete meine Hände, mein Gesicht darinnen und roch IHN. Meinen geliebten Alphonse. Meinen einzigen, auf immer und ewig mit mir verbundenen Geliebten. Wie glückselig war ich, als ich in seinem Blut badete. So verbanden sich unsere Körper und Seelen. Dann ging er voraus in die Hölle, wohin ich ihm in nicht allzu ferner Zeit nachfolgen werde. Nicht jetzt. Später. Denn auf mich warten noch Aufgaben. Alphonse! Du Teufel in göttlicher Gestalt. Du, auf dessen nackten Leib selbst Apollo neidisch geworden wäre. Du warst, bist und wirst in alle Ewigkeit meine Prüfung sein. Gott schickte dich, um mich zu versuchen. Und ich hielt nicht stand. Ich folgte deinen Lockungen und verfiel deinen Verführungskünsten. Als es geschehen war, wusste ich, dass ich vor Gott dem Allmächtigen versagt hatte. Dass ich nunmehr dir folgen müsste. Auf den Weg in die Hölle. Und bei Gott, es war die Hölle. Je näher wir einander kamen, umso heftiger flogen die Funken. Und wenn du mich liebtest und mit unbarmherziger Härte in meinen Leib eindrangst, spürte ich die Feuer der Hölle. Die ewige Verdammnis. Die auch immer in deinem charmanten Lächeln als schmaler, kaum wahrnehmbarer Schatten vorhanden war. Du Ungeheuer! Du Ausgeburt des Satans. Du satanisches Selbst, das sich in mir eingeprägt hatte, wie es kein Mensch zuvor oder danach vermochte. Du siebenschwänzige, bocksfüßige Bestie fraßest meine Seele auf, bis nichts mehr, rein gar nichts mehr vorhanden war. Und dann warfst du mich fort, wie einen abgenagten Apfelputzen. Aber du warfst mich nicht nur weg. Nein! Du tratest auch noch auf mich. Zertratest das bisschen, das übrig gebliebenen war, zu Brei, der sich im Schlamm der Gosse und im Regen der ewigen Verdammnis ins Nichts auflöste. Und siehe da, nachdem du mich solchermaßen ausgelöscht hattest, erstand ich von den Toten. Rund um mein schwarzes Nichts, das einst meine Seele war, formte sich eine Erinnye. Eine Göttin der Rache, die nach deinem Blut dürstete und die diesen Durst schlussendlich stillte. Aber bevor sie dir in die ewige Finsternis nachfolgen wird, hat sie ein heiliges Werk zu vollbringen. Noch habe ich eine Mission. Eine geweihte, blutige Mission. Sie ist mein persönlicher Kreuzweg, den ich gehen muss. Meine blutige Dornenkrone, die ich mit Stolz trage. Und Blut wird fließen, wenn ich das Geschmeiß auslösche. Das Ungeziefer, das sich deinem göttlichen Leib genähert hatte und das vertilgt werden muss. Ausgerottet. Fortgewaschen. Mit einer blutigen Sintflut. Wie einst Gott, der Allmächtige, die sündige Menschheit vom Antlitz der Erde spülte. So werde ich diese Unwürdigen auslöschen. Hinab mit ihnen in das Inferno! Dorthin, wo das Feuer des Jüngsten Gerichts lodert. Auf dass der Teufel in deiner Gestalt sie für immer quäle. Oh nein, Geliebter! Noch ist es nicht so weit. Noch ist es nicht vollbracht. Aber bald, bald werde ich ihnen und dir folgen und hohnlachend zu deiner Rechten sitzen und zusehen, wie sie in ewiger Verdammnis schmoren.

IX./4

IN DER FRÜH im Büro rief Nechyba Pospischil zu sich, gab einige Anweisungen und sagte ihm dann, dass er den Vormittag über unterwegs sei. Als der Inspector auf dem Gang den jungen Bronstein traf, fragte er ihn, was er gerade tue. Bronstein nannte einiges an Büroarbeit. Nechyba winkte ab:

»Vergessen S' das, das können S' am Nachmittag auch erledigen. Kommen S' mit mir mit!«

Bronstein ließ ein »Jawohl, Herr Inspector!« erklingen und folgte Nechyba. Je länger Nechyba nämlich über

Schmerdas Notizen nachdachte und über das, was der Tote über die Selnitzky geschrieben hatte, desto unheimlicher wurde ihm dieses Weibsbild. Wer weiß, vielleicht kam es bei der bevorstehenden Befragung zum Eklat und sie attackierte ihn persönlich. Vielleicht würde sie auch nur zu flüchten versuchen. In beiden Fällen war es besser, wenn er einen jungen Agenten bei sich hatte. Einen, der noch ordentlich schnell laufen konnte. Nechyba seufzte, als er daran dachte, dass er mittlerweile 54 Lenze zählte und dass er bei weitem nicht mehr so durchtrainiert und kräftig war wie früher. Das Alter forderte seinen Tribut. Als sie nach einer kurzen Tramwayfahrt zur Urania den Donaukanal überquerten und in Richtung Zirkusgasse gingen, instruierte Nechyba seinen Mitarbeiter: »Passen S' auf, Bronstein. Da ich das Weibsbild nicht wirklich einschätzen kann, bleiben Sie herunten beim Haustor stehen. Aber herinnen. Wenn S' mich oben brüllen hören, kommen S' entweder sofort rauf in den ersten Stock oder Sie blockieren das Haustor, damit niemand raus kann. Haben S' mich verstanden?«

Bronstein nickte. Wenig später betraten sie das Haus der Selnitzky. Der Hausmeister hatte gerade die Tür seiner Wohnung offen und Nechyba änderte seinen Plan ein wenig: »Wissen S' was, Bronstein? Sie setzen sich ganz unauffällig zum Hausmeister in die Wohnung. Lassen S' aber die Tür offen, damit S' mich hören.«

Bronstein nickte, zückte seine Polizeiagentenkokarde und machte dem Hausmeister und seiner Frau klar, dass er sich für die nächste halbe Stunde oder Stunde bei ihnen einquartieren würde. Die beiden nahmen es mürrisch zur

Kenntnis. Nechyba keuchte inzwischen die Stiegen hinauf. Als er oben läutete, wurde sofort geöffnet. Im Vorzimmer stand die Hausfrau mit ihrem Dienstmädel, das sich gerade anschickte, Einkäufe zu erledigen. Nechyba begrüßte Amelie Selnitzky und erklärte, dass er mit ihr reden müsse. Diese nickte und bat ihn in den Salon, während das Dienstmädel die Wohnung verließ.

Nachdem Nechyba es sich in einem Fauteuil vis-à-vis der Selnitzky, die auf dem Kanapee Platz genommen hatte, bequem gemacht hatte, begann er das Gespräch: »In welcher Beziehung standen Sie zu Alphonse Schmerda?«

Amelie Selnitzky schaute irritiert und antwortete schnippisch: »Was heißt in welcher Beziehung? In gar keiner! Er war ein Mieter von mir.«

»Und in welcher Form hat er die Miete für die Dachwohnung bezahlt?«

»Na, was glauben Sie?«

»Ich wiederhole: In welcher Form hat er die Miete bezahlt?«

Als er keine Antwort erhielt, lächelte Nechyba sardonisch und zog aus seinem Sakko eines von Schmerdas Tagebüchern heraus. Er blätterte kurz darin und las dann laut vor: »… eine Übersiedlung aus ihrer Wohnung in die leer stehende Dachgeschoßwohnung. Überraschend schnell beruhigte sie sich und ging auf meinen Vorschlag ein. Machte ihr klar, dass ich keine Miete zahlen werde. Sie stimmte unter einer Bedingung zu: Ich musste ihr einmal pro Monat zu Willen sein …«

Nechyba hielt inne und blickte seiner Gesprächspartnerin kurz in die Augen. Die waren schreckgewei-

tet. Dann fuhr er fort: »Das, gnädige Frau, hat Alphonse
Schmerda eigenhändig in seinem Tagebuch festgehalten.
Stimmt es, dass er den Mietzins in Form von sehr spe-
ziellen Dienstleistungen entrichtet hat?«

Nechyba war von sich selbst überrascht, dass er diesen Satz ohne zu stottern und völlig emotionslos hervor-
gebracht hatte. Normalerweise wäre er dabei zumindest
rot geworden. Selbstsicher und seiner Strategie der Pro-
vokation folgend, führte er das Gespräch fort: »Stimmt
es, dass Sie sich von Schmerda gerne haben erniedrigen
lassen?«

Amelie Selnitzky schlug die Hände vorm Gesicht
zusammen, machte einen Buckel und Nechyba hatte den
Eindruck, als ob sie sich in sich selbst verkriechen würde.
Nun müsste bald ein Ausbruch kommen, dachte er. Wenn
sie wirklich die Wahnsinnige ist, für die ich sie halte,
müsste sie nun bald explodieren und aggressiv reagieren.

»Wollen Sie noch andere Stellen aus Schmerdas Tagebuch hören?«

Die Selnitzky schüttelte stumm den Kopf. Es trat Stille
ein, die durch ein plötzliches Läuten an der Wohnungstür unterbrochen wurde. Wie von einer Feder getrieben, schnellte die Hausfrau in die Höhe und stürmte aus
dem Salon. Verdammt! Dachte sich Nechyba, jetzt ist sie
mir entwischt. Er hörte, wie die Wohnungstür geöffnet
wurde, und dann schrille Schreie der Selnitzky. Nechyba
sprang auf. Im Vorzimmer sah er, dass ein kleiner Mann
mit Hut und dichtem Schnauzbart auf die Selnitzky einstach. Überall Blut. Schreie.

»Aufhören!«, brüllte Nechyba und warf sich auf den

Angreifer. Nechyba versetzte ihm einen Faustschlag. Der Kerl wich zurück und flüchtete über die Treppen.

»Bronstein! Halten S' den Kerl auf, der gerade runterrennt. Es ist der Wahnsinnige, den wir suchen! Bronstein!«

Während er die Stiegen hinunterrannte, hörte er Kampfgeräusche. Ein Klirren. Dann Bronsteins Ausruf: »Ich hab' ihn! Herr Inspector, ich hab' ihn!«

Nun war Nechyba ebenfalls im Erdgeschoss angelangt. Vor ihm kniete Bronstein auf dem Kerl drauf, der mit dem Gesicht am Boden lag und wie ein Fisch im Netz zappelte. Neben den beiden lag ein blutverschmiertes Küchenmesser. Nechyba schnauzte das Hausmeisterehepaar, das mit offenen Mäulern der ganzen Remasuri[*] zusah, an: »Schaun S', dass' uns einen Strick bringen. Den Wahnsinnigen müss' ma fesseln. Der lasst sich net normal abführen.«

Die Hausmeisterin nickte und erschien kurze Zeit später mit einer Wäscheleine. Nechyba kniete sich neben Bronstein nieder, nahm eines der Handgelenke des Kerls und schnürte die Wäscheleine drum herum. Mit Erstaunen registrierte er, dass dessen Hand und Handgelenk sehr zart war. Als er auch die andere Hand gefesselt und beide Hände hinter dem Rücken des Attentäters verschnürt hatte, stand er auf und sagte zur Hausmeisterin: »Schaun S' rauf in den ersten Stock, Ihre Hausfrau ist verletzt. Kümmern S' Ihnen um sie.« Und dem Hausmeister befahl er:

»Rennen S' auf die nächste Wachstube und holen S'

---

[*] Durcheinander

250

Verstärkung. Außerdem sollen die dort die Rettungsgesellschaft rufen.«

Dann zog er gemeinsam mit Bronstein den Attentäter, der regungslos am Boden lag, empor. Nechyba fegte ihm den Hut vom Kopf und bemerkte, dass der Kerl eine Perücke trug. Als er auch diese entfernte, kam dichtes, dunkles Frauenhaar, das zu einem Knödel zusammengesteckt war, zum Vorschein. Nechyba kniff die Augen zusammen und glaubte, ihnen nicht trauen zu können. Das durfte doch nicht wahr sein! Vorsichtig griff er nach dem üppigen Schnauzbart. Sein Gegenüber versuchte durch hektische Kopfdrehungen das Berühren des Bartes zu verhindern. In Bornsteins Händen wand sich die Frau, denn um eine solche handelte es sich, wie ein Aal. Als es Nechyba schließlich gelang, den aufgeklebten Schnauzbart mit einem energischen Ruck herunterzureißen, schrie sie vor Schmerz und Zorn auf. Der Inspector nahm sie beim Kinn und zwang sie, ihm in die Augen zu sehen. Dann knurrte er: »Schluss ist jetzt mit der Eifersucht, den Morden und dem ganzen Wahnsinn. Elisabeth Kremser, ich verhafte Sie wegen Mordversuches und dreifachen Mordes.«

»Was hast Du g'macht?«, fauchte Aurelia Nechyba ihren Mann an. Er erschrak. So wütend hatte er sie noch nie erlebt. Schuldbewusst senkte er den Kopf und starrte vor sich auf das mit weißen Spitzen eingefasste Tischtuch.

»Du hast allen Ernstes den Herrn Hofrat Schmerda verdächtigt, seinen Sohn ermordet zu haben?«

Nun wurde Nechyba rot. Er stammelte: »Aber nachdem … nachdem i … die … die Tagebücher g'lesen hab' … «

»Was hast da in den Tagebüchern g'lesen?«

»Na … na, dass er den Alphonse dauernd g'schlagen hat.«

»Na und? Mich hat meine Frau Mutter auch öfters g'schlagen.«

Nechyba blickte seiner Frau nun wieder ins Gesicht und sagte leise: »Mein Herr Papa hat mi nie g'haut. Wenn der bös auf mich war, hat er einfach nix mit mir g'redet.«

»Aber der Herr Hofrat hat's doch immer nur gut gemeint. Damit der Alphonse was lernt. Und damit aus dem Buben was wird.«

»Wohin das geführt hat, hat man ja eh g'sehen«, erwiderte Nechyba sanft, »ein erfolgloser Schauspieler und dann ein Strizzi und Hurentreiber ist er g'worden, der Bua.«

Nun wurde Aurelia rot im Gesicht, sie kramte in ihrem Kittel nach einem Taschentuch und fing zu weinen an.

Auch das war etwas, was Nechyba in den neun Jahren ihrer Ehe noch nie miterleben musste. Vorsichtig rückte er seinen Sessel zu dem ihren und legte tröstend seine Hand auf ihre Schulter. Nach einiger Zeit schluchzte sie: »Jetzt is' mir klar, warum der Herr Hofrat in letzter Zeit so komisch zu mir war ... so distanziert ... und kalt.«

Nechyba streichelte ihre Schulter und murmelte: »Es tut mir leid ... es tut mir wahnsinnig leid.«

Aurelia schnäuzte sich mehrmals, wischte sich die Tränen ab und stand auf, um das Geschirr abzuräumen. Dabei sagte sie, ohne ihren Ehemann dabei anzusehen: »Weißt, bisher war ich immer so stolz drauf, deine Frau zu sein. Aber jetzt ... jetzt muss ich mich für dich genieren.«

Nach einer Nacht, in der er äußerst unruhig und schlecht geschlafen hatte, trat Joseph Maria Nechyba seinen Canossagang an: Nachdem er kurz im Büro vorbeigeschaut und nach dem Rechten gesehen hatte, führte ihn sein Weg ins Innenministerium. Als er an der Zimmertür des Hofrats klopfte, schlug ihm das Herz bis zum Hals. Dann ertönte Schmerdas Stimme. Laut und deutlich rief er: »Herein!« Als Nechyba eintrat, verengten sich Schmerdas Augen zu schmalen Schlitzen, seine Miene versteinerte.

»Grüß Gott, Herr Hofrat.«

»Gott zum Gruß. Was führt Sie her? Wollen S' mich am End' verhaften?«

Nechyba nahm seine Melone ab, beugte sein Haupt, räusperte sich und sagte dann mit fester Stimme: »Herr

Hofrat, als Erstes möchte ich mich bei Ihnen entschuldigen. Mein Verdacht war gleichermaßen unbegründet wie peinlich. Ich bitte Sie, mir diesen Fauxpas zu verzeihen.«

Des Hofrats Miene entspannte sich. Er hüstelte verlegen und bat dann Nechyba Platz zu nehmen.

»Wissen Sie, Nechyba, ich hab' zwischenzeitlich viel darüber nachgedacht. Und in einem muss ich Ihnen, so schwer es mir fällt, Recht geben: Ich hätte den Buben nicht so hart anpacken sollen. Aber jetzt ist es für diese Einsicht leider zu spät.«

Nechyba räusperte sich und sagte leise: »Wir wissen jetzt, wer's war. Wir haben seine Mörderin gefasst.«

Wie von einer Tarantel gestochen, sprang Hofrat Schmerda von seinem Bürosessel auf, stützte sich mit beiden Händen auf den Schreibtisch, beugte sich zu Nechyba vor und keuchte: »Wer war's? Eine Frau? Nechyba, erzählen Sie. Jedes Detail. Ich will jedes klitzekleine Detail wissen!«

In der folgenden halben Stunde berichtete der Inspector dem Hofrat von seiner Ermittlungsarbeit und von der schlussendlichen Eingrenzung auf drei verdächtige Personen, die alle weiblichen Geschlechts waren. Als er dann Elisabeth Kremsers Verhaftung in Selnitzkys Haus schilderte, begann der Hofrat zu schwitzen. Mit großen Augen, offenem Mund und mit einem Taschentuch in der Hand, mit dem er sich die Schweißperlen von der Stirne wischte, lauschte er gebannt Nechybas Ausführungen. Nachdem ihm der Inspector auch von Elisabeth Kremsers umfassendem Geständnis berichtet hatte, schwiegen beide Männer eine Zeit lang. Schließlich erhob sich

Schmerda und klopfte Nechyba, der ebenfalls aufgestanden war, auf die Schulter: »Chapeau, Nechyba! Chapeau! Jetzt brauch' ich aber dringend einen doppelten Cognac. Kommen S', gemma runter ins Kaffeehaus. Sie sind mein Gast!«

XI./4

GOLDBLATT SASS IN SEINEM BÜRO und schrieb wie besessen. Die Geschichte der Dreifachmörderin Elisabeth Kremser war ein gefundenes Fressen für ihn. Endlich würde er wieder einmal einen größeren Artikel unterbringen können. Mörderinnen interessierten die Wienerinnen und Wiener mindestens genauso wie der aktuelle Kriegsverlauf. Am Vorabend hatten Nechyba und er sich im ›Sperl‹ getroffen und Nechyba hatte ihm ausführlich von dem Geständnis, das die Kremser abgelegt hatte, berichtet. Und so schrieb Goldblatt:

Bestialische Messermorde endlich geklärt

Am Vormittag des 3. Septembers wurde eine mysteriöse Mordserie, die nun schon zwei Monate ihrer Aufklärung harrte, durch den mustergültigen Einsatz der Polizeiagentengruppe Nechyba endgültig geklärt. Im Haus Zirkusgasse 21 konnte die Schauspielerin Elisabeth Krem-

ser, die in Männergewand verkleidet war, überwältigt und verhaftet werden. Dies geschah in flagranti, als sie nämlich zuvor versucht hatte, die Hausbesitzerin Amelie Selnitzky auf die gleiche bestialische Weise zu ermorden, wie sie es bereits bei ihren drei vorherigen Opfern getan hatte. Der zweite und dritte Mord erfolgte nach dem gleichen Prinzip: Elisabeth Kremser suchte als Mann verkleidet die Nähe ihrer Opfer, lockte sie dann an einen menschenleeren Ort und massakrierte die Bedauernswerten mit einer Unzahl von Messerstichen. Das Männergewand hatte die Mörderin einer Eisenbahnerwitwe gestohlen, bei der sie als Bettgeherin übernachtet hatte. Die Verkleidung für den Mordversuch an Amelie Selnitzky hatte sie dem Kostümfundus des Theaters an der Wien, wo sie für eine Nebenrolle engagiert gewesen war, entwendet. Besonders heimtückisch erfolgte der erste Mord, den sie an ihrem ehemaligen Liebhaber, dem Schauspieler Alphonse Schmerda, begangen hatte. Er wurde von Kremser mit über 30 Messerstichen im Tiefschlaf ermordet ...

Goldblatt hielt inne und kratzte sich nachdenklich am kahlen Schädel. Wie war sie eigentlich in dessen Wohnung gekommen? Das hatte er gestern Nechyba zu fragen vergessen. Kruzitürken! Ich bin derzeit nie ganz bei der Sache, wenn ich arbeite. Goldblatt grinste, lehnte sich zurück und schloss kurz die Augen. Ein warmes Gefühl umfing ihn und er dachte an den gestrigen Abend zurück, als er nach seinem Gespräch mit Nechyba heim zu Judith geeilt war. Die geliebte Frau hatte in ihrem Salon ein Kaminfeuer entfacht, eine Flasche Rotwein geöffnet und ihn solcherart erwartet. Glücklicherweise hatte er noch bei der Milchfrau in der Josefstädter Straße, die ähnlich wie die Greislerin Landerl nach Ladenschluss immer noch in ihrem Laden herumräumte, ein wunderbares Stück Käse gekauft. Und so saßen sie dann vor dem Kaminfeuer, tranken Rotwein, genossen den Käse, den Judith in kleine Würfel geschnitten hatte, und betrachteten Judiths soeben fertiggestelltes Werk ›Todeswalzer‹. Auf Goldblatts Drängen hatte sie das Bild mitsamt der Staffelei in den Salon gestellt. Diese Allegorie traf ihn so sehr im Herzen, dass er es kaum formulieren konnte. Es zeigte präzise den Wahnsinn, der in Europa derzeit umging. Der ganze Kontinent taumelte, als wäre er völlig schwindelig vom zu schnellen Walzertanzen, in ein Schlachtfest, dem hunderttausende Menschen geopfert wurden. Judith hatte das erkannt und auf Leinwand festgehalten. Er war unendlich stolz auf sie. Darüber hinaus genoss er es, endlich eine Frau getroffen zu haben, mit der ihn eine tiefe geistige Freundschaft verband. Eine intellektuelle Seelenverwandtschaft, von der er bisher nicht geglaubt hätte, dass so etwas möglich wäre, ja, überhaupt existieren könnte. Und darüber hinaus, und nun grinste Goldblatt dreckig, hatte diese wunderbare Frau auch noch den wunderbarsten Hintern der Welt.

»Ich bin ein Glückspilz in einer verdammt unglücklichen Zeit«, murmelte er und konzentrierte sich wieder auf den Artikel, den er nun zügig fertigstellte. Nachdem er ihn beim stellvertretenden Chefredakteur abgegeben hatte, begab sich Goldblatt ins ›Café Landtmann‹. Als er gerade seinen ersten ›Goldblatt‹ schlürfte, stürmte Nechyba herein. Sein sonst kunstvoll aufgezwirbelter

Schnurrbart hing traurig an beiden Enden herunter, sein Gesicht war weiß wie die Wand, sein Blick machte einen gehetzten Eindruck.

»Nechyba!«, rief Goldblatt, »was ist denn los? Wo brennt's denn?«

Mit einem tiefen Seufzer ließ sich der Inspector an Goldblatts Tisch nieder und schüttelte traurig den Kopf: »Nein, das hab' ich nicht gewollt. Das hab' i wirklich net gewollt!«

»Was um Himmels Willen ist denn passiert?«

Nechyba schaute den Redakteur traurig an und schüttelte neuerlich den Kopf. Er bestellte beim Piccolo einen ›Goldblatt‹ und zwirbelte sein rechtes Bartende auf. Dann blickte er Goldblatt in die Augen und sagte leise: »Die Kremser hat sich umgebracht. Und davor hat's auch noch die Nemeth Vroni erstochen.«

Nun wurde auch Goldblatt blass. Er nahm einen langen Schluck Kaffee und fragte dann: »Wie konnte das passieren?«

Nechyba zuckte die Schultern und seufzte neuerlich. Sein ›Goldblatt‹ wurde serviert, er nippte kurz daran und begann dann zu berichten: »Ich hatte zu dem Geständnis noch ein paar Detailfragen. Deshalb bin ich zu Mittag ins Landesgericht rübergegangen. Als ich nach der Kremser gefragt hab', sind s' ganz blass geworden, die Justizwachebeamten. Dann haben s' mich zum Direktor geführt, der mir Folgendes eröffnet hat: Gestern Früh ist die Kremser vom Polizeigefangenenhaus ins Landesgerichtsgebäude überstellt worden. Heute Früh ist sie dann zur Arbeit in die Küche eingeteilt worden. Teller und Gläser abwaschen. Unglücklicherweise hat auch die rote Vroni in der Küche gearbeitet. Als die Kremser sie gesehen hat, hat sie einen Teller zerbrochen und ist mit einer spitzen Porzellanscherbe auf die Vroni losgegangen. Die Justizwachebeamten haben gesagt, so etwas haben sie noch nie gesehen. Wie besessen soll die Kremser auf Gesicht und Hals der Nemeth eingestochen haben. Und dann hat sie sich die Porzellanscherbe in den eigenen Hals gerammt. In einem Meer von Blut ist sie erstickt.«

»Aber warum machen Sie sich Vorwürfe Nechyba? Für den Wahnsinn der Kremser können Sie doch nix dafür.«

Nechyba nippte neuerlich an seinem Kaffee und zwirbelte nun an seinem linken Bartende.

»Das ist schon richtig ... Wo ich aber was dafür kann, ist, dass die kleine Vroni noch immer im Häf'n g'sessen ist. Weil's mir damals die Suppenschüssel an den Kopf geschmissen hat, hab' ich sie wegen Korperverletzung, Behinderung einer Amtshandlung, Amtsehrenbeleidigung und Widerstand gegen die Staatsgewalt angezeigt. Morgen hätte die Verhandlung stattfinden sollen. Wobei ich mir vorgenommen hab', die Körperverletzung, die Behinderung einer Amtshandlung und die Amtsehrenbeleidigung zurückzunehmen. Damit wäre als Delikt nur der Widerstand gegen die Staatsgewalt übriggeblieben. Dafür hätte sie kaum ein Schmalz* ausgefasst. Jetzt ist sie aber tot. Und ich fühl' mich irgendwie schuldig.«

»Hörn S' auf Nechyba! Sie können gar nix dafür. Das ist wirklich ein unglaublich dummer Zufall, dass die

---

* Strafe

Kremser im Häf'n auf die Nemeth getroffen ist. Das ist Schicksal.«

Nechyba seufzte neuerlich und trank seinen ›Goldblatt‹ aus. Dann bestellte er zwei doppelte Treberne. Um den Inspector von seinen trüben Gedanken etwas abzulenken, fragte ihn Goldblatt: »Sagen S', was ich mich schon die ganze Zeit frag', ist Folgendes: Wie ist die Kremser eigentlich in der Nacht in Schmerdas Wohnung hineingekommen?«

Die Schnäpse wurden serviert, Nechyba und Goldblatt tranken. Nechyba schüttelte sich und brummte »Ahhhh!« Dann nahm er die Melone ab und strich sich über sein bürstenförmig geschnittenes Haar. Schließlich lehnte er sich zurück und erzählte: »Das hab' ich mich auch gefragt. Vor allem, weil ich in Schmerdas Tagebüchern keinerlei Hinweis gefunden hab'. Im Verhör hab' ich das deswegen gleich als Erstes die Kremser gefragt. Die hat's mir sehr simpel erklärt: Da der Schmerda Tag und Nacht durch ihr Hirn gespukt ist, hat sie ihn, wann immer es ihre Zeit zuließ, das heißt, wenn sie nicht gerade im Prater als Aushilfskraft gearbeitet hat, heimlich verfolgt. Als sie den Schmerda dann mit der roten Vroni turteln gesehen hat, hat sie ihn einfach einmal auf der Straße angerempelt und kurz mit ihm geplaudert. Sie hat sich auch an ihn geschmiegt und ihm dabei den Schlüssel gestohlen. Den Verlust des Schlüssels hat Schmerda übrigens in seinem Tagebuch vermerkt. Allerdings hat er geglaubt, dass er ihn verloren hat. Die Selnitzky hat ihm einen Ersatzschlüssel gegeben. Und in seinem Tagebuch hat er sich zu dieser Zeit ausschließlich über sein Theater und über die Vroni sowie über seine Schwierigkeiten mit dem Karminsky geäußert. Die Kremser war für ihn völlig unwichtig gewesen. Die war Luft für ihn.«

Nechyba stürzte den restlichen Schnaps hinunter und schüttelte den Kopf. Dann sagte er nachdenklich: »Unglaublich, dass der Schmerda nicht bemerkt hat, dass die Kremser wie eine dunkle Wolke ständig sein Leben beschattet hat.«

XII./4

›LEMBERG VORLÄUFIG GERAUMT‹. Diese Schlagzeile der Neuen Zeitung am 7. September 1914 verfolgte Nechyba während seines gesamten Gabelfrühstücks. Immer und immer wieder zog sie seinen Blick an. Er konnte es nicht fassen. In Lemberg, der Hauptstadt Galiziens, saß jetzt der russische Feind. Und nicht nur das. Die Russen schienen, trotz hysterischer Siegesmeldungen österreichisch-ungarischer Zeitungen, unaufhaltsam vorzurücken. So wie eine Feuerwalze, die ein staubtrockenes Getreidefeld vernichtet. Wenn das in dem Tempo so weiterging, würden die Russen bald vor Preßburg und dann vor Wien stehen. Nechyba bekam Gänsehaut.

»Dieser Wahnsinnskrieg«, murmelte Nechyba. Er

nahm einen langen Schluck Bier, knallte dann den leeren Bierkrug auf den Tisch, lehnte sich zurück, faltete die Hände über dem Bauch zusammen und gab einen röhrenden Rülpser von sich. Das war seit vielen Jahren für den vor seinem Zimmer wartenden Pospischil das Signal, einzutreten und den leeren Krug sowie die Brösel und das Verpackungspapier des Gabelfrühstücks abzuräumen. Als er den Tisch seines Vorgesetzten gesäubert hatte, blieb er entgegen seinen sonstigen Gewohnheiten stehen und räusperte sich. Nechyba, der die Augen geschlossen hatte, blinzelte ihn an und knurrte: »Wos is'? Wos will er?«

Pospischil wurde rot und stotterte: »Herr ... Herr ... Inspector ... Das Bier is' teurer g'worden.«

»Seit wann?«

»Seit heut'.«

Nechyba rutschte aus seiner entspannten, halb liegenden Haltung vor an den Schreibtisch, stemmte beide Ellbogen auf, zog sich schnaufend in seinem Bürosessel hoch und murmelte: »Dieser Krieg is' a Wahnsinn ... Dauernd wird alles teurer, die Unsrigen sterben an der Front wie die Fliegen, die Russen sitzen in Lemberg, bald stehen s' vor Preßburg und er will auch noch a Geld von mir ... Der Krieg is' a Wahnsinn«, dann griff er in seine Hosentasche, zog sein Portemonnaie hervor und fragte: »Wie viel bekommt Er für's Bier?«

»Noch zwei Heller.«

Nechyba gab seinem Untergebenen den Differenzbetrag für heute und für die restlichen drei Tage der Woche.

»Danke, Herr Inspector.«

Nechyba brummte etwas Unverständliches.

»Und übrigens, Herr Inspector: Wir haben zwei Türkenbelagerungen überstanden, da werden wir doch auch eine Russenbelagerung überstehen.«

Nechyba schaute seinen Adjutanten verblüfft an, strich sich über den Schnauzbart und murmelte: »Da könnte Er schon recht haben, Pospischil. Aber lustig ... lustig wird das net.«

Pospischil nickte und verließ das Zimmer. Nechyba widmete sich erneut der Zeitungslektüre. Er begann folgenden Artikel zu lesen:

Hyänen des Schlachtfeldes.

Wenn sich die Nacht über das Schlachtfeld, auf dem tapfere Kämpfer hilflos und blutüberströmt liegen, gesenkt hat, dann beginnt die traurigste und verwerflichste aller Sippen ihr Handwerk. Von einem Mitkämpfer bei den Gefechten von Sennheim erhält die »Straßburger neue Zeitung« folgende erschütternde Darstellung: Alles lag ruhig und dunkel da, nichts verriet zunächst, daß wenige Stunden vorher eine blutige Schlacht hier getobt hatte. Nur entfernt leuchten die Wachtfeuer einer Abteilung. Die feindlichen Mächte waren weit abgetrieben worden. Das Rote Kreuz sucht jetzt emsig nach Verwundeten, denen es Hilfe und Linderung bringen kann. Lautlos streifen die Sanitätsleute das Schlachtfeld ab, das in einem undurchdringlichen Dunkel liegt. Da – ein Stöhnen oder ein leises Röcheln und mit aufopfernder Geduld verfolgt man den Laut ... Ein edles Handwerk, das diese unermüdlichen Leute tun ...

Doch was schleicht sich dort im Gestrüpp hin! Ist es
ein Verwundeter? Ein Anruf! Alles still! Und die Gestalt
ist im Dunkel verschwunden. Es sind Leichenfledderer:
die Hyänen des Schlachtfeldes. Und nur selten gelingt
es, diese Burschen zu fassen ...

Es klopfte. Nechyba verzog unwillig das Gesicht und
rief: »Wos is'?«

Zaghaft wurde die Tür des Inspectorenzimmers geöffnet und der Polizeiagent Bronstein trat ein. Artig wartete
er in unmittelbarer Nähe der Tür darauf, dass Nechyba
ihn bat, weiterzukommen. Doch das geschah nicht. Als
Nechyba schließlich von der Zeitung aufsah, wunderte
er sich. Was war mit dem Bronstein los? Der war doch
normalerweise nicht so schüchtern. Mit ruhiger Stimme
sagte er: »Machen S' die Tür zu und kommen S' her. Also,
Bronstein, wo drückt der Schuh?«

»Ich möchte um Erlaubnis bitten«, stammelte Bronstein.

»Um Erlaubnis wofür?«

»Ich möchte mich freiwillig melden.«

»Is' Er überg'schnappt?«

Bronstein trat verlegen von einem Fuß auf den anderen.

»Er weiß doch genau, dass seine Majestät, unser hoch-
verehrter Kaiser, in diesen schwierigen Zeiten jeden einzel-
nen Mann seiner Sicherheitskräfte benötigt. Da kann sich
einer net einfach aus der Verantwortung schleichen. Und
mit Hurra-Gebrüll an die Front stürmen. Unsere Front
ist die Heimatfront, Bronstein. Hat Er das vergessen?«

»Aber ich will an die richtige Front ... Jetzt wo Lemberg gefallen ist.«

»Kruzitürken! Was redet Er da für einen Blödsinn? Was hat das mit Lemberg zu tun?«

»Ein Teil meiner Familie stammt aus Lemberg. Die werden jetzt von den Russen traktiert. Wir müssen Lemberg befreien. Lemberg muss wieder österreichisch werden.«

»Mein Gott«, schnaufte Nechyba.

»Herr Inspector, ich bitte Sie, geben S' mir die Erlaubnis, mich freiwillig zu melden. Das ist meine Pflicht als Patriot.«

»Als Patriot, hat Er hier zu bleiben und seine Arbeit pflichtgetreu zu erfüllen. So wie bisher. Herrgott! Bronstein, Er ist noch jung. Er wird es weit bringen.«

»Danke, Herr Inspector. Aber als Patriot fühle ich mich verpflichtet, mein Vaterland mit der Waffe in der Hand zu verteidigen. Weil, wenn das so weitergeht, stehen die Russen bald vor Budapest und dann vor Wien.«

Nechyba fiel die Kinnlade herunter. Er glotzte Bronstein nachdenklich an und knurrte dann: »Geben S' her den Wisch ... Ihr Stellungsgesuch.«

Mit dem Gesichtsausdruck einer bissigen Bulldogge unterschrieb Nechyba das Papier. Als der junge Polizeiagent ihm überschwänglich dankte, winkte Nechyba ab und murmelte: »Ich werd' Sie vermissen, Bronstein. Sie sind a guter Kiberer. Passen S' auf ... auf sich.«

Als Bronstein schon fast bei der Tür war, sagte Nechyba leise: »Ich wünsch' Ihnen alles Gute, Bronstein. Und vergessen Sie eines nicht: Vom Patriot zum Idiot ist es nur ein kleiner Schritt!«

Epilog

›*Von Kriegsbeginn bis Jahresende 1914
waren 189.000 Offiziere und Soldaten gefallen,
über 490.000 waren verwundet worden
und an die 278.000 waren kriegsgefangen oder vermisst.
Zusammen waren das eine runde Million Menschen.*‹

Manfried Rauchensteiner,
Militärhistoriker

AN EINEM FEUCHTEN, nebeligen Abend Mitte Oktober, als Aurelia gerade in einem großen Topf ungarische Krautsuppe am Herd umrührte, klopfte es plötzlich an der Wohnungstür. Zuerst zaghaft, dann etwas lauter. Nechyba, der in Unterleiberl* und Unterhose sowie bloßfüßig in Filzpatschen am Küchentisch saß, war wie vom Donner gerührt. Wer zum Kuckuck hatte die Chuzpe, ihn jetzt knapp vor 9 Uhr abends stören zu wollen? Nach einem kurzen Schreckensmoment sprang er auf und verschwand ins Schlafzimmer, um sich seinen Morgenmantel zu holen. Aurelia, die noch vollständig bekleidet war und außerdem auch eine Kochschürze umgebunden hatte, ging zur Tür und machte diese einen Spalt breit auf. Zu ihrer Überraschung sah sie eine zarte junge Frau, die ein völlig verweintes Gesicht hatte, vor der Tür stehen.

»Ja bitte?«

»Ich … ich … bin die Frau vom Leutnant Schwarzer. Von dem Fotografen, der Ihren Mann gut gekannt hat.«

Aurelia drehte sich um und rief in die Wohnung hinein: »Nechyba, wo bist denn? Eine junge Frau will dich sprechen.«

Sich seinen Morgenrock zuschnürend, stapfte Nechyba aus dem Schlafzimmer heraus und brummte: »Um diese Zeit bin i eigentlich für niemanden mehr zu sprechen.«

»Herr Inspector? Herr Inspector Nechyba? I bin's, die Olga Schwarzer!«

»Schwarzer? Die Frau vom Johann Schwarzer? Ja, das ist was anderes! Kommen S' doch bitte herein. Wie geht's denn Ihrem Mann?«

* Unterhemd

Die letzte Frage hätte sich Nechyba verkneifen sollen, denn die löste bei Olga Schwarzer einen Weinkrampf aus. Aurelia, die mit der völlig verstörten Frau Mitleid hatte, nahm sie vorsichtig beim Ellbogen und führte sie zu einem Küchenstuhl. Olga Schwarzer ließ sich auf den Stuhl fallen, verbarg das Gesicht in beiden Händen und weinte hemmungslos. Verdattert setzte sich Nechyba neben sie, während Aurelia in besorgtem Ton fragte: »Wollen S' vielleicht einen Teller Krautsuppe?«

Olga Schwarzer schüttelte den Kopf und schluchzte nur noch heftiger. Die beiden Nechybas sahen einander fragend an, es herrschte Ratlosigkeit. Nach einem kurzen Schweigen stand Nechyba auf, holte aus dem Speiskastl eine Flasche Trebernen hervor, stellte sie auf den Tisch und nahm dann drei Schnapsgläser aus der Kredenz. Er setzte sich wieder, schenkte wortlos den Tresterbrand ein und stürzte sein Stamperl in einem Zug hinunter. Seine Frau tat es ihm gleich. Nechyba füllte beide Gläser nach, räusperte sich und sagte mit leiser Stimme: »Kommen S' Frau Olga, jetzt trinken S' einmal den Schnaps da. Der ist wie Medizin. Und dann erzählen Sie uns alles, was Sie bedrückt.«

Vorsichtig schob er das Stamperl zu ihr hin und legte väterlich seine Hand auf ihren Ellbogen. Olga Schwarzer hob den Kopf. Ihr Gesicht war patschnass und verquollen. Aus verschwommenen Augen sah sie Nechyba an. Er reichte ihr das Glas, sie nahm es mit zitternder Hand, verschüttete einiges und trank es dann in einem Zug aus. Sie schüttelte sich und bekam einen Hustenanfall. Aurelia klopfte der Bedauernswerten auf den Rücken und Nechyba genehmigte sich ein drittes Stamperl. Als der Hustenanfall vorbei war, lehnte sich Olga Schwarzer zurück und stammelte: »Der Johann ... der Johann is' gefallen ...«

Hektisch kramte sie eine Benachrichtigung aus der Handtasche, bei deren Anblick Nechyba fast übel wurde. Diese vom Kriegsministerium versandten Schriftstücke sah man nun immer häufiger in der Stadt. Erst gestern hatte er einen alten Mann im ›Café Sperl‹ beobachtet, der mit glasigem Blick an einem Kaffeehaustisch saß, auf dem eben so eine Benachrichtigung gelegen hatte, und der die ganze Zeit murmelte: »Mein Karl is' tot ... mein Sohn Karl ist tot ...«

Nechyba nahm die Benachrichtigung und las, dass der Leutnant Johann Schwarzer am 10. Oktober an der Nordfront gefallen war. Als er die Todesnachricht schwarz auf weiß vor sich sah, schossen Nechyba ebenfalls Tränen in die Augen. Er ließ das Schriftstück sinken, fuhr mit dem Handrücken über die Augen, schenkte sich sein viertes Stamperl Schnaps ein, das er wie die vorherigen hinunterkippte, und murmelte schließlich: »Dieser verdammte Krieg ...«

Glossar der Wiener Ausdrücke

Ärar Staat
abpaschen abhauen, wegrennen
abstieren jemanden finanziell ausnehmen
ausg'schamt schamlos
ausfratscheln befragen
Ba / Baner Hure / Huren
Bagasch Gesindel
Bahöö Wirbel
Bankl reissen (ein) sterben
Baraberer Arbeiter
Beisl Kneipe, Gasthaus
Biageln Beine
Binkel Bündel
birnen jemanden schlagen
blad dick
Blunze Blutwurst
Bratzen Hand
Buckel Handlanger
Couvert machen im Zuchthaus Stein eine Strafe verbüßen
drahn gehen um die Häuser ziehen, eine Sauftour machen
Einbrenn Mehlschwitze
echauffieren (sich) sich aufregen
einbrennte Hund Kartoffel in Mehlschwitze
Eierspeis Rührei
einnähen / einnahen verhaften

einweinberln einschmeicheln

Erdäpfel Kartoffeln

Felsen das Zuchthaus Stein

Feschak attraktiver, fescher Mann

Fleischer/Fleischhauer Metzger

Fleischlaberl Frikadelle, Bulette

Fratschlerin Marktfrau

Frnak Nase

Galerie Unterwelt

Gizi Wut, Ärger

Gfrett Pech, Ärger

Glumpert wertloses Zeug

goschert großmaulig, frech

Grammeln Grieben

Grantscherm grantiger Mensch

Greisler(ei) Tante-Emma-Laden

Greislerin Besitzerin eines Tante-Emma-Ladens

Gretzl nahe Umgebung, städtisches Viertel

Griasler Unterstandsloser

gschert/Gscherte vom Land (nur beleidigend!)

G'spasettln Scherze, Marotten, Freizeitvergnügungen

G'stanzeln Spottgesänge, blöde Sprüche

Habe die Ehre!/Hawedere! Altwiener Gruß oder Ausruf der Verwunderung

Häf'n Gefängnis

haglich heikel, anspruchsvoll

hamdrahn jemanden ermorden

Hapf'n Bett

He Polizei

Jessasmarandjosef Ausruf der Bestürzung

Jingel Jüngling auf Jiddisch

Kampl Kerl, aber auch: Kamm

karniffln quälen, ärgern

Kiberer (Kriminal-)Polizist

Kobel Verschlag, miese Unterkunft

Koberin Puffmutter

Köch Streit, Rauferei

Krampen Spitzhacke

Kren Bedeutung 1: Meerrettich / Bedeutung 2: Freier / Bedeutung 3: Tölpel

Krügel großes, offenes Bier

Lungenbraten Filet

Mamlas dummer Kerl, Tölpel

Marille Aprikose

maukas machen jemanden umbringen

Meier machen jemanden verhaften

Mensch (das) junges Ding/Mädchen

Mief übler Geruch, Gestank

Mordstrumbahöö Riesenwirbel

niederlegen gestehen, reden

Pallawatsch Durcheinander

Pantscherl (Liebes-)Verhältnis

papierln verkackeiern

Patschen strecken (die) sterben

päule gehen / päulisieren abhauen, verschwinden

Peitscherlbua Zuhälter, Strizzi

Platte Bande

plazn weinen

Pompfüneberer uniformierter Bestatter

Prader Uhr

Prater Wiener Erholungs- und Grüngebiet samt Vergnügungspark

Preferanzen altösterreichisches Kartenspiel

Pücher Verbrecher

pudern Geschlechtsverkehr ausüben

pumpern klopfen

Randsteinschwalbe Prostituierte

rearn weinen

Reindl Kasserolle

Remasuri Durcheinander

Rotzpip'n Rotzbub

Safnsiada Seifensieder / wird meist despektierlich als Schimpfwort verwendet

Schas Furz

Schlapfen Pantoffeln

schleichen (sich) verschwinden

Schmäh/Schmäh führen Aufschneiderei/sich mit jemandem unterhalten

Schmähtandler Mensch, der Unwahrheiten verbreitet

schmähstad sprachlos

Schmalz Strafe

Schmattes Trinkgeld

Schnackerlstess'n Schluckauf

Schnoferl Schnute

Schotter Geld

stessen jemanden etwas stehlen

Stiefel Unsinn, Quatsch

stier blank, mittellos

Stuß Unsinn

Trampel einfältiges, weibliches Wesen

Treberner Tresterbrand (Grappa)
Tratsch/tratschen Rederei/reden, plaudern
Tschecherl mieses Vorstadtlokal
Tschik Zigarettenstummel
Tuttl Busen
umadum nasern herum schnüffeln
Unterleiberl Unterhemd
Watsche Ohrfeige
wurscht egal

Quellen

ANNO – AustriaN Newspapers Online
Der virtuelle Zeitungslesesaal der Österreichischen
Nationalbibliothek
http://anno.onb.ac.at/

Der österreichische Bundes-Kriminalbeamte
Redaktionskomitee Heinrich Dehmal [u. a.], Verlag für
Polizeiliche Fachliteratur, Wien 1933

Der Tod des Doppeladlers
Manfried Rauchensteiner, Verlag Styria, Graz, Wien,
Köln 1993

Die Prostitution in Wien
Karl F. Kocmata, Verlag für Volksaufklärung Rudolf
Cerny, Wien 1925

Die letzten Tage der Menschheit
Karl Kraus, suhrkamp taschenbuch 1320, Frankfurt am
Main 1986

Die Wiener Gauner-, Zuhälter- und Dirnensprache
Dr. Albert Petrikovits, Selbstverlag der Öffentlichen
Sicherheit, Wien 1922

Historisches Lexikon Wien
Felix Czeike, Kremayr & Scheriau, Wien 1992

Im Unterirdischen Wien
Max Winter, Verlag von Hermann Seemann Nachfolger,
Berlin und Leipzig 1905

Kalender für die Wiener k.k.Sicherheitswache 1915

Sechzig Jahre Wiener Sicherheitswache
Selbstverlag der Bundespolizeidirektion Wien, Wien 1929

Sprechen Sie Wienerisch?
Peter Wehle, Verlag Carl Ueberreuter, Wien - Heidel-
berg 1980

... und diesen Erdenwinkel lieb ich.
Ria Mang, Vehling Medienservice und Verlag GmbH,
Graz 2007

Wien – Ein Führer durch Stadt und Umgebung
Redigiert von Eugen Guglia, Gerlach & Wiedling, Wien
1908

Wiener Verbrecher
Emil Bader, Verlag von Hermann Seemann Nachfolger,
Berlin und Leipzig 1905

Inspector Nechyba ermittelt:

SPANNUNG

GMEINER

WWW.GMEINER-VERLAG.DE
Wir machen's spannend

Die Nechyba-
Kurzgeschichten:

Kaiser, Kraut und Kiberer
ISBN 978-3-8392-1577-7

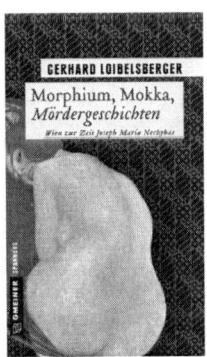

**Morphium, Mokka,
Mördergeschichten**
ISBN 978-3-8392-2502-8

Weitere Bücher von Gerhard Loibelsberger:

Quadriga
ISBN 978-3-8392-2247-8

Nechybas Wien
ISBN 978-3-8392-1254-7

Wiener Seele (Hrsg.)
ISBN 978-3-8392-1606-4

MICKY COLA
ISBN 978-3-8392-0050-6

Lyrik, Songs & Kurzprosa:

Ants & Plants
ISBN 978-3-7349-9459-3

Young Dummies
ISBN 978-3-7349-9461-6

SPANNUNG

GMEINER

WWW.GMEINER-VERLAG.DE
Wir machen's spannend